산의 동화

산의 동화 하근찬 전집 8

초판 1쇄 발행 2023년 11월 11일

지은이 하근찬
펴낸이 강수걸
편집 오해은 강나래 신지은 이선화 이소영 김소원 이혜정
디자인 권문경 조은비
펴낸곳 산지니
등록 2005년 2월 7일 제333-3370000251002005000001호
주소 부산시 해운대구 수영강변대로 140 BCC 626호
전화 051-504-7070 | 팩스 051-507-7543
홈페이지 www.sanzinibook.com
전자우편 sanzini@sanzinibook.com
블로그 http://sanzinibook.tistory.com

ISBN 979-11-6861-193-1 04810
ISBN 978-89-6545-749-7 (세트)

* 책값은 뒤표지에 있습니다.
* 잘못 만들어진 책은 구입처에서 교환해드립니다.
* 본 전집은 백신애기념사업회가 영천시의 지원을 받아 제작되었습니다.

하근찬 전집 8

산의 동화

산지니

발간사

밑바닥을 향한 진실한 시선

세상은 속도에 차이는 있겠지만 늘 변해왔다. 그 변화에 사람들은 순응하기도 하고 저항하기도 하면서 발걸음을 맞춰왔다. 좋은 작가에게 우리가 거는 기대가 있다면, '새로운 눈'으로 세상의 변화를 보여주는 것이다. 작가가 보여주는 세계는 새로운 세상의 창조와 같다. 작가가 개성적으로 바라보는 창조적 관점은 세계에 새로운 옷을 입히는 것과 같기 때문이다.

하근찬은 한국전쟁 이후의 상처를 민중의 관점에서 어루만지면서 '치유의 서사'를 펼쳐 보인 좋은 작가다. 그는 전쟁 이후의 혼란한 세계 속에서 '새로운 눈'으로 창조적 소설 작품을 써낸 존재다. 진실을 향한 집념을 가진 작가는 좋은 작품들을 남긴다. 하근찬은 '새로운 눈'과 '진실을 향한 집념'으로 사실의 기록자에 머물지 않고 진정한 창작자가 되었다.

작가는 맑고 정상적인 눈을 가져야 한다. 건강한 눈으로 항상 세상을 골고루 넓게, 그리고 똑바로 바라보아야 한다. 똑바로 바라본다는 것은 바꾸어 말하면 어떤 현상의 밑바닥에 흐르는 진실을 꿰뚫어 보아야 한다는 뜻이다.

세상을 골고루 넓게 바라보는 것도 중요하지만, 똑바로 바라보는, 즉 꿰뚫어 보는 안광이 작가에게는 더욱 중요하다. 그렇지 않고서는 세상이 빚어내는 갖가지 일들의 의미를 파악할 수가 없는 것이다.(하근찬, 「진실을 꿰뚫어야 하는 안광(眼光)」, 『내 안에 내가 있다』, 엔터, 1997, 274쪽.)

하근찬은 세상을 바라보는 '눈'에는 두 가지가 있다고 보았다. 하나는 '세상을 골고루 넓게' 바라보는 눈이고, 또 하나는 '세상을 똑바로' 바라보는 눈이다. 그렇다면 작가가 강조하는 '똑바로 바라보는 눈'이란 무엇일까? 그것은 나타나는 현상에만 머물지 않고, 그 현상의 밑바닥에 있는 원인을 꿰뚫는 혜안을 말한다. '사건이 있었네!'에서, '왜 이 사건이 일어났을까?'라고 질문하는 탐구정신이기도 하다. 하근찬은 '바로 본다는 것'은 보이는 것에만 시선을 두지 않고, "밑바닥에 흐르는 진실"을 밝히는 것이라고 했다. 진실을 위해서는 깊이, 그리고 많이 생각해야 하고, 현상 이면에 담긴 원리와 작용하는 힘을 밝혀내는 노력을 해야 한다.

하근찬은 밑바닥에 흐르는 진실을 탐구한 작가였다. 웅숭깊은 그의 이 시선과 거룩한 문학적 성취는 한국문단에서 보기 드문 문학적 자산이다. 그럼에도 그의 문학세계를 전체적으로 살필 수 있는 전집이 없었으며, 참고할 만한 좋은 선집도 간행되지 못했다는 것은 참으로 안타까운 일이었다.

하근찬 탄생 90주년을 맞아 구성된 '하근찬 문학전집' 간행위원회는 다음과 같은 목표를 설정하였다.

첫째, 하근찬 작품 세계 전체를 충실히 복원하고자 했다. 그간 하근찬의 소설세계는 단편적으로만 알려져 있었다. 하근찬의 등단작 「수난이대」는 일제강점기와 한국전쟁으로 이어져온 민중의 상처를 상징적으로 치유한 수작이다. 그러나 그의 문학세계는 「수난이대」로만 수렴되는 경향이 있었다. 하근찬은 「수난이대」 이후에도 2002년까지 집필 활동을 하면서, 단편집 6권과 장편소설 12편을 창작했고 미완의 장편소설 3편을 남겼다. 문업(文業)만으로도 45년을 이어온 큰 작가였다. '하근찬 문학전집' 간행위원회는 하근찬의 작품 세계를 '중단편 전집' 8권과 '장편 전집' 13권으로 나눠 총 21권을 간행함으로써, 초기의 하근찬 문학에 국한되지 않는 전체적 복원을 기획했다.

둘째, 하근찬 문학세계의 체계적 정리, 원본에 충실한 편집, 발굴 작품 수록을 통해 자료적 가치를 확보하려고 노력했다. 하근찬 문학전집은 '중단편 전집'과 '장편 전집'으로 구분하여 간행했다. 먼저 '중단편 전집'은 단행본 발표 순서인 『수난이대』, 『흰 종이수염』, 『일본도』, 『서울 개구리』, 『화가 남궁 씨의 수염』을 저본으로 삼았다. 이때 각 작품집에 중복 수록된 작품은 제외하여 편집하였다. 또한 단행본에 수록되지 않은 알려지지 않은 하근찬의 작품들도 발굴하여 별도로 엮어냈다. 이를 통해 전집의 자료적 가치를 높였다. 다음으로, 장편의 경우 하근찬 작가의 대표작인 『야호』, 『달섬 이야기』, 『월례소전』, 『산에 들에』뿐만 아니라, 미완으로 남아 있는 『직녀기』, 『산중 눈보라』, 『은장도 이야기』까지 간행하여 전체 문학세계를 조망할 수 있도록 했다.

셋째, 젊은 세대들의 감각과 해석을 반영하여 그의 문학에 새로운 생명력을 불어넣고자 했다. 하근찬의 작품세계가 펼쳐 보이고 있는 한국현대사의 진실한 풍경들도 젊은 세대들에 의해 읽히지 않으면 의미가 반감될 수밖에 없다. 하근찬 문학의 새로운 해석의 발판을 마련하기 위해, 젊은 연구자들의 충실하고 의미 있는 해설을 덧붙였다. 또한, 개작, 제목 바뀜, 재수록 등을 작품 연보에서 제시하여 실증적 가치를 높이기 위해서도 노력했다.

한 작가의 문학적 평가는 전집이 간행되었을 때 비로소 그 발판이 마련된다고 한다. 1957년에 등단, 집필기간만도 45년의 문업을 이루어온 장인적 작가에 대한 본격적 연구의 발판이 60여 년이 지난 이제야 비로소 마련되었다는 것은 안타까운 일이다. 하근찬의 문학세계에 대한 새로운 조명이 2021년 문학전집 간행과 함께 활기를 띨 수 있기를 기대한다.

2021.10.

『하근찬 문학전집』 간행위원회

송주현 · 오창은 · 이정숙 · 이중기 · 장수희

일러두기

1) 『하근찬 중단편전집』과 『하근찬 장편전집』은 하근찬의 소설세계를 일반 독자들에게 널리 소개하고, 그 문학적 의미가 현대적으로 재해석되도록 하는 데 목적이 있다.

2) 이 책의 작품 수록 순서는 단행본으로 발표된 순서에 따랐으며, 출전을 작품의 끝부분에 밝혀두었다.

3) 하근찬 전집 8권 『산의 동화』에 수록된 소설들은 작가 생전에 단행본으로 묶어내지 않은 작품들이다. 발표 시기는 1973년부터 2002년까지이다. 「심야의 세레나데」는 『검은 자화상』(정암문화사, 1991)에 수록된 것을 저본으로 삼았으며, 2022년 11월에 발굴한 「옛 제자」(《새농민》(1973. 8)는 이 책의 마지막에 수록했다.

4) 작가가 지문에서 사용한 방언과 비표준어는 작품을 훼손하지 않는 범위 내에서 현대어로 바꾸었으며, 작가가 의도적으로 구분해서 사용한 '목덜미'와 '목줄기'는 그대로 살렸다.

5) 작가 고유의 표현은 그대로 살렸다.
예 : 오리막(오르막), 고깃전(어물전), 변솟간(변소), 동넷방(동네 방), 생각키는/생각히는(생각나는) 등.

6) 한 작품에서 같은 뜻의 단어를 표준어와 비표준어 또는 방언을 혼용해서 사용한 경우 하나로 통일했다.
예 : 뒤안/뒤란 → 뒤안, 복받치는/북받치는 → 복받치는, 무신/무슨 → 무슨, 잘몬/잘못 → 잘못, 부시시/부스스 → 부스스, 돋우다/돋구다 → 돋우다 등.

7) 다음과 같은 표현은 어법에 맞게 수정했다.
예 : 소중스리 → 소중하게, 뭐라고든지 → 뭐라든지, 칭칭하게 감은 → 칭칭 감은, 그리고 나서 → 그러고 나서

8) 영어 표현의 경우 현행 '외래어표기법'에 따르는 것을 원칙으로 했다.

차례

신비한 물결

달이 조금 있기는 했으나, 산길은 어두웠다. 세 개의 랜턴이 어둠을 비추며 서서히 계곡을 오르고 있었다.

먼 하늘에서 번개가 치는 듯했다. 벌써 두 번째였다.

"비가 올지도 모르겠는데……."

앞장을 선 황 교감이 조금 걱정이 된다는 투로 말했다. 모 여자사립 고등학교의 교감이었다.

"비가 와야지. 너무 가물었으니까. 산중에서 밤에 비를 만나는 것도 기억에 남을 만한 일이지."

가운데를 걷고 있는 손 화백이 받았다. 서양화로 꽤 이름이 나 있는 화가였다.

"여름밤의 마른번개는 흔히 있는 일이지."

맨 뒤를 걷는 백 사장도 한마디 했다. 조그마한 출판사를 경영하고 있는 사람이었다.

세 사람은 오십을 넘은 장년으로, 제각기 그 직업이 달랐으나, 젊은 시절 한때 같은 직장에서 근무를 한 동료들이었다. 교육관계 잡지사에서였다. 황 교감과 백 사장은 편집에 종사했었고, 손 화백은 삽화랑 컷 같은 것을 그리고, 화보를 맡아 꾸몄었다. 벌써 이십여 년 전의 일이었다.

그 무렵부터 세 사람은 의기가 투합해서 각별히 어울렸었는데, 이십여 년이 지난 지금 역시 삼인 그룹이 되어 거의 일요일마다 등산을 즐기고 있는 사이였다. 세 사람 모두 애주가이기도 했다. 등산과 애주라는 두 가지 취미가 잘 맞아 떨어져서 제각기 직업이 다른 세 사람을 그렇게 오래도록 각별한 친구로 묶어놓게 되었는지도 모른다.

어디선지 부엉이 우는 소리가 들려왔다.

"야, 부엉이가 우는군. 좋은데……."

백 사장이 말하자,

"글쎄 말이야. 정말 부엉이 우는 소리 오래간만인걸. 낮의 등산에서는 누릴 수 없는 정취로군."

손 화백이 무척 기분 좋아했고, 황 교감 역시,

"부엉이 우는 소릴 들으면 어릴 적 시골 고향 생각이 나지."

하고 맞장구를 쳤다.

잠시 후, 이번에는 야호— 야호— 하는 소리가 밤 계곡의 두꺼운 적막을 휘저으며 들려왔다. 그 소리 역시 낮의 등산에서 들을 때와는 매우 다른, 어딘지 모르는 유현(幽玄)하고 신비한 그런 메아리로 울려왔다.

"야호—"

손 화백이 화답을 하듯 계곡 위의 검은 산정을 향해 목청을 뽑았다.

통금이 없어진 뒤로 밤의 등산객이 심심찮게 늘어나고 있는 것이다. 심야의 등산이라고나 할까, 한밤중에 산에 올라 텐트를 치고서 밤의 유현한 산정기를 즐긴 다음, 상쾌하기 그지없는 새벽을 산속에서 맞이하는 것이다.

그런 기사를 신문에서 읽은 세 사람은 우리도 한 번…… 하고, 토요일 밤을 택하여 나선 것이다.

그러나 여느 낮 등산 때와는 달리 산정을 극복하지는 못하고, 계곡의 적당한 자리에 배낭들을 내렸다. 텐트를 치고 나서, 황 교감과 백 사장은 버너에 불을 붙여 한 사람은 찌개를 끓이고, 한 사람은 고기를 굽기 시작했다.

세 개의 랜턴 불빛 아래 두 개의 버너가 불빛을 내뿜자, 분위기가 대번에 활짝 무르익는 듯했다. 모닥불은 아니었지만, 그것으로도 낮의 등산에서는 맛볼 수 없는, 충분히 이색적인 정취를 자아냈다.

손 화백은 배낭에서 이것저것 준비해 온 안주를 꺼내놓고,

"자, 한잔하세."

하면서 소주병을 깠다.

야호— 야호— 또 어디선지 고함소리가 메아리가 되어 울려오자, 이번에는 약속이라도 한듯 세 사람이 그에 응해서 동시에 냅다 목청을 뽑아 올렸다. 제각기 웃음을 띠며 고함을 지르는 세 사람의 얼굴이 불빛을 받아 마치 기쁨에 들뜬 천진한 아이들의 얼굴처럼 번들거렸다.

그렇게 3인 그룹의 이색적인 심야의 산중주연(山中酒宴)은 시작

되었다. 산에 올라 잔을 주고받으며 나누는 이야기란 언제나 자신들의 신변 이야기로부터 시작해서 세상 돌아가는 이야기, 그리고 주기가 제법 거나해지면 절로 여자 이야기로 미끄러져 들어가기 마련이었다. 노상 막판에는 외설로써 가가대소를 하는 게 통례였다. 어쩌면 그런 가가대소를 즐기기 위해서 일요일마다 산을 찾는지도 몰랐다. 오십 대 장년의 스트레스 해소란 바로 그런 웃음 속에 있다고나 할까.

그런데 그날 심야의 산중주연에서는 화제가 여자 쪽으로 흐르질 않고, 묘하게도 으스스한 방면으로 미끄러져 들었다. 자정이 넘은 한밤의 산중 계곡이라 낮과는 달리, 아무리 오십 대의 장년들이라 하지만 기분이 어쩐지 좀 으슬으슬했기 때문인지도 몰랐다.

유령 이야기가 등장했던 것이다. 도깨비 이야기, 귀신 이야기 같은 것이 한바탕 화제가 되었다. 그런 것이 그들의 화제가 되기는 처음이었다.

그런 허황한 괴기담 끝에,

"실제로 영혼이라는 것이 있는지 몰라. 죽어 버리면 그것으로 끝나는지, 정말 영혼이 있어서 육체에서 빠져 나가는 것인지……."

백 사장이 문제 제기를 하듯 말했다.

"죽어 버리면 끝이지, 있기는 뭣이 있겠어. 영혼이니 유령이니 하는 것 다 허황한 소리 같애."

주기가 꽤 된 황 교감이 고개를 가로저었다.

"죽어보지 않았으니 없다고 단정할 수도 없지. 있을지도 모르는 일이야. 죽음이 곧 무(無)라고 생각하면 너무 허무하고 암담하단 말이야. 있었다면 좋겠고, 어쩌면 있을 것 같애."

손 화백은 긍정하는 쪽으로 말했다.

그러자 황교감이,

"자네는 어떻게 생각하는가?"

백 사장의 견해를 물었다.

"나는 어느 쪽인가 하면, 에— 아리송한 쪽이야. 있는 것도 같고, 없는 것도 같애."

"그런 대답이 어디가 있어. 정말 아리송하군. 허허허……."

황 교감이 웃자 백 사장은,

"죽어보지 않았으니 아리송 할 수밖에. 안 그래?"

자기도 웃고는,

"내 생각에는 말이야, 유령이니 도깨비니 그런 것은 허황한 얘기 같고, 영혼이라는 것은 있지 않나 싶어. 사람이 죽으면 영혼이 육체에서 떠나, 하늘나라가 됐든 어디가 됐든 이승이 아닌 저승으로 간다는 말은 그럴듯하게 들리거든."

하고 말했다.

"유령과 영혼이 별개란 말이군. 글쎄…… 용어의 차이일 뿐 결국 그게 그거 아닐까. 저승에 못 간 원혼이 유령이 되어 나타난다고 하잖어. 나는 말이야, 그런 이야기 다 인간이라는 고등동물의 관념의 소산인 것같이 생각돼. 머릿속에서 상상해낸 것에 불과하지 않나 싶어. 물론 죽어보지 않았으니 확실한 건 알 수가 없지만……."

황 교감 역시 죽어보지 않았으니 알 수가 없다는 게 말하자면 결론인 셈이었다.

그렇다면 뭐 더 할 말이 없다는 듯이 손 화백은 잔을 들어 쭉 비우고서 황 교감에게 건넸다. 그리고 불고기를 한 점 집어 우물우물

씹으면서,

"영혼이나 유령이 있는지 없는지 확실한 건 알 수 없지만, 좌우간 과학적으로 설명할 수 없는 불가사의한 일이 왕왕 일어난단 말이야. 신비한 현상이 틀림없이 있거든."

이렇게 말했다.

그 말을 대뜸 백 사장이 받았다.

"맞어, 있어. 나도 그런 일을 경험한 적이 있는걸. 자네들 영파(靈波)라는 것 알지? 텔레파시 말이야."

"알고말고."

손 화백을 크게 고개를 끄덕거렸다. 그러나 황 교감은,

"알기는 알지. 그러나 실제로 그런 게 있는지 어떤지……."

그것 역시 잘 믿어지지가 않는다는 듯이 고개를 약간 기울였다.

"틀림없이 있어. 그건 나도 경험했는걸."

손 화백이 분명한 태도로 말하자, 백 사장도,

"있어. 자넨 그런 경험이 없는 모양인데, 내 얘길 한 번 들어보라구. 이건 내가 직접 겪은 일이니까 절대로 허황한 얘기가 아니야."

제법 불그레해진 얼굴에 진지한 빛까지 띠었다.

"어디 한 번 얘기해 봐. 들어보세."

황 교감은 재미있다는 듯이 술기운이 올라 번들거리는 두 눈에 약간 웃음을 띠며 찌개 국물을 스푼으로 몇 번 홀짝홀짝 떠올렸다.

부헝 부헝 부헝…… 멀리서 부엉이 우는 소리가 또 들려왔다.

"해방되던 그해 일이야. 그해 봄에 나는 중학교에 입학을 했거든……."

백 사장은 이야기를 꺼냈다.

내가 입학을 한 학교는 일반 중학교가 아니라, 사범학교였다.

사범학교는 다른 중학교보다 교육이 엄했다. 일제가 패망으로 치닫고 있는 마지막 해인 1945년이어서 모든 학교의 교육이 군대식으로 흐르고 있었으나, 그중에서는 유난히 사범학교가 심했다. 장차 교육을 담당할 선생을 양성하는 학교에서, 말하자면 철저한 모범생을 만드는 셈이었다.

다른 중학교는 신입생도 하숙이 가능했다. 친척집에서 다닐 수도 있었다. 기숙사에는 희망자만 들어갔다.

그러나 사범학교의 신입생은 시내에 자택이 있는 사람을 제외하고는 전원이 기숙사에 입사해야만 했다. 하숙이라는 것이 불가능했다. 전원을 기숙사에 수용해가지고, 학교에서뿐 아니라, 아침부터 저녁까지 잠자는 시간 외는 온종일 철저한 교육을 감행하는 것이었다.

교육이라기보다도 그것은 차라리 학대에 가까웠다. 상급생들이 어찌나 심하고 짓궂게 구는지 견딜 수가 없을 지경이었다. 자칫하면 따귀에 불이 나고, 꿇어앉아 두 팔을 쳐들고 있어야 하고, 엎드려뻗쳐를 해야 하고, 때로는 '후꾸로다다끼'*(머리에 보자기나 자루 같은 것을 씌워놓고 여러 사람이 빙 둘러서서 마구 두들기고 차고 굴리고 그냥 막 떡을 만들어 놓는 기합)라는 것을 당하기도 했다. 꿇어앉혀 놓고 이불보 같은 것을 뒤집어씌운 다음, 여러 놈이 냅다 달려들어 때리고 차고 하는 기합이었다. 기합이라기보다는 지독한 가학행위가 아닐 수 없었다.

그리고 정말 더럽고 굴욕적인 기합도 있었다.

상급생을 향해 꿇어앉아서 두 손을 짚고, 이마가 방바닥에 닿도록 절을 계속하면서, “잘못했습니다, 잘못했습니다”를 연발해대는 것이었다. ‘그만’ 할 때까지 그런 동작을 반복해야만 했다. 나중에는 눈앞이 어질어질해서 마치 기숙사 건물이 흔들흔들 흔들리는 것 같았다.

또 각 호실을 찾아다니며 자기 잘못을 크게 외쳐야 하는 그런 창피하기 짝이 없는 기합도 있었다. 남의 방문을 열고, 나는 무엇을 어떻게 잘못했습니다 하고 큰소리로 외칠 것 같으면 와하하…… 웃음이 터지곤 했다. 끌고 다니며 그런 장난 같은 기합을 주는 상급생 녀석도 재미있다는 듯이 킬킬 웃었다.

혼자서 기숙사의 변소를 소제하는 그런 벌을 받을 때도 있었다.

무슨 큰 잘못을 저지르고서 그와 같은 기합을 받는다면 또 모르겠는데, 도무지 잘못이랄 것도 없는 하찮은 일을 가지고 트집 잡듯 걸핏하면 그렇게 짓궂게 나오는 것이었다. 저희들은 재미삼아 그러는 모양이었다.

그런 기숙사 생활이 어찌나 지긋지긋했던지 나는 한 번은 변소에 들어가 고향 집을 생각하며 남몰래 실컷 울어버렸었다. 우는 것도 아무데서나 함부로 울다가는 또 야단인 것이다.

“코노야로(이 새끼)! 아직 정신 못 차렸군. 왜 사내새끼가 찔찔 울고 지랄이야. 무엇이 불만이야? 맛을 더 봐야 되겠군.”

틀림없이 그렇게 되고 만다.

그처럼 고통스러운 기숙사 생활이라 하더라도 먹는 것이나마 괜찮으면 그래도 좀 나을 것이다. 기합에 못지않게 괴로운 것이 배고픔이었다.

전쟁 말기라 물자가 궁핍할 대로 궁핍해서 기숙사의 학생들 식사라는 것이 말이 아니었다. 노상 쌀은 드문드문 한 개씩 섞여 있는 옥수수밥인데, 그것도 분량이 형편없었다. 식기에 절반가량도 안 담겼다. 부식이라 해야 늘 배추 잎사귀 같은 것이 몇 개 떠 있는, 멀건 된장국이었고, '다꾸앙'(단무지)이 두어 쪼가리 돌아오는 정도였다.

한창 자랄 나이라, 먹고 돌아서면 벌써 허기가 느껴질 지경이었다.

그런 식사를 하고서 학교에 가면 또 연일 근로봉사 아니면 교련이었다. 비가 오는 날이라 교실에서 공부랍시고 할 뿐, 여느 때는 언제나 바깥으로만 돌았다.

보리 베기, 모심기를 비롯해서 산에 가 솔뿌리 캐기, 장작 지고 내려오기, 혹은 야산을 개간해서 밭 만들기, 그 밭에 곡식 가꾸기, 심지어 학교 운동장 일부까지 일구어 실습지를 만들어서 감자나 고구마 같은 것을 심었다.

그런 근로봉사가 아니면 교련이었다. 뙤약볕이 내려깔리는 운동장에서 목총을 들고 야! 야! 고함을 지르면서 전쟁연습을 해대는 것이었다.

학교에서나 기숙사에서나 한마디로 죽을 지경이었다.

말하자면 청운의 꿈을 안고 열네 살의 어린 나이에 고향을 떠난 나의 첫 시련인 셈이었다.

그런 일과의 연속이라, 밤에 잠자리에 들면 머리에 떠오르는 것은 고향 집이었다. 아버지 어머니가 그립고, 동생들이 보고 싶고, 그리운 고향집 밥상의 수북이 고봉으로 담긴 밥그릇이 눈앞에 삼삼거려*(잊히지 않고 자꾸 어른거리다) 안타깝기 그지없었다. 이불 속에서 공연히 침을 삼키며 후유— 한숨을 쉰 적이 한두 번이 아니었다.

밤 잠자리에서뿐 아니라, 좀 한가할 때면 곧잘 고향 쪽 하늘이 바라보여지고, 어느덧 마음은 고향집에 당도해 있는 것이었다.

집에 한 번 다니러 가는 게 말하자면 우리 1학년생들의 가장 큰 소망이라고 할 수 있었다.

토요일 오후에 갔다가 일요일에 돌아오면 되지 않느냐 싶겠지만 그게 아니었다. 시내 외출 한 번 하는데도 사감 선생의 허락을 받아야 하는 판국이었다. 귀성이란 용납되는 일이 아니었다.

그러나 집에 다니러 가는 길이 한 가지 있었다. 고향에서 전보가 오는 경우였다. 전보도 그냥 누가 위독하다는 식의 전보가 아니라, 아버지 어머니 혹은 할아버지 할머니 가운데 누군가가 사망했다는 내용의 전보라야 되었다. 그런 부고 전보라 하더라도 직접 집에서 보낸 것은 믿어주질 않고, 고향의 면사무소나 주재소에서 그런 사실을 확인하고서 보내준 관보라야만 했다.

그런 관보를 받고 우리 학급에서 처음으로 귀성하는 학생이 생겼을 때 우리들은 모두 그를 얼마나 부러워했는지 모른다. 조부가 사망해서 사흘 동안의 귀가가 허락되었던 것이다.

그 학생의 귀향이 어찌나 부러웠던지 나는 속으로, 우리 할아버지 할머니는 왜 일찍 돌아가셨는지, 살아 계시다가 지금쯤 돌아가 주셨으면 얼마나 좋았을지…… 그런 생각까지 했었다.

그렇게 귀향병이라 할까, 망향병이라 할까, 그런 것에 젖어 있는데, 어느 날 교실에서였다.

그날은 우천이어서 교실에서 공부를 하고 있었다. 점심을 먹고 오후 수업의 첫 번째 시간이었다. 오후 수업은 한 시부터였다.

수업이 시작되어 얼마 되지 않았을 때니까, 한 시 십 분쯤이었을 것이다.

반듯한 자세로 앉아 선생님의 얼굴을 쳐다보고 있는데, 참 이상한 일이었다. 별안간 후끈한 어떤 기운에 휩싸이는 듯 기분이 묘해왔다. 온몸이 뜨끈해지면서 숨이 약간 답답해지는 것이 아닌가. 그 날이 정확히 6월 9일이었으니까, 여름으로 접어들고 있을 무렵이긴 했지만, 그렇다고 별안간 그런 열기가 교실을 휩쓸 까닭이 없었다.

아니, 난데없이 왜 이럴까 하고 나는 곁의 친구들을 둘러보았다. 아무도 나처럼 후끈한 기운에 휩싸인 듯한 친구는 없었다. 모두 단정한 자세로 선생님의 설명에 귀를 기울이고 있을 뿐이었다.

그런데 이번에는 가슴이 두근두근 뛰기 시작했다. 마치 심한 운동을 하고 난 뒤처럼 가슴이 뛰고, 숨도 헐떡거려지는 것이었다. 무엇에 놀란 것 같은 느낌이기도 했다.

처음 겪는 일이었다. 가만히 앉아 있는데, 난데없이 가슴이 뛰다니, 나는 약간 놀라지 않을 수 없었다. 가만히 두 눈을 감고, 살짝 고개를 숙이고서 가슴의 두근거림이 멎기를 기다렸다.

삼사 분가량 계속되던 고동은 서서히 멎었다. 동시에 나를 휩싸고 있던 후끈한 기운도 스르르 풀려 사라지고, 온몸이 조금 나른한 듯 허탈해지며, 이상하게도 눈에 눈물이 핑 괴어오르는 것이었다. 아무 까닭도 없이 슬픔이 복받쳐 오르려 해서 나는 애를 먹지 않을 수 없었다.

그런 이상한 나의 표정을 눈치 챈 듯 선생님이,

"야, 너 왜 그래?"

하고 나를 바라보았다.

나는 아무 대답도 하지 않았다.

"어디 아프니?"

"……."

"왜 대답이 없어."

그제야 나는 정신이 번쩍 들어 자리에서 벌떡 일어나,

"아무렇지도 않습니다."

큰소리로 힘차게 대답했다.

"그럼 왜 그러고 있는 거야? 곧 울려는 사람 같은데……."

선생님은 이상한 학생이라는 듯이 묘한 시선으로 나를 힐끗 힐끗 훑어보다가 다시 수업을 계속했다.

나도 그제는 정신이 정상 상태로 돌아가 선생님의 설명에 다시 귀를 기울였다.

뜻밖에도 나에게 전보가 온 것은 이틀날이었다. 관보였다.

그날은 날씨가 좋아 근로봉사를 나갔다가 돌아오니 사감의 호출이 있었다. 무슨 일인가 하고 사감실에 찾아갔더니 사감 선생이,

"어서 집에 가야 되겠어."

하면서 나를 조금 측은한 듯이 바라보는 것이었다.

그 말에 나는 귀가 번쩍했으나, 무슨 영문인지 알 수가 없어 그저 멀뚱히 서 있기만 했다.

"전보가 왔다니까."

사감 선생은 전보지를 나에게 건네주었다.

그것을 받아 쥐는 순간은 기쁘기 한량없었다. 나도 이제 정말로 고대하던 고향집에 다니러 가게 됐구나 하는 생각에 가슴이 벅차 올랐다.

그러나 문득 생각하니 그게 아니었다. 도대체 누가 죽었단 말인가. 전보지를 펼쳐본 나는 그만 눈앞이 노오래지고 말았다.

—어머니 사망, 급히 귀가 요망.

전문은 이러했다.

삼일간의 귀성 허가증을 받아가지고 사감실을 나오자, 나는 그만 울음을 터뜨리고 말았다.

그리고 그리던 귀성이 실현되기는 했으나, 고향집에 돌아가는 나의 발길은 무겁기만 했다. 고향집 대문을 들어서자, 나는 엉엉 소리를 내어 눈물을 줄줄 흘리며 울었다. 그것은 어머니의 갑작스런 죽음에 대한 애끓는 슬픔과, 처음으로 객지에 가서 심한 고생을 하다가 집에 돌아온 소년의 복받치는 감회 같은 것이 한데 뒤범벅이 되어 줄줄 녹아 흐르는 그런 울음이었다.

어머니의 죽음은 심장마비였다. 그런데 운명한 시각이 6월 9일의 오후 한 시 십 분이라는 것이었다. 나는 눈이 휘둥그레지지 않을 수 없었다. 6월 9일의 오후 한 시 십 분이면 바로 내가 수업 도중에 후끈한 열기 같은 것에 휩싸이고, 가슴의 고동이 삼사 분가량 계속되던 그때가 아닌가. 그때 고향집에서 어머니가 목숨을 거두고 있었다니……. 그렇다면 어머니의 죽음과 난데없는 나의 그 이상했던 현상과는 필연 어떤 관계가 있는 것이 아니겠는가. 참으로 신기한 일이 아닐 수 없었다.

"그게 바로 텔레파시가 아니고 뭐겠어. 안 그래?"

이야기를 끝내고서 백 사장이 말하자,

"맞어. 바로 그런 게 텔레파시의 작용이지."

손 화백은 전적으로 동의를 했다.

그러나 황 교감은,

"글쎄, 이상한 일이기는 하군. 어머니의 영혼이 그때 자네한테 작별의 신호를 보냈다 그 말이지? 영혼의 신호라…… 글쎄……."

아무래도 잘 믿어지지가 않는 듯 고개를 약간 기울였다.

"틀림없는 텔레파시라니까. 그렇지 않으면 어머니가 돌아가시는 바로 그 순간에 난데없이 왜 후끈한 열기에 휩싸이며 가슴이 두근거리겠느냐 말이야. 가만히 앉아서 공부를 하고 있는데…… 심장이 약한 것도 아니고……."

백 사장의 말에 손, 백은 맞장구를 치듯,

"틀림없어. 텔레파시야. 나도 경험한 일이 있다니까. 내가 겪은 얘길 해볼까."

하고는 소주를 쭉 들이켰다.

먼 하늘에서 또 마른번개가 번쩍번쩍 치고 있었다.

"나는 말이야, 6.25 때 그런 텔레파시 현상을 겪었지."

손 화백은 고기를 한 점 입에 넣어 얼른 씹어 넘기고 나서 이야기를 시작했다.

6.25가 난 그해 가을, 9.28수복이 될 무렵의 일이다.

추석날이었다. 나는 해질 무렵에 친구네 집에 가서 한가위 음식에 가양주를 마시며 놀다가 그날 밤 그곳에서 잤다.

그때는 아직 수복이 되지 않아, 우리 고장은 적 치하에 있었다. 공산당의 수중에 들어갔던 때를 흔히들 인공 때라고 한다.

인공 때, 아버지는 반동으로 몰려 그들의 소위 인민교화소에 수

감되어 있었다. 지금의 교도소인 것이다.

아버지는 면장이었다. 우리 고장도 공산당의 손아귀에 들어갔으나, 우리는 피란을 못했다. 우리 고장은 철도가 지나가는 곳에서 칠십여 리나 떨어져 있는 산골이어서 언제 그 고장이 공산당의 수중에 들어가 버렸는지도 잘 모를 그런 형편이었다. 그래서 피란을 못 가고 말았던 것이다.

나는 서울의 미술대학에 다니고 있었는데, 그해 봄 학교를 휴학하고, 고향에 내려와 있었다.

그 무렵, 나는 심한 우울증이라고 할까, 신경쇠약에 걸려 있었다. 처음으로 사랑이라는 것을 짙게 체험을 했었는데, 그 첫사랑의 상대가 그만 열차사고를 당하여 죽어버리고 말았던 것이다. 나는 세상을 살 의욕을 잃어버리고, 절망과 비탄에 빠진 끝에 심한 신경쇠약 증세가 나타나 학교를 휴학하고, 고향으로 내려왔던 것이다.

한가한 산골 고향집에서의 휴양은 확실히 효과가 있어 차츰 실의의 늪 같은 데서 벗어나고 있을 무렵 6.25가 터졌고, 아버지가 붙들려가고, 가산이 몰수되고 하는 홍역을 치르게 되어 나는 이번에는 불안과 공포가 덧붙여진 그런 우울증에 다시 빠지게 되었다.

그런 나를 위로하기 위해서 이웃 마을에 사는 국민학교 시절부터의 친구가 추석날 오후에 찾아와서 자기 집에 놀러 가자고 데리고 갔던 것이다.

친구와 둘이 밤늦도록 술을 마시고 함께 잠자리에 들었다.

술에 취해서 곧 깊이 잠이 들었는데, 얼마나 지났을까, 바깥에서 누가 부르는 듯한 소리가 들렸다. 가만히 귀를 기울이니, 분명히 나를 부르는 소리였다. 어딘지 먼 데서 내 이름을 부르는 소리가 마치 이 산 저 산에 메아리가 되어 울려오듯이 들려왔다. 그리고 으악— 아이고— 아이고— 신음을 하는 듯한 소리도 뒤를 이었다.

나는 일어나 가만히 문을 열고 밖으로 나가보았다. 마을 앞길을 웬 까만 수레가 한 대 지나가고 있는데, 그 위에 올라 탄 사람이 나를 향해 손을 흔들고 있었다. 그 사람도 까만 옷을 입고 있는데, 두루마기처럼 보였다. 나는 누군가 하고 수레 쪽으로 달려갔다.

벌써 수레는 저만큼 멀어져가고 있는데, 잘 보니 수레 위에서 나를 향해 곧장 손을 흔들고 있는 사람은 다름 아닌 아버지가 아닌가. 깜짝 놀란 나는,

"아버지—"

하고 큰소리로 불렀다.

그러나 아버지는 아무 대답이 없이 그저 작별을 하듯 멀어져가는 수레 위에서 손을 흔들고만 있었다.

"아버지— 어디 가세요—"

"……."

"아버지—"

나는 냅다 고함을 지르며 번쩍 눈을 떴다.

물론 꿈이었다. 참 이상한 꿈이라고 생각하면서 나는 부스스 일어나 밖으로 나가 마당가에 있는 석류나무 그늘에 오줌을 누었다. 한가윗날 밤이라 달이 유난히도 밝았다.

이튿날 아침, 잠을 깬 나는 기분이 얄궂기만 했다. 세수를 하고 나니 술기운은 거의 가신 듯했으나, 도무지 기분이 뒤숭숭하고 심란하고 이상하기만 했다.

아침밥상이 오기를 기다리며 멍하게 앉아 있는데, 햇살이 새하얗

게 어린 방문 창호지를 흔들며 초가을 바람이 우수수 지나갔다. 그 바람결이 마치 나의 깊숙한 내부에 있는 눈물의 주머니를 건드리기라도 한 것처럼 왈칵 이상하게 슬퍼지는 것이 아닌가. 슬퍼도 그냥 여느 때처럼 슬픈 것이 아니라, 뭐라고 형언할 수 없는 쓸쓸하고 처량한 기운이 깊숙한 내부에서 피어올라 온몸으로 좍 퍼지면서 눈물이 핑 괴어오르는 것이었다. 복받쳐 오르는 슬픔이라기보다 조용히 피어오르는 싸늘한 슬픔이라고 할까. 좌우간 지금까지 겪은 일이 없는 그런 야릇한 비애감이었다.

친구가 나의 그런 표정을 보고 왜 그러느냐고 묻자, 나는 이상하게 슬퍼진다면서, 슬픈 노래를 한 번 틀어보라고 했다. 방 윗목 한쪽에 축음기가 놓여 있었다. 친구는 〈아내의 무덤 앞에서〉라는 유행가를 틀었다. 죽은 아내의 무덤 앞에서 통곡을 하는 남편의 심정을 노래한 비가였다. 그러나 그 슬픈 곡조의 노래가 도무지 슬프게 들리지가 않고 싱겁게만 느껴졌다. 나의 몸에 젖어 있는 슬픔이 너무 짙은 것이기 때문에 그런 정도로는 조금도 자극이 되질 않는 모양이었다.

"그 노래 조금도 슬프지 않네. 뭐 다른 거 정말 슬픈 거 없나?"

그러자 친구는,

"이게 제일 슬픈 노래지. 자네 오늘 아침 이상한데……."

하면서 멀뚱히 나를 바라보았다.

아침밥을 먹고 나서 담배 한 대를 피우고 있을 때였다. 누군가가 헐떡거리며 달려와서 방문 앞에서 큰소리로 외치듯이 말했다.

"형! 지난밤에 인민위원회가 없어졌다."

그 말에 나는 귀가 번쩍했다.

"뭐, 인민위원회가 없어져? 정말인가?"

친구도 귀가 번쩍 띄는 듯 얼른 방문을 열었다.

이웃에 사는 친구의 사촌동생이었다. 간밤에 서류 같은 것을 모조리 불태우고 인민위원회의 문이 닫혀버렸다는 것이었다. 인민위원회뿐 아니라, 면당본부니, 분주소니 하는 다른 기관들도 다 문을 닫고 자취를 감추어버렸다는 말에 나는 피우던 담배를 후닥닥 재떨이에 끄고, 벌떡 일어났다.

달리다시피하여 집에 돌아갔더니, 어머니도 이미 그 소식을 알고 있었다. 공산당들이 도망을 친 걸 보니 세상이 도로 뒤집힌 모양인데, 그렇다면 아버지는 어떻게 되는 것일까……. C시의 인민교화손가 뭔가 하는 데에 갇혀 있는 아버지의 일이 걱정이 되어 나는 어머니에게 어떻게 해야 할 것인지 의논을 해보았다. 당장 어쩔 도리가 없었다. C시까지는 백 리가 넘는 길이니 말이다.

그날 해질 무렵, C시에 교화소 문이 열렸다는 소문이 들려왔다. 어머니와 상의한 끝에 이튿날 아침 나는 C시를 향해 집을 떠났다. 감옥에서 풀려 나왔을 아버지를 마중하러 가는 것이었다.

제트기의 폭음이 요란하고, 총소리가 들리고, 이따금 인민군들이 허겁지겁 쫓겨 가는 그런 속을 백 리길을 걸어서 C시에 도착한 것은 밤이 이슥해서였다. 시가지는 죽음의 도시처럼 쥐새끼 한 마리 얼씬거리질 않았고, 어딘지 시내에서 산발적으로 총소리만 울렸다. 그래서 나는 시내로 들어갈 것을 단념하고, 들머리에 있는 내가 다닌 중학교의 교원 사택에 들어가 밤을 새웠다. 학교 한쪽 가에 사택이 나란히 서너 채 있는데, 어찌된 영문인지 전부 폐가처럼 되어 있었다.

이튿날, 아버지가 감옥에서 나와 들를 만한 곳을 몇 군데 찾아가 보았으나 소식을 알 길이 없었다. 형무소로 가볼까 했으나, 문이 열렸다는데 그곳에 머물러 있을 까닭이 없을 것 같아 그만두고, 나는 어떻게 해야 될지 망설이다가 도로 집으로 향하기로 했다. 어쩌면 아버지와 내가 길이 엇갈렸는지도 모른다는 생각이 들었던 것이다.

중도에 어떤 마을에서 하룻밤 신세를 지고, 이튿날 집에 당도했는데, 예상과는 달리 아버지는 귀가해 있지 않았다. 어떻게 된 일인지, 어머니와 나 그리고 동생들까지 모두 근심에 잠겼다. 그러나 도리가 없었다. 기다려보는 수밖에.

이틀을 기다려도 아무 소식이 없었다. 그냥 무작정 집에 앉아서 기다리고 있을 수가 없어서, 이번에는 어머니와 함께 다시 C시로 아버지를 찾아 나섰다.

밤늦게 C시에 도착한 어머니와 나는 중학교 시절의 내 친구 집을 찾아가 하룻밤 신세를 졌는데, 그 집에서 말하기를, 지금까지 집에 돌아가지 않았다면 형무소를 찾아가 보라는 것이었다. 많은 사람이 학살을 당해서 그 시체를 찾느라고 야단이라는 소문이라 했다.

설마 아버지가…… 싶으면서도 이튿날 어머니와 나는 형무소를 찾아가 보는 수밖에 없었다.

아닌 게 아니라, 형무소 옆의 꽤 넓은 공지에 학살을 당한 사람들의 시체가 즐비하게 널려 있었다. 구덩이에 묻혀 있는 시체들을 파내어 유족들이 찾아가도록 늘어놓은 것이었다.

그런데 시체들이 총살을 당한 게 아니라, 하나같이 타살을 당한 듯 온통 몸에 구렁이를 휘감은 것처럼 멍들이 들었고, 살이 찢히고 터져 그 생김새를 알아볼 수 없을 지경이었다. 어떤 시체는 팔이 떨어져나가기도 했고, 다리가 부러져나가기도 했으며, 배가 갈라져 창자가 흘러나온 그런 시체도 있었다. 더러 여자의 시체도 섞여 있는데, 온통 발가벗겨진 채 난도질을 해놓은 것이었다.

그야말로 목불인견이었다. 그리고 그 시체들 썩는 냄새라니…… 아수라의 지옥인들 어디 이러랴 싶었다.

나는 몸서리가 처져 잠시 넋을 잃은 것처럼 서 있다가, 어머니와 함께 그 시체의 바다 속으로 걸어 들어갔다. 혹시 아버지의 시체가 있는가 찾아보려고 말이다.

시체를 타넘어 가며 하나하나 살펴가다가 절반도 채 확인을 못하고서 지독한 악취와 참혹한 그 형체들에 현기증이 나서 도저히 더 계속해나갈 수가 없어,

"어머니, 안 되겠어요. 그만둡시다."

나는 온통 얼굴을 찡그리며 비명을 흐리듯 말했다.

그러자 어머니도 그 말을 기다리고 있었다는 듯이,

"그래, 그래, 도저히 안 되겠다. 그만두고 나가자."

하면서 돌아섰다.

나도 돌아서려는데, 그 순간이었다. 즐비하게 널려 있는 시체 가운데서 마치 어떤 시체 하나가 손짓을 하는 것 같아 나는 얼른 그 쪽을 바라보았다.

"저깄네요! 어머니."

나는 깜짝 놀라면서 소리쳤다.

저만큼 떨어진 곳에 아버지의 시체가 반듯이 누워 있는 것이 아닌가.

나는 정신없이 시체를 징검징검 타넘으며 뛰어갔다.

"어디 어디."

하면서 어머니도 나의 뒤를 따랐다.

그렇게 해서 아버지의 시체를 찾아 형무소 근처에 있는 야산에 가매장을 하고 집에 돌아왔는데, 한 달가량 지나서 어떤 낯선 사람이 우리 집을 찾아왔다. 아버지와 형무소 같은 감방에 갇혀 있다가 나왔다면서, 아버지가 사망한 날짜를 일러주는 것이었다.

그 사람의 말에 의하면 아버지가 학살을 당한 것은 추석날 밤이라는 것이다. 추석이 되기 며칠 전부터 심야에 갇혀 있는 사람들을 한두 사람씩 호출해 나갔고, 뒤이어 형무소 근처에서 요란한 징소리와 함께 꽹과리소리가 거의 밤새도록 들렸다는 것이다. 징을 치고, 꽹과리를 치면서 사람들을 학살했는데, 아버지가 불려나간 것은 추석날 밤이라는 것이다.

추석날 밤이면 바로 내가 친구 집에서 술을 마시고 자다가 이상한 아버지의 꿈을 꾸고 놀라서 깨어난 그날 밤이 아닌가. 그리고 그다음 날 아침 그처럼 이상스럽게 슬펐던 것이 아닌가.

"어때? 이래도 텔레파시라는 걸 믿지 못하겠어? 아버지가 학살되던 날 밤의 꿈과 그다음 날의 그 이상한 슬픔이 텔레파시의 작용이 아니라면 어떻게 설명해야 되겠어? 그리고 아버지의 시체가 눈에 띄는 그 순간도 설명할 길이 없단 말이야. 우연이라고 할지 모르지만, 절대로 우연이 아니야. 텔레파시란 반드시 있어."

손 화백이 이야기를 마치며 텔레파시라는 것을 믿지 않는 듯한 황 교감을 바라보자 그는,

"이상한 일이군."
하면서 고개를 끄덕였다. 그러자 어딘지 모르게 아직도 회의를 느끼는 듯한 그런 표정이었다.

"경험해보지 않고는 믿어지지 않을지 모르지만, 어쨌든 텔레파시란 있을 거야."

백 사장이 결론을 내리듯 말했다.

어느덧 시계가 새벽 두 시에 가까워져 가고 있었다. 술병도 다 바닥이 나고 해서 세 사람은 잠자리에 들었다.

산중 계곡에서 텐트 속에 누워 잠을 자는 것도 색다른 정취였다.

잠시 누워 있다가 황 교감이 부스스 일어나 앉았다. 일어나 앉아서 무슨 일인지 움직이질 않고 그대로 가만히 있는 것이 아닌가.

이상하다 싶어 손 화백이,

"왜 그래?"
하고 물었다.

대답이 없었다.

"응? 자네 왜 그러는 거야?"

그제야 황 교감은 약간 떨리는 듯한 목소리로 말했다.

"이상해. 가슴이 이상하게 두근거리고, 기분이 묘하단 말이야. 자꾸 눈물이 나오려고 그러질 않겠어."

"술기운 탓이겠지. 누워 자."

"아니야, 술기운 탓이 아닌 것 같애. 술을 마셔도 전엔 이런 일이 없었단 말이야. 참 이상한데……."

그러자 손 화백은,

"아니 그럼, 텔레파시라도 와 닿은 것 아냐?"

하면서 웃었다.

백 사장은 벌써 잠이 들어 드릉드릉 코를 골기 시작했다.

사오 분가량 그렇게 가만히 앉아 있던 황 교감은,

"이제 괜찮은데…… 참 이상한걸."

혼자 중얼거리듯이 말하며 부스스 도로 자리에 누웠다.

부헝 부헝 부헝…… 어디선지 또 부엉이 우는 소리가 들려왔다.

이튿날 세 사람이 하산을 한 것은 점심때가 거의 다 되어서였다. 열 시쯤에 일어나서 아침을 지어 먹고, 산을 내려왔던 것이다.

차가 다니는 길에 나서자, 황 교감은 곧장 사방을 두리번거리며 무엇을 찾는 눈치였다.

조금 걷다가 저만큼 공중전화기가 눈에 띄자, 얼른 가서 전화를 거는 것이었다.

전화를 걸고 돌아서는 황 교감에게 손 화백이 싱그레 웃으면서 말했다.

"집에다가 전화 걸어 봤지?"

그러자 황 교감은 조금 멋쩍은 듯 히죽 웃으며,

"응."

하고 고개를 끄덕였다.

"무슨 일이 있어?"

"있긴 무슨 일이 있어. 아무 일도 없다잖아. 다 허황한 소리지."

"아냐. 그렇지 않아. 자넨 그게 아니었던 거야."

간밤에 먼저 코를 드릉드릉 곤 백 사장은 두 사람이 주고받는 말이 무슨 말인지 알 수가 없어 멀뚱한 표정을 지었다.

《월간조선》(1982. 10)

산의 동화

등산을 갔다가 돌아오는 길이었다. 버스를 기다리면서,

"아버지, 몇 시야?"

현이가 물었다.

현이는 국민학교 2학년짜리였다. 일요일이면 곧잘 아버지를 따라 등산을 가곤 했다. 그런데 산에서 내려와 집에 돌아갈 때면 현이는 언제나 조금 초조해지는 것이었다. 텔레비전 때문이었다. 오후 여섯 시가 되면 현이가 제일 좋아하는 만화 프로가 시작되는 것이다. 그 전에 집에 도착해야만 했다.

현이가 몇 시냐고 묻자, 상훈은 무심히 팔뚝시계를 보려다가,

"아니!"

깜짝 놀랐다. 손목에 있어야 할 시계가 없질 않는가.

"어떻게 된 일이지?"

상훈이 어리둥절한 표정을 짓자,

"어머, 시계 어떻게 했죠?"

옆에 섰던 묘은이도 눈이 휘둥그레졌다.

오늘은 중학교 1학년생인 묘은이도 함께 등산을 온 것이다.

"하하— 이럴 수가 있나."

상훈의 얼굴에 당황하는 빛이 떠올랐다. 입맛을 쩝쩝 다시고 나서,

"시곌 나뭇가지에 걸어둔 채 그냥 내려왔네그려. 이 일을 어쩌지……."

혼자 중얼거리듯이 말했다.

"맞아, 아버지 시계 나뭇가지에 걸어놓았었어. 야단났네."

현이도 걱정스러운 듯이 산을 돌아보았고,

"어머, 어쩌지……."

묘은이 역시 큰일 났다는 듯이 산 쪽으로 시선을 보냈다.

"음—"

난감한 표정으로 상훈도 오늘 정복한 산봉우리를 바라보았다.

여느 때는 대개 산 중턱쯤까지 올라 그 계곡에서 점심을 지어 먹고 내려오는 것이 고작인데, 오늘은 산봉우리 하나를 정복했던 것이다. 누나도 함께 와서 그런지 현이가 어느 때보다 월등히 기운을 내어 다람쥐처럼 자꾸 앞서 산을 오르는 바람에 그렇게 되었다. 묘은이도 현이에게 지지 않으려는 듯 다투어 올라채는 바람에 상훈은 빙글빙글 웃으면서 뒤따르지 않을 수 없었다.

날씨도 산을 오르기에 안성맞춤이었다. 구름 한 점 없이 맑았고, 산들산들 부는 가을바람이 상쾌하기 그지없었다. 이따금 나뭇잎이 한 잎 두 잎 나부껴 떨어지기도 했고, 비이 호루루 비이 호루루…… 이름 모를 산새가 울면서 날아오르기도 했다. 어디선지 깍깍깍 깍

깍깍…… 산까치 우는 소리도 들려왔다.

산봉우리 하나를 정복하기는 했지만, 물론 가장 높이 솟아 있는 봉우리는 아니었다. 그 산정에 이르는 길목에 있는 조그마한 봉우리였다.

그 봉우리에서 야호— 야호— 소리를 지르며 잠시 사방을 조망한 다음, 산정 쪽으로 뻗은 길을 조금 가다가 길가에 적당한 자리가 있어서 배낭을 내렸었다. 제법 나무가 우거져 있고, 호젓한 장소였다.

상훈은 우선 땀이 끈적끈적한 팔뚝시계를 끌러 나뭇가지에 걸었다. 그리고 버너에 불을 붙였다.

그런데 그만 깜박 잊고 시계를 그대로 나뭇가지에 걸어둔 채 산을 내려왔던 것이다.

"어떻게 하나……."

상훈은 입맛이 쓰기만 했다.

팔뚝시계라도 삼사만 원 주면 얼마든지 살 수 있는 그런 것이 아니었다. 물론 롤렉스나 오메가 같은 고급품은 못 되었으나, 십여만 원 주어야 하는 제법 값진 물건이었다.

하지만 도리가 없었다. 산기슭이나 중턱쯤이라면 되돌아 얼른 가보겠는데, 쉬엄쉬엄 거의 두 시간이나 걸려서 올라간 산봉우리가 아닌가. 단념하는 수밖에 없었다. 다음 일요일에 다시 그곳을 찾아가 보아서 있으면 천만다행이고, 없으면 그만일 수밖에…….

"아버지, 어떻게 하죠?"

묘은이가 걱정스러운 표정으로 물었다.

"도리 없지 뭐. 다음 일요일에 가보는 수밖에……."

상훈은 체념을 하듯 비교적 담담하게 말했다.

그러나 버스가 와 정거를 하자, 차에 오르면서도 그는,

"아 그것 참……."

절로 그런 소리가 흘러나왔다.

버스 맨 뒤쪽 좌석이 비어 있어서 세 사람은 나란히 자리를 잡고 앉았다.

한참 가다가 현이가 불쑥 입을 열었다

"아버지, 걱정 말어. 다음 일요일에 가면 시계가 틀림없이 그대로 있을 거야. 정말이야."

멀뚱히 차창 밖으로 시선을 보내고 있는 아버지의 표정이 어쩐지 침울해 보여서 제 딴은 위로를 하는 셈이었다.

상훈은 힘없이 피식 웃기만 했다.

그러자 묘은이도 한마디 했다.

"아버지, 그럴 거예요. 정말이에요. 걱정 말아요."

"걱정은 무슨…… 있으면 다행이고, 없으면 그만인 것이지."

태연한 척 말은 그렇게 했으나, 상훈의 굳어진 얼굴은 좀처럼 풀리지가 않았다.

집에 도착하자, 시계에 관한 이야기로 한바탕 꽃을 피웠다. 꽃을 피웠다기보다 약간 서로의 열기를 돋우는 그런 화제가 되었다.

아파트 현관을 들어서자, 현이가 대뜸,

"엄마, 아버지 시계 놓고 왔어."

하고 소리를 질렀다.

혜선은 주방에서 김칫거리를 다듬고 있었다. 시계를 놓고 오다니, 무슨 소린가 싶은 듯,

"뭐?"

일손을 놀리면서 멀뚱히 현이를 바라보았다.

"시계를 나무에 걸어놓고 그대로 왔단 말이야."

"나무에 걸어놓고?"

"응."

"잘한다. 잘해."

혜선은 어이가 없는 듯 투덜거리고는 남편을 향해,

"아니, 어쩔려고 시겔 나무에 걸어놓고 그냥 오는 거요? 까마귀 고길 잡수셨나…… 왜 그래요?"

안타까운 듯이 말했다.

상훈은 배낭을 내려 거실 한쪽에 아무렇게나 밀어놓고, 등산모를 벗어 그 위에 던졌다. 그리고 소파에 가서 무너지듯 푹신 기대앉으며,

"글쎄 말이야, 까마귀 고길 먹은 모양이야."

후유— 한숨을 내쉬었다.

분위기가 무거워지는 듯하자, 묘은이가 혼자 중얼거리듯이, 그러나 다분히 어머니에게 들으라는 것처럼 말했다.

"다음 일요일에 가서 찾아오면 되는데, 뭘 그걸 가지고……."

그러자 혜선은,

"하하하……."

어이가 없는 듯 웃었다.

"다음 일요일에 가서 찾아와? 누구 맘대로 다음 일요일까지 시계가 그대로 있다더냐? 흥! 어림도 없는 소리."

"왜 없어? 높은 산 위의 나무에 걸어둔 시계가 그럼 어디로 간단

말이야?"

"몰라서 묻니? 너 같으면 나무에 걸린 시계를 보고 그냥 지나가겠어?"

"난 그냥 지나갈 거야. 엄마는 사람이 가지고 갈 거라고 생각하는 모양인데, 일요일 외에는 별로 등산하는 사람이 없을 뿐 아니라, 그곳은 높은 산봉우리란 말이야. 사람의 발길이 뜸한 곳이야. 혹시 사람의 눈에 띈다 하더라도 등산하는 사람들은 남의 시계에 손을 대진 않아. 다음에 주인이 와서 찾아가도록 그대로 놓아둔 채 지나간단 말이야. 아무리 임자가 없는 것이지만, 남의 물건에 손을 대는 그런 사람은 등산할 자격이 없는 거야."

"하하하……."

혜선은 재미있다는 듯이 또 까르르 웃었다.

그러자 현이도,

"맞아. 누나 말이 맞아. 등산하는 사람들은 마음씨가 깨끗하기 때문에 시계를 가져가지 않는단 말이야. 틀림없어. 다음 일요일에 가면 틀림없이 있을 거야."

하고 누나 편을 들었다.

"그래, 다음 일요일에 가보려무나. 만일 시계가 그대로 있다면 내 이 손가락에 불을 붙이지. 하하하…… 그 시계는 오늘 이미 벌써 없어졌을 거야."

"안 그래. 나는 절대로 그렇지 않다고 생각해. 다음 일요일까지 틀림없이 그대로 있을 거야. 엄마는 사람을 나쁘게만 생각하는데, 안 그렇단 말이야. 더러 나쁜 사람도 있지만, 대개는 다 좋은 사람들이야. 등산하는 사람 가운데는 나쁜 사람이 없다고 나는 믿어."

묘은이는 끝내 굽히지 않았고, 혜선은 곧장 비죽비죽 웃으면서 말을 이었다.

"흥, 순진해서 좋구나. 그러나 미안하지만 너는 아직 세상을 몰라. 나쁘고 좋고가 어디 있어. 나무에 걸린 임자 없는 시계를 보고 그래 그냥 지나가는 사람이 있을 것 같애? 어림도 없지. 사람들 눈에 돈밖에 안 보이는 세상이야. 그런데 눈앞에 십만 원이 넘는 시계가 버려져 있는 걸 보고 글쎄 그냥 모르는 체 지나간단 말이야? 그런 사람이 요즘 세상에 있을 것 같애? 흥, 어림도 없는 소리지."

그러자 묘은이가,

"내기할까? 엄마."

내뱉듯이 말했다.

"그래, 하자."

현이도 좋아서,

"그래그래, 내기하자. 나는 누나 편이야. 아버지는?"

하고 떠들어댔다.

상훈은 그저 씁쓰레하게 웃고만 있었다.

"여보, 당신은 어느 쪽이에요? 시계가 다음 일요일까지 그대로 있을 것 같애요? 없을 것 같애요?"

혜선이 묻자, 상훈은 그저,

"글쎄…… 있었으면 좋겠는데…… 있을 것도 같고, 없을 것도 같고, 그렇군."

애매하게 대답했다.

"그런 흐리멍텅한 대답이 어딨어요. 그러지 말고 한쪽을 택해 봐요. 그래야 내기가 되는 거지."

"아무래도 없을 것 같애."

아예 그렇게 체념해두는 것이 속 편할 것 같아 상훈은 아내 편에 섰다.

그러자 현이가,

"엄마 아빠가 한편이고, 누나하고 나하고 한편이구나. 어른하고 아이들하고 내기한다. 야— 신난다."

공연히 좋아서 소리를 질렀다.

"무얼 내기할까. 응? 엄마."

묘은이의 말에,

"무슨 내기가 좋을까……."

혜선이 망설이자, 또 현이가,

"짜장면 내기하자."

불쑥 내뱉었다.

"짜장면? 너가 짜장면 살 돈 있니?"

"있어, 저금통 안에. 헤헤헤……."

그러나 묘은이는,

"돈 없어도 걱정 없어. 틀림없이 우리가 이길 거니까."

자신만만한 표정이었다.

"틀림없이 이기는 것 좋아하네. 틀림없이 질 거니까 두고 보라구."

혜선 역시 자신만만한 웃음을 얼굴에 띠었다.

다음 일요일. 등산하기에 여전히 좋은 날씨였다.

여느 때보다 일찍 집을 나섰다. 오늘은 네 식구가 모두 함께였다.

혜선도 더러 등산을 안 한 것은 아니지만, 근래에 와서는 뜸했었다.

여느 때의 등산보다 한결 즐겁고, 묘하게 재미있었다. 가족이 모두 함께여서 그렇기도 하지만, 그 시계 때문이었다. 시계가 그대로 있느냐, 없느냐, 내기에서 어느 쪽이 이기느냐, 하는 호기심과 기대 때문에 산에 오를 때도 마냥 힘이 솟아 별로 피로한 줄도 몰랐다.

산에는 일주일 전보다 한결 가을이 짙어진 듯 눈에 띄게 단풍이 들어 보였고, 낙엽이 곧잘 바람에 나부끼고 있었다. 산까치도 깍깍 깍 깍깍깍…… 울고 있었다.

지난 일요일에 자리를 잡았던 그 장소가 가까워지자, 현이와 묘은이는 냅다 뛰었다. 상훈과 혜선도 싱글벙글 웃으면서 걸음을 빨리했다.

맨 먼저 그 장소에 도착한 현이가,

"없는데…… 엄마, 없다."

하고 소리를 질렀다.

"그거 보라구. 내가 뭐랬어, 있을 턱이 없지. 여보, 우리가 이겼네."

내기에는 이겼지만, 그러나 혜선은 별로 기분이 좋은 표정이 아니었다. 시계가 결국 깨끗이 없어진 것을 확인한 섭섭함 때문이었다. 말은 그렇게 했고, 또 실제로 그럴 것이라고 생각했지만, 내심 은근히 시계가 그대로 나뭇가지에 걸려 있기를 바랐지, 없어졌기를 바라지는 않았던 것이다.

"짜장면 한 그릇 얻어먹게 됐네."

상훈도 씁쓰레하게 웃는 수밖에 없었다.

그러나 곧 묘은이가,

"여깄네, 여깄네. 어머나— 낙엽이 시계를 살짝 가리고 있지 뭐야. 야— 참 희한하다."

호들갑스럽게 떠들어댔다.

"뭐 낙엽이?"

"아니, 정말이야?"

상훈과 혜선은 서로 마주보며 활짝 웃었다. 그리고 얼른 다가갔다.

과연 손바닥만 한 낙엽 하나가 시계를 안 보이도록 가리듯이 그 위에 살짝 얹혀 있었다.

"야— 참 희한하구나."

상훈은 좋아서 곧장 싱글벙글했고,

"어머— 정말 별일이네. 용케 낙엽이 시계 위에 얹혔군 그래. 그렇지 않았더라면……."

하고 혜선도 기뻐서 입이 딱 벌어지고 있었다.

그러자 묘은이는,

"용케 낙엽이 시계 위에 얹힌 게 아닐 거야. 엄마, 사람이 지나가다가 보고서 낙엽으로 시계를 가려놓았을 것 같애. 다른 사람의 눈에 안 띄도록……."

하고 말했다.

"뭐? 하하하…… 사람이 그랬다고?"

"응, 나중에 주인이 와서 찾아가도록 말이야."

"웃기지 마. 바람이 그런 것이지, 사람이 그러다니……."

"아니야, 틀림없이 사람이 그랬을 것 같애."

"바람에 낙엽이 떨어지다가 용케 시계 위에 얹힌 거야. 그렇지 않았더라면 사람의 눈에 띄어 시계는 없어졌어. 알기나 해?"

"아니라니까."

또 둘이 맞서는 것이 아닌가.

깍깍깍 깍깍깍…… 그때 저만큼 가까운 나무 위에서 산까치 우는 소리가 들려왔다.

그 소리를 듣자, 현이가 불쑥 입을 열었다.

"아버지, 산까치가 그랬는 거 아니야?"

그 말에 상훈은,

"그렇지, 그렇지. 네 말이 맞았어. 산까치가 그랬을 거야. 허허허……."

기분 좋게 웃으며 나뭇가지에서 시계를 벗겨 손목에 찼다.

산에 버려져 있다가 일주일 만에 다시 손목에 돌아온 시계를 상훈은 신기한 듯이 들여다보며 곧장 버너에 불을 붙이기 시작했다. 가볍게 휘파람까지 불면서.

내기에는 진 셈이지만, 혜선 역시 즐겁기만 했다.

버너에 불을 붙이고 있는 아버지에게 현이가 다짐을 받듯이 말했다.

"아버지, 짜장면 꼭 사야 돼."

"사고말고. 내가 사지."

얼른 그 대답을 혜선이 했다.

《문학사상》(1983. 7)

가랑비

차창 밖으로 휙휙 날아가듯 지나가는 풍경이 차츰 흐릿해지기 시작했다. 가랑비였다.

백남하는 하품을 하며 기지개를 켰다. 피로가 온몸을 나른하게 휘감고 있었으나, 그렇다고 잠으로 빠져들지도 않았다. 백남하는 차를 타면 잠을 자지 못한다. 야간 침대차를 타도 좀처럼 잠을 이루지 못하고, 새벽녘에야 자는 듯 마는 듯 눈이 감기며 조금 몽롱해질 뿐이다.

지금은 오후 세 시 무렵, 잠이 올 턱이 없다. 하품만 이따금 나온다. 피로하기 때문이다.

일본에 온 지 아흐레째다. 국제펜대회가 도쿄에서 개최되어 한국펜클럽 대표단의 한 사람으로 온 것이다. 일본은 초행이었다. 그래서 회의는 닷새 동안이었으나 사흘만 참석하고 친구가 경영하는 여관으로 숙소를 옮겨 도쿄 시내 구경과 하꼬네(箱根), 이따미(熱

海), 그리고 닛코(日光)의 관광을 하고서 지금 혼자 신칸센 열차를 타고 오사카(大阪)로 향하고 있는 중이다.

신칸센은 초특급이다. 열차가 어찌나 빠른지 탄환처럼 달린다 하여 '탄환열차'라는 별명으로 불리기도 한다. 한 시간에 보통 이백 킬로미터, 즉 우리 옛날 이수(理數)로 오백 리를 내닫는다. 최고로 속도를 내면 한 시간에 삼백 킬로까지 주파할 수 있다고 한다. 서울서 부산까지 사백오십 킬로를 우리의 새마을호는 네 시간 사십 분 걸리는데, 신칸센 열차로 달리면 그 절반가량에 주파할 수 있는 셈이다. 다시 말해 속도가 두 배 정도 빠르다. 그러나 막상 그 안에 타고 있으면 뭐 별로 빠른 줄을 모른다. 바깥 풍경이 얼른얼른 뒤로 사라지긴 하지만 말이다.

가랑비에 젖은 일본의 전원 풍경을 나른한 시선으로 내다보며 백남하는 이국에 와서 팔구 일 동안의 가지가지 일을 멍하니 머리에 떠올려본다.

하꼬네의 유황천과 이따미의 온천, 그리고 닛코의 폭포가 인상 깊게 머리에 떠오른다.

하꼬네의 산기슭 휴게소에 차가 멎자 코로 유황 냄새가 물씬 스며들고, 온통 산 여기저기서 무럭무럭 유황 솟아오르는 김이 연기처럼 나부끼는 게 장관이다. 가까이 가보면 부글부글 유황이 끓어오르고 있고, 그 끓는 유황에 달걀을 삶아내어 특산품으로 팔고 있다. 유황에 삶은 달걀이 맛이 묘하다. 한 개를 먹으면 오 년 수명이 연장된다는 우스개 같은 전설이 있다고 전한다.

칠팔 명이 함께 갔는데, 모두 달걀과 맥주를 사서 술안주 삼아 그것을 먹어대며 웃던 일이 떠오른다. 백남하도 세 갠가를 먹었다.

이따미의 온천장도 인상적이다. 이따미는 온천으로 일본에서 유명한 곳이다.

일행은 그곳에서 숙박을 하지 않았기 때문에 호텔의 대중탕에 들어갔는데, 그 넓고 깨끗한 욕실이 고대 로마의 궁전에 있는 욕실이 그런 것이 아니었을까 싶을 정도였다. 그리고 같이 간 친구의 말에 의하면 일본 온천장에는 혼탕(混湯)이라는 것이 있다 한다. 남자와 여자가 벌거벗고 함께 온천을 즐긴다는 것이다.

"그것 참 신나겠는데……."

"쑥스러워서 어떻게……."

"쑥스럽긴……. 그런 게 진짜 일본 관광이지."

"우리도 혼탕에 갈걸 그랬지."

공연히 기분들이 좋아서 떠들어대자

"혼탕은 숙박객들에게만 허용되고 있지."

하고 친구는 빙그레 웃었다.

닛코의 폭포는 높이가 일백 미터에서 불과 일 미턴가 이 미터 모자라는 거창한 물줄기였다. 떨어져 부서지는 물소리가 온통 천지를 뒤흔드는 듯 귀가 멍멍할 지경이었다. '게로노다끼'*(화엄폭포)라고 하는데, 높은 산 위에 있는 '쥬우 센지꼬'*(中禪寺湖)라는 커다란 호수의 물이 그렇게 쏟아져 떨어지는 것이었다.

폭포뿐 아니라 산수 풍광이 그림처럼 수려했다. 닛코를 보지 않고서 '겟꼬오'(훌륭하다는 뜻)라는 말을 하지 말라는 얘기가 있을 정도로 일본의 절경 가운데 하나다.

폭포가 있는 곳까지 차가 일방통행으로 올라가서 일방통행으로 내려오도록 길이 마련되어 있는데, 내려오는 도로변 우거진 숲

속에 야생 원숭이들이 한가롭게 놀고 있는 것이 눈에 띄었다. 차가 지나가는 바로 길가에 서너 마리가 어울려 앉아서 멀뚱히 바라보고 있기도 했다.

"우리나라 같으면 저렇게 가만히 놓아두겠어?"

"밀렵꾼들 횡재 만났다고 설쳐대겠지."

"대번에 씨를 말려 버리고 말걸."

절로 이런 자조적인 말들이 튀어나오자, 백남하도 고개를 끄덕이며 씁쓰레하게 웃었다.

닛코뿐 아니라 하꼬네, 이따미 쪽도 자연경관이 그만이었다. 우선 산에 수목이 울창하고, 물 맑고 촌락이 깨끗했다.

그런 관광지뿐 아니라 도쿄 시내도 번잡한 거리치고는 묘하게 정갈하고 단아한 느낌을 주었다. 팔구일 동안에 백남하가 받은 일본의 인상은 한마디로 정갈 단아하고, 사람들이 친절하다는 점이다.

백남하는 꽤나 반일적인 감정을 지니고 있는 소설가다. 그의 그런 감정은 일제 말엽 중학교 시절에 겪은 고초 때문이라고 할 수 있다. 해방되던 해 그는 갓 중학교에 들어간 몸이었는데, 거의 병영화 되다시피 한 학교에서, 혹은 기숙사에서 온갖 고초와 굴욕을 맛보았다. 그런 개인적인 체험이 직접적으로 작용하고, 또 일제가 우리나라를 병합해서 삼십육 년 동안 강압적으로 지배해 왔다는 역사적인 사실이 간접적으로 작용해서 그의 반일감정을 형성했다고 할 수 있다. 그래서 그는 소설에서 일제 말엽에 겪은 괴로웠던 체험을 즐겨 소재로 다루었다.

그런데 이번에 직접 일본엘 와보고, 짧은 기간이나마 일본 사람들을 대해 보고서는 그런 좋지 않은 감정이 많이 수정되는 느낌이다. 일본 사람들의 이중성을 흔히 말하는데, 오래 겪어보질 못해서 실제로 그런지 어떤지 깊은 데까지는 알 수가 없으나, 좌우간 지나치다고 할 수 있을 정도로 친절하고 상냥한 데는 놀라지 않을 수 없고, 호감이 가지 않을 수 없다는 게 솔직한 심정이다.

차내 이동매점이 다가왔다. 백남하는 깡맥주 한 개와 대구포를 샀다. 피로에는 역시 술이 약이다. 꿀꺽꿀꺽 맥주로 목을 축이고, 대구포를 질근질근 씹으니 나른하던 몸이 좀 가벼워지는 느낌이다.

이동매점의 판매원 아가씨가 다음 칸으로 가기 위해 객차의 문을 열고 나가면서 돌아서서,

"실례했습니다."

하고 나붓이 고개를 숙인다.

백남하는 절로 고개가 끄덕거려진다. 한 아가씨만 그러는 게 아니다. 가만히 관심을 가지고 보니 모든 판매원 아가씨가 다 그처럼 한다. 백남하는 결코 보통 일이 아니라는 생각이 또 짙게 머리에 다가온다. 가랑비에 촉촉이 젖어가고 있는 바깥 풍경까지 정겹고 아름답기만 하다.

그처럼 밝은 기운이 되어 있던 백남하는 문득 긴자의 거리에서 목격했던 충격적인 장면이 떠오르자 입맛이 떨떠름해졌다. 그것은 데모였다.

해질 무렵이었다. 백남하는 혼자서 쇼핑을 하며, 긴자 거리를 건들건들 한가롭게 거닐고 있었다. 긴자는 서울의 명동과 같은 도쿄의 번화가다.

그 번화한 거리 저쪽에서 사람들이 무리를 지어 몰려오고 있는 게 눈에 띄었다. 얼른 보아도 무슨 데모를 하는 군중이라는 것을

알 수 있었다. 머리에 띠를 맨 사람, 어깨에 띠를 두른 사람, 그런 남녀가 뒤섞여 허공을 향해 주먹으로 삿대질을 해대면서 무슨 구호를 외치고 있었다. 그리고 행인들을 향해 삐라를 뿌리기도 했다.

야, 이것 봐라, 재미있구나 싶어 백남하는 절로 걸음이 멈추어졌다. 무슨 데모일까 하는 호기심이 동하기도 했다. 그러나 곧 그는 바짝 긴장이 되고 말았다. 그 몰려오고 있는 떼거리들의 복장으로 눈이 가는 순간, 번쩍 머리에 와 닿는 것이 있었던 것이다. 색다르다면 색다른 복장들이었다. 위는 희고, 밑은 검었다. 여자들은 흰 블라우스에 검정치마를 입고 있었고, 남자들은 흰 와이셔츠에 검은 바지를 입고 있었다.

"이크! 그렇구나."

백남하는 온몸이 떨리며 바짝 굳어들었다. 마치 별안간 오한에 휩쓸린 사람 같았다.

그것은 조총련 패거리들의 데모였다. 외치고 있는 구호는 일본어였으나, 말할 것도 없이 우리 대한민국을 비방하는 내용이었다.

백남하는 한쪽 눈썹께에 경련이 이는 것을 느끼며 그 광경을 지켜보았다. 그들이 외쳐대는 구호를 귀담아 듣는 것 같은 사람은 거의 눈에 띄지 않았다. 행인들은 그저 힐끗힐끗 눈을 주며 제 갈 길을 가고 있을 뿐이었다. 어떤 사람은 데모 같은 것 숫제 관심도 없다는 듯 거들떠보지도 않고 지나가고 있다. 흩뿌리는 삐라를 줍는 사람도 드물었다. 중학생인 듯한 청소년들이 재미삼아 줍는 게 보였고, 회사원 타입의 젊은이가 발 앞에 떨어진 삐라 한 장을 주워서 조금 읽어보고는 도로 길바닥에 픽 던져버리는 게 눈에 띈다.

그 데모의 물결이 앞으로 다가오자, 백남하는 비틀거리듯 두어 걸음 길가의 상점 쪽으로 물러섰다.

"음—"

무거운 신음소리와 함께 아랫도리가 후들거렸다. 분노 때문인 듯도 했고, 어떤 공포 때문인 것도 같았다.

말로나 듣고, 글로나 읽었던 조총련들의 하는 수작을 직접 눈으로 보니 절로 분노가 치솟지 않을 수 없었다. 남과 북이 서로 화해의 방향으로 나아가 민족분단의 비극을 종식시키고, 평화통일을 이룩하려는 노력은 하지 않고, 무도한 수법으로 긴장을 고조시키고, 혼란을 획책하며, 우리의 강토를 또 다시 피로 물들이려고 벼르기만 하는 북녘 집단의 수족이 되어 저렇게 날뛰는 것을 직접 목격하니 증오가 끓어오르지 않을 도리가 없었다. 같은 나라도 아닌 남의 나라의 번화가를 휩쓸고 다니며 동족을 욕하고 삿대질을 해대다니 말이다.

그리고 지나가는 사람들은 거의 아무 관심도 없는 듯 무표정하기만 한데, 공연히 자기들만 핏대를 세워 눈을 부릅뜨고 고래고래 외치고 주먹질을 해대는 그 살벌한 작태들을 볼 때 한심하다는 생각과 함께 등골이 으스스했다. 말하자면 공포감인 것이었다.

한 무더기의 삐라가 백남하 앞으로 날아와 발아래 흩어졌다. 백남하는 문득 그것을 한 장 주워서 읽어볼까 하는 생각이 들었다. 도대체 무슨 말을 써놓았는지 호기심이 동했다.

그러나 백남하는 그 삐라를 주우려고 내려다보는 순간, 반사적으로 이맛살이 찌푸려졌고 기분이 나빴다. 그는 흩어진 삐라들을 저벅저벅 구둣발로 냅다 밟으며 성큼성큼 걷기 시작했다. 마치 울컥 화가 치민 사람처럼.

한참 가다가 백남하는 뒤를 돌아보았다. 데모의 꽁무니가 저만큼 멀어지고 있었고, 그런 것과는 아무 상관도 없다는 듯이 긴자의 거리는 밝고 활기 있게 흥청거려 보였다.

그는 가슴이 먹먹해짐을 느꼈다. 뜻밖이었다. 지금까지의 분노 대신 야릇한 비애 같은 것이 가슴 밑바닥에 물처럼 고이는 것이 아닌가. 우리는 어쩌다가 이런 민족이 되었나 하는 생각이 뭉클하게 머리를 쳐들었던 것이다. 남의 나라에서까지 동족을 욕하고 헐뜯어야 하다니, 정말 슬픈 일이 아닐 수 없었다.

그런 슬픔을 그는 또 한 번 맛보았다. 이번에는 단순한 슬픔뿐 아니라 부끄러움과 수치감 때문에 몸 둘 바를 몰랐다.

어떤 지하철역에서였다. 그때는 그 혼자뿐 아니라, 일행 칠팔 명과 함께였다. 다까라스까(宝塚) 극장에서 시대극을 관람하고 여관으로 돌아가는 길이었다. 퇴근 때가 다 되었을 무렵인데, 그 지하철역은 이상하게 사람이 별로 붐비질 않고 한산한 편이었다. 역도 어쩐지 다른 지하철역보다 작게 느껴졌다.

친구도 함께였는데, 일행의 차표를 한꺼번에 산 친구가 앞장서서 개찰구 쪽으로 가다가,

"저기 보라구."

하면서 바로 뒤를 따르는 그를 돌아보았다. 친구의 태도는 예사로웠으나, 가리킨 쪽을 바라본 그는 자기도 모르게 주춤 걸음이 멈추어졌다. 일행들 역시 약속이라도 한 듯 모두 걸음을 멈추고 그쪽을 바라보았다.

조총련계 여자였다. 검정치마에 흰 블라우스를 입고 머리를 짤막하게 한 가닥으로 묶은 아가씨로 보이는 여자 두 사람이 웬 중년

남자 하나를 붙들고 무엇인가 집요하게 설득을 하고 있는 듯이 보였다. 아마 조총련계 대학에 다니는 여대생인가 보다.

"서명을 받으려고 저러는 거야."

친구가 심드렁하게 말했다.

"서명을 받다니, 무슨 서명?"

"요즘 조총련 애들이 서명운동을 전개하고 있어."

"뭣 때문에?"

"그 애들은 심심하면 그러잖아. 가을에 있을 한일간의 행사를 반대하는 서명을 받는다나."

"음—"

백남하는 절로 무거운 신음소리가 흘러나왔고, 다른 일행들 역시 굳어진 표정으로 그 광경을 지켜보고 있었다.

설득은 계속되고 있었으나, 중년 남자는 쉽사리 응할 기미가 보이지 않았다. 아마 일본 남자인 것 같았다. 그럴 경우 나는 모른다는 식으로 고개를 흔들고 가버리면 될 텐데, 수굿하게 서서 듣고 있는 폼이 일본 사람임을 짐작게 했다.

그렇게 무거운 기분으로 두 조총련 아가씨의 하는 수작을 지켜보고 있던 그는 어쩐지 누군가가 자기를 지켜보고 있는 듯한 묘한 느낌이 들었다. 얼른 뒤를 돌아보았다. 아니나 다를까, 일본 사람 서넛이 지나가다가 잠시 걸음을 멈추고 백남하 일행과 저쪽의 조총련 아가씨 쪽을 번갈아 바라보며 자기네끼리 수군수군 주고받고는 재미있다는 듯이 히죽히죽 웃는 게 아닌가.

백남하는 얼굴이 화끈했다. 왈칵 부끄러운 생각이 치밀어 오르는 것을 어쩌지 못했다. 백남하는 얼른 고개를 돌렸다. 그런 줄을 모르는 일행은 여전히 굳어진 착잡한 표정으로 저쪽을 지켜보고 있었고, 저쪽은 여전히 그 남자를 붙들고 어떻게든지 서명을 받아 내려고 끈질기게 들러붙고 있었다.

다시 말하면 북쪽은 남쪽을 비방하기에 정신이 없었고, 남쪽은 북쪽의 그런 수작을 착잡한 심정으로 지켜보고 있는 셈이었다. 남과 북의 조그마한 대치상태라고 할 수 있었다. 그런 대치상태가 재미있어서 일본 사람들은 묘한 표정으로 웃는 것이었다. 그 묘한 표정 속에는 경멸감과 연민감 같은 것이 들어 있는 게 분명했다.

히죽히죽 웃던 일본 사람들은 걸음을 떼 놓으며,

"고노히도다찌와 소울까라 기다리시이이(이 사람들은 서울에서 온 모양이야)."

"소오네(그런가 봐)."

"오모시로이다(재미있군)."

이런 말을 주고받는 것이었다.

그 말이 귀에 들어오자, 그는 또 한 번 얼굴이 달아올랐다. 뒷덜미께를 철썩 한 대 얻어맞은 느낌이기도 했다. 모욕감과 함께 왈칵 부끄러운 생각이 솟구쳤다.

부끄러운 생각은 곧 슬픔으로 바뀌며 물컹한 것이 가슴을 온통 적시고 코허리께로 찡하게 번져 오르는 듯했다. 눈앞이 조금 뿌옇게 흐려오기까지 했다.

긴자의 거리에서 데모대를 만났을 때보다 훨씬 짙은 비애감에 젖어들며 백남하는 입맛을 쩍쩍 다셨다. 분단의 비극을 머리로는 많이 생각해보고, 한숨도 많이 쉬었지만, 이처럼 절실하게 온몸으로 그 슬픔을 맛본 것은 처음이었다.

열차는 산모롱이를 돌아가고 있었다. 내려다보이는 계곡에는 맑은 물이 철철 흐르고 가랑비에 젖은 나무들은 한결 싱싱하고 윤기가 흘러 보였다. 비는 어느새 걷히고, 한 무더기의 햇살이 산허리에 눈부시게 쏟아져 내렸다.

백남하는 우울한 생각을 떨쳐버리려고 신선한 그 햇살을 바라보며 심호흡을 두어 번 했다. 그리고 애써 지금 찾아가고 있는 오사카 쪽으로 생각을 돌렸다.

오사카로 갈 예정은 없었다. 헌데 친구한테서 전내실의 얘기를 듣고, 한 번 찾아가 봐야지 싶어 그는 이렇게 혼자 신칸센 열차에 몸을 실은 것이다.

무슨 얘기 끝에 친구가,

“참 전내실이가 오사카에서 불고기집을 하고 있다던데.”

불쑥 말을 꺼냈던 것이다.

“전내실이가?”

백남하는 참으로 뜻밖의 말에 귀가 번쩍했다.

“응, 백운대라는 불고기집을 하고 있대.”

“그게 사실인가?”

“틀림없어. 서너 달 전에 말야, 왜 있잖아, 박민구. K신문의 도쿄 특파원으로 와 있는 친구.”

“응, 알지.”

“그 친구가 만나봤다는 거야.”

“그래.”

“한 번 찾아가 보지.”

“글쎄…… 그럴까.”

전내실은 백남하의 첫사랑 여자였다. 첫사랑이라기보다도 첫 짝사랑이라고 하는 편이 옳을 것이다.

전내실은 양쪽 볼에 보조개가 예쁘게 패는 소녀였다. 백남하가 고등학교 2학년 때, 그녀는 같은 학교 1학년이었다. 어느덧 삼십 년이 지난 과거의 일이다. 그 무렵 백남하가 다닌 고등학교는 남녀공학이었다. 여고가 분리되어 나가기까지 같은 재단이기 때문에 몇 해 동안 공학을 했던 것이다.

백남하가 하숙을 하고 있는 집 근처에 그녀의 집이 있었다. 학교에 오가는 길에 백남하는 곧잘 그녀와 마주쳤고, 때로는 학교의 복도나 운동장에서 얼굴을 맞닥뜨리기도 했다. 그럴 때면 그녀는 수줍은 듯 양쪽 볼에 보조개를 지으며 웃곤 했다.

그때 그는 높이뛰기 선수였다. 일 미터 육십이 센티미터까지 뛰었다. 한 번은 운동장에서 높이뛰기 연습을 하고 있는데, 그녀가 몇몇 여학생들과 구경을 하고 있다가 일 미터 육십이 센티미터를 멋지게 휙 뛰어넘자,

"야—"

하고 박수를 치며 좋아하는 것이었다.

시선이 마주치자, 그녀는 얼굴을 살짝 붉혔다. 그때, 백남하는 묘하게 가슴이 두근거리는 것을 느꼈다.

전내실은 노래를 썩 잘 불렀다. 그녀가 노래를 잘 부른다는 사실을 그는 교내 예술제 때 알았다.

"다음은, 1학년 여학생을 대표해서 전내실 양의 독창이 있겠습니다. 부를 곡목은 〈로렐라이 언덕〉, 〈로렐라이 언덕〉……."

마이크에서 이런 소리가 흘러나왔을 때까지도 그는 아무것도 모

르고 있었다. 그때까지도 그는 그녀의 이름을 몰랐던 것이다.

무대 한복판으로 걸어 나오는 여학생의 얼굴을 본 그는 약간 놀라지 않을 수 없었다. 1학년 여학생을 대표해서 독창을 하러 나온 여학생이 바로 그녀가 아닌가. 뜻밖의 일이었다.

백남하의 얼굴은 공연히 붉어지고 있었다. 그리고 그는 속으로,

"전내실, 전내실……."

하고 그녀의 이름을 뇌어보았다.

그녀의 노랫소리는 어딘지 모르게 약간 비음이 섞여 있는 듯했다. 그래서 다른 사람들의 노래와는 달리 독특한 매력을 풍겼다. 부드럽고 싱싱하면서도 어딘지 모르게 비음이 섞여 있는 듯한 그녀의 노랫소리가 울려 퍼지자, 장내는 물을 끼얹은 듯 조용해졌다. 백남하는 숨을 죽이고 그녀의 독특한 노래에 뭐라 형언할 수 없는 도취상태를 맛보았다.

노래가 끝나자, 장내는 박수로 떠나갈 듯했다.

"앙콜—"

"앙콜—"

여기저기서 소리를 질러대기도 했다.

그는 정신없이 박수를 쳐댔다. 그러나 잠시 후, 그는 야릇한 심정이 되었다. 어쩐지 초조하고 불안했다. 자기만이 남몰래 알고 있던 소중한 물건이 여러 사람 앞에 공개되어버린 것 같은 느낌이었다.

예술제가 있은 뒤로 백남하는 감정을 걷잡을 수가 없었다. 전내실, 그녀를 어떻게든지 자기만의 소중한 존재로 간직해야 되겠다는 생각으로 마침내 그녀에게 편지를 썼다. 그가 처음으로 써보는 러브레터였다. 그것을 전달하려고 아침 등굣길에 그는 집에서 나

와 골목길을 걸어오는 그녀의 앞을 가로막았다. 그리고 흰 봉투에 담긴 편지를 불쑥 내밀었다. 내민 손이 그도 모르게 갑자기 떨려왔다. 그녀는 깜짝 놀라 어쩔 줄을 몰라 했다.

"받아요, 얼른. 누가 봐요."

백남하가 조금 떨리는 그러나 간절한 목소리로 다가서자, 그녀는 얼굴이 온통 홍당무가 되며 정말 어디서 누가 볼까 봐 겁이 난다는 듯 얼른 그것을 받아 쥐었다. 그리고 냅다 골목길을 달려가는 것이었다.

그는 달려가는 그녀의 뒷모습을 바라보다가 자기도 후닥닥 잰걸음을 쳐서 골목길을 빠져나왔다. 곧 경쾌한 휘파람이 입안에서 맴돌았다. 드물게 상쾌한 아침 등굣길이었다.

그러나 그녀로부터는 아무 화답이 없었다. 백남하가 두 번째 러브레터를 건넸을 때는,

"몰라요. 싫어요, 싫어요."

하고 고개를 내저었다. 그러나 끝내는 어쩔 수 없다는 듯 얼른 받아 쥐고는 이번에도 냅다 뛰어 골목길을 향해 달아나는 것이었다.

그는 속으로 이제 됐다 싶었다. 그러나 여전히 그녀로부터는 아무 회답이 없었고, 기다리겠다는 장소에 나오지도 않았다. 백남하는 도무지 그녀의 마음을 알 길이 없어 안타깝기만 했다.

세 번째 러브레터는 혈서였다. 괴로운 나날을 몇 밤이나 지새우다가 마침내 손가락 하나를 베어 피로서 사랑을 하소연했다. 혈서에는 곧 반응이 나타났다. 등굣길 골목에서 쪽지를 얼른 던져주고 총총걸음으로 사라졌다. 그러나 그것은 그를 절망에 빠지게 할 만한 내용이었다. 자기는 아직 사랑이니 뭐니 그런 것이 뭔지 모르며,

피로 쓴 편지를 받으니 무섭고 징그럽다는 생각뿐이라는 것이었다. 그러니 아무쪼록 이제 더 괴롭히지 말고, 학생답게 공부나 열심히 하라고 적혀 있었다.

그 쪽지를 읽은 백남하는 심한 모욕을 당한 것 같아 왈칵 분한 생각이 솟구쳤다. 손가락을 베어서 혈서를 쓴 게 부끄럽고 창피한 생각이 들기도 했다. 그래서 그 쪽지를 냅다 그 자리에서 짝짝 찢어 흩뿌려버렸다.

백남하는 도무지 전내실이라는 계집애를 알 수가 없었다. 누구나 상대방의 혈서를 받으면 그 지극한 열정에 감동되어 별 수 없이 무너지는 법인데, 이건 그와 반대가 아닌가. 학생답게 공부나 열심히 하라니, 어이가 없었다. 그럼 높이뛰기를 할 때 왜 남달리 좋아서 환성을 질렀으며, 시선이 마주치자 얼굴은 무엇 때문에 붉혔는가 말이다. 복도에서나 운동장에서, 혹은 학교에 오가는 길에 마주치면 왜 수줍게 웃곤 했는지…… 정말 알 수가 없는 이상한 계집애였다. 어쩌면 정서가 불안정하거나, 이상 성격의 계집애가 아닌가 하는 의심도 들었다.

그런데도 그는 그녀를 깨끗이 단념할 수가 없었다. 밤에 잠이 안 오기는 매일반이었다. 치사하고 구질구질한 것 같아 스스로 부끄럽기도 하고 입맛이 썼으나, 좌우간 그녀의 모습이 뇌리에서 사라지질 않았다.

그런데 얼마 뒤부터 그녀의 모습이 골목길에 보이지 않게 되었고, 학교에서도 그녀의 얼굴을 볼 수가 없었다. 그녀의 집을 한 번 찾아가 보니 문패가 바뀌어 있었다. 알고 보니 이사를 간 것이었다. 그녀의 아버지가 은행에 다니고 있었는데, 전근을 간 모양이다.

백남하의 첫사랑의 싹은 그렇게 해서 돋아나려다가 시들어버리고 말았던 것이다. 그 후 그는 그녀의 소식을 바람결에 두어 번 들었는데, 좋은 데로 시집을 갔다는 것과 남편을 따라 해외에 이주했다는 소문이었다. 그게 사실인지 어떤지 알 수도 없었고, 백남하는 어느덧 별 관심도 없게 되었다.

그런데 삼십 년이 지난 지금 일본에 와서 그녀의 소식을 듣게 된 것이다. 친구는 고등학교 때 동기이고, 친한 사이였기에 그가 그녀에게 연연했었다는 것을 잘 알고 있었다.

뜻밖에 전내실의 소식을 듣긴 했지만, 삼십 년이라는 세월이 지난 지금까지 그녀에 대한 연정이 남아 있을 까닭이 없었다. 그저 이성에 눈 뜨는 시절의 한 씁쓸한 추억으로 머릿속 깊숙한 곳에 희미하게 가라앉아 있었다고나 할까. 만일 그녀가 국내의 어딘가에 살고 있다는 소식을 서울에서 들었다면 백남하는 결코 그녀를 만나봐야겠다는 생각을 하지 않았을 것이다. 외국에 여행을 나오면 이상하게 기분이 들뜨고, 낭만적이 된다고나 할까. 그래서 백남하는 오사카 구경도 할 겸 그녀를 찾아가 봐야겠다고 마음먹고, 신문사의 도쿄특파원으로 와 있다는 친구에게 자세한 위치를 알아가지고 이렇게 혼자 오사카를 향해 가고 있는 것이다.

잠시 그쳤던 비가 오사카 역에 내리니 다시 내리고 있었다. 여전히 가랑비였다.

해질 무렵이어서 백남하는 우선 여관을 정했다. 그리고 전내실이가 경영한다는 '백운대'라는 불고기집을 찾아갔다.

택시를 타고 운전사에게 위치를 대니 대뜸 알아차리는 것이었다. 한국 사람들이 모여서 장사하는 거리였다.

우리나라 콜택시보다 깨끗하고 고급스러운 일본 택시의 시트에 깊숙이 허리를 묻고 백남하는 가랑비에 젖고 있는 오사카 거리를 하염없이 내다보며 머릿속에 전내실을 떠올렸다. 그녀가 과연 자기를 알아볼까 어떨까. 삼십 년이란 세월이 흐른 지금 자기 역시 그녀를 알아볼 수 있을지 어떨지……. 공연히 가슴이 설레는 듯하며 조금은 재미있기까지 했다.

'백운대'라는 불고기집은 쉬 찾을 수가 있었다. 택시를 세워주는 곳에 내려 '백운대'를 물으니 대뜸 가르쳐주는 것이었다.

그곳은 교포들의 생활 터전으로, 시장거리였다. 흡사 서울의 변두리 시장에 들어선 듯한 느낌이었다. 사람들이 일본말로 상거래를 하고 있긴 했으나, 얼른 보아도 동포들이리라는 것을 알 수 있었고, 팔고 있는 물건들도 그대로 우리 것들이었다. 김치 깍두기를 비롯해서 북어니 오징어니 대추, 밤 등등…… 가게가 일본 사람들의 그것보다 좀 지저분한 것까지가 그대로 우리 얼굴인 듯했다. 백남하는 그 시장거리를 지나며 공연히 코허리가 시큰해오는 바람에 애를 먹었다. 집에서 늘 해먹던 김치와 깍두기를 이곳에서 보며 왜 그렇게 눈물이 도는지 알 수가 없었다.

'백운대'는 시장거리의 한쪽 후미진 곳에 있었다. 별로 넓지도 않고 그렇다고 좁지도 않은 아담한 식당이었다. 불고기를 전문으로 하는 술집이기도 했다.

문을 밀고 들어선 백남하는 우선 한쪽 창가의 빈자리에 가 앉았다. 그리고 시선을 카운터 쪽으로 보냈다. 그곳엔 한 여인이 앉아 있었다. 얼핏 보아도 사십 대 후반으로 보였다. 그러나 백남하는 그 여인이 전내실인지 아닌지 잘 알 수가 없었다. 어떻게 보면 그녀인 듯도 하고 아리송했다. 첫째 삼십 년 전의 전내실의 얼굴이 어떤 모습이었는지 뚜렷하게 떠오르질 않으니 답답한 노릇이었다.

심부름하는 소년이 다가왔다. 불고기와 진로 조그마한 것 한 병을 시켰다. 저쪽 선반에 진열되어 있는 술병 가운데 진로가 눈에 띄어 반가운 생각에 그것을 시켰다. 백남하는 술에 약해서 주로 맥주를 마시는 터인데, 묘하게 지금은 진로를 마시고 싶은 심정이었다. 국내에서 판매하는 것과는 병 모양도 상표도 달랐다. 수출용인 모양이다.

그리고 소년에게 물었다. 물론 일본말로,

"저기 카운터에 앉은 아주머니가 이 집 주인인가?"

"예."

"아주머니 성씨가 뭐냐?"

"전 씨예요. 왜 그러세요?"

하고 좀 묘한 눈으로 백남하를 바라본다.

"이리 좀 오시라 그래라."

틀림없구나 싶으며 백남하는 담담한 어조로 말했다.

"아는 사이세요?"

"음."

소년은 얼른 가서 아주머니에게 뭐라고 말을 하는 듯했다. 그러자 그 여인은 무슨 일인가 싶은지 일어서서 이쪽으로 다가왔다.

좀 앉으라고 권하며 백남하는 우선 담배를 한 대 꺼내 물었다. 담배연기를 가만가만 내뿜으면서,

"전내실 씨지요?"

불쑥 내뱉듯 말했다.

"어머, 어떻게 아시죠?"

여인의 얼굴에 웃음이 떠올랐다. 웃는 순간 그녀의 양쪽 볼에 보조개가 살짝 파였고, 삼십 년 전 여고 1학년생이던 전내실의 얼굴 모습이 그대로 떠오르는 듯했다.

백남하는 담배를 좀 세게 빨았다.

"날 모르겠어요?"

"글쎄요, 누구신지……."

"××고등학교를 다니셨죠?"

"예."

"나도 그 학교를 다녔지요."

"아, 동창이셨군요. 전 조금 다니다가 전학을 갔어요."

"그랬었죠."

"어머, 그걸 어떻게……."

어떻게 알고 있느냐는 듯이 전내실은 조금 야릇한 눈으로 백남하를 바라본다.

불고기와 진로가 왔다. 전내실이 백남하의 잔에 진로를 따른다. 술잔이 한 개뿐이어서 백남하는 소년에게 잔을 하나 더 시켜 내실에게도 권했다.

일본에 와서 불고기를 안주 삼아 진로를 마시니 기분이 묘했다. 향수를 한껏 달래는 듯한, 흐뭇한 느낌이었다. 더구나 삼십 년 전 첫사랑의, 그것이 짝사랑이 됐든 어쨌든 그 추억의 여인과 마주 앉아서가 아닌가.

소주라 두어 잔에 벌써 주기가 올랐다. 기차를 타고 와서 약간 피로한 터이라 더 취기가 빠른 듯했다.

백남하는 전내실을 똑바로 바라보며 불쑥 또 입을 열었다.

"내가 누군지 정말 기억이 안 나세요?"

"글쎄요……."

그녀의 표정으로 보아 정말 누군지 짐작이 가질 않는 것 같았다.

"나 백남합니다."

"백남하……?"

"그래도 모르겠어요?"

"백남하……?"

전내실은 조그만 소리로 중얼거리며 기억을 되살리려고 애를 쓰는 듯했으나, 떠오르지 않는 모양이었다.

백남하는 이번엔 알겠지 하고 좀 큰소리로 내뱉듯이 말했다.

"나 높이뛰기 선수였어요. 일 미터 육십이 센티까지 뛰었었죠."

"아, 그래요? 일 미터 육십이 센티 같으면 꽤 높은데요, 내 키만큼이나 뛰었군요. 그러고 보니 어딘지 좀 낯이 익은 것도 같네요."

백남하는 어이가 없어서 한참 전내실을 멀뚱히 바라보다가 그만,

"헛헛허……."

웃어버렸다. 헛바람이 새는 듯한 웃음이었다.

손바닥에 거의 쥐여주다시피 해도 모르다니, 뭐 이런 돌대가리 같은 여자가 다 있나 싶어 백남하는 기분을 잡쳐버렸다. 이런 여자를 찾아서 오사카까지 일부러 온 자신이 우습고, 모양 같잖기만 했다.

남은 불고기와 술을 어서 먹고 일어나야겠다고 백남하는 생각했다. 마지막 잔을 기울일 때에는 꽤 눈앞이 아른아른하기까지 했다.

백남하는 끝으로 장난삼아 한 번 더 입을 열어보기로 했다.

"저…… 혹시 학교 다닐 때 혈서 받으신 기억 안 나세요?"

"혈서요? 무슨 혈서?"

"사랑의 혈서 말입니다."

"어머."

전내실은 별안간 두 눈이 야릇하게 빛나더니, 가만히 백남하를 뜯어보듯 바라봤다. 그러다가 난데없이,

"호호호호……."

묘하게 웃는 것이 아닌가.

백남하는 또 약간 멀뚱해지지 않을 수 없었다. 그 웃음소리가 어쩐지 기분 좋게 느껴지지 않았다.

"아, 그분이었군요. 백남하, 백남하…… 맞어, 그 이름이 백남하였었군. 호호호호……."

이거 뭐 이런 여자가 다 있나 싶어 백남하는 자리에서 일어나려 했다. 완전히 조롱을 당한 것 같은 느낌이었다.

"왜 벌써 일어나세요? 잠깐, 잠깐만 기다리세요."

그녀는 얼른 카운터 쪽으로 가더니 무슨 장부 같은 것을 들고 왔다.

"백남하 씨, 여기 사인 좀 안 해주시겠어요?"
하는 것이었다.

"사인이라뇨, 무슨 사인인데요?"

아른아른한 취기 속에도 그는 그 서명첩을 뚫어지게 들여다보았다.

"백남하 씨는 물론 서울에 살겠지요. 그러나 반대를 해야 해요. 대정부투쟁을 해야 한단 말이에요. 우리 조선의 전체 인민을 위해

서…….”

어쩌고어쩌고, 전내실의 입에서는 대한민국을 비방하고, 북쪽 공산집단을 찬양하는 말이 줄줄줄 흘러나왔다. 마치 잘 외어대는 무슨 주문 같았다.

백남하는 놀라지 않을 수 없었다. 아른아른하던 주기가 싹 가시는 듯 정신이 번쩍 들었다.

앞에 펼쳐진 서명첩을 그녀 쪽으로 확 밀어 붙여버리고 벌떡 일어났다. 얼른 안 포켓에서 만 엔짜리 한 장을 꺼내어 탕! 하고 소리가 나도록 탁자 위에 때기장쳤다. 그리고 후다닥 문을 밀고 밖으로 나가버렸다. 어느덧 밖은 어두웠다. 가랑비는 여전히 내리고 있었다.

택시를 잡으려고 휘청휘청 걸어가는 백남하는 이렇게 오사카까지 찾아온 자기가 한심하고 모양 같잖아서 견딜 수가 없었다. 정서가 불안하고 이상성격자 같았던 전내실은 삼십 년이 지난 지금도 여전히 그런 묘한 여자였다. 그런 여자를 잊지 않고 찾아온 자신의 감상성과 낭만이 구역질이 났다. 백남하는 칵! 칵! 침을 돋우어 내뱉곤 했다. 아른아른 취기가 되살아 오르면서 분한 생각과 함께 왈칵 슬퍼지기도 했다.

부슬부슬 내리는 가랑비가 백남하의 얼굴에 눈물처럼 젖어 흐르고 있었다.

《북한》(1984. 8)

사십 년이 흘러간 뒤에

까욱 까욱 까욱…….

새벽에 눈을 뜬 한원길은 이부자리 속에 누운 채 까마귀 울음소리를 들었다. 아직 잠이 덜 깨었을 뿐 아니라, 간밤의 과음 때문에 몽롱하기만 한 머릿속으로 까마귀 울음소리는 한결 음산하게 울려 퍼졌다.

까욱 까욱 까욱…….

바로 여관 지붕 위를 여러 마리의 까마귀들이 나직이 맴돌면서 울어대는 것 같았다.

일본 도쿄의 한복판이었다. 아까사까에 있는 장원이라는 여관이었다.

지난해 5월, 도쿄에서 국제펜대회가 개최되었을 때, 소설가인 한원길은 한국 국제펜클럽 대표단의 한 사람으로 참가를 했었는데, 친구가 경영하는 여관에 여장을 풀었었다. 그 여관에 함께 든 일행은 모두 아홉 사람이었다.

한원길뿐 아니라, 일행 모두가 일본에 간 게 처음이어서 회의가 끝난 뒤에도 일주일가량 그 여관에 머물면서 이곳저곳 일본의 명승지 관광을 즐겼었다. 그 여관을 경영하는 ㄱ씨 역시 시를 쓰는 문인으로, 이십여 년 전에 부산에서 대학을 같이 다닌 막역한 사이였다. 최신형 봉고차를 가지고 관광업도 겸하고 있어서 매우 편리했다.

그런데 그 여관의 다다미방에서 잠을 깬 첫날 새벽에 한원길은 까마귀 울음소리를 들었던 것이다. 물론 일행 가운데 일찍 깬 사람은 들었을 것이다.

한원길은 참 이상한 일이라고 생각했다. 도쿄의 한복판에 까마귀가 떼를 지어 살다니, 그 까마귀 떼가 상쾌해야 할 아침 하늘을 까욱까욱 울어대며 날아다니다니, 잘 이해가 가지 않는 얄궂은 일이었다.

그것이 까마귀가 아니라, 까치나 비둘기였다면 얼마나 좋을까, 까치들이 깍깍거리는 소리나 비둘기들의 지저귀는 소리에 잠이 깬다면 얼마나 신기하고 기분이 좋을까 싶기도 했다.

아침식사를 하면서 그 얘기를 꺼냈더니 친구의 말이, 도쿄 시내에는 많은 녹지대가 있는데, 넓고 숲이 울창해서 새들이 많이 산다는 것이었다. 특히 까마귀들이 많아서 아침으로 그렇게 곧잘 울어대며 하늘을 난다는 것이다. 여관 바로 근처에도 신사가 있어서 그 숲에 사는 까마귀들이라는 얘기였다.

까마귀 울음소리가 조금도 기분 나쁘거나 이상하게 들리지 않는 게 도쿄의 생활이라 한다.

까마귀 울음소리를 들으면 어쩐지 기분이 안 좋고, 불길한 생각까지 들게 마련인 한국 사람으로서는 꽤나 묘한 일이 아닐 수 없어서 한원길뿐 아니라, 일행 모두 고개를 끄덕이기도 하면서 기이해하였다.

그런 새벽의 음산한 까마귀 울음소리와는 대조적으로 일본이라는 나라는 매우 깨끗하고 화사하고, 그러면서도 기름지기도 한 그런 밝은 나라라는 인상이었다. 물론 일본의 이 지방 저 지방을 다 돌아본 것은 아니다. 친구의 봉고차에 일행과 함께 몸을 싣고 주마간산 격으로 몇 군데 관광지를 찾아다니며 겉모습만 스치고 지나면서 본 데 불과하지만, 어쨌든 한원길은 솔직하게 그런 인상을 받았다.

한원길은 꽤나 일반적인 데가 있는 소설가다. 그러나 아무리 일본이 과거에 우리를 지배한 원수의 나라였다는 선입관을 가지고 감정적인 눈으로 본다 하더라도 지금의 일본을 어둡고 살벌한 나라라고는 도저히 할 수가 없었다. 물론 그 깊은 속은 헤아릴 길이 없지만, 적어도 겉모습만으로는 그렇게 느껴졌다.

유황천으로 이름난 하꼬네와 온천의 명소인 아따미, 그리고 백 미터가 넘는 거대한 폭포가 있고 풍광이 수려한 닛꼬를 구경했고, 일본의 달러박스라고 하는 후지산도 차가 올라갈 수 있는, 눈이 쌓인 중턱까지 가 보았는데, 어느 곳이나 다 구석구석 손이 안 간 데가 없을 정도로 잘 가꾸어졌을 뿐 아니라, 가고 오는 도중의 산들도 전부 울창하고, 물도 맑으며, 농촌들 역시 어딘지 모르게 윤기가 흘러 보였다.

하꼬네 쪽으로 차를 달릴 때였다. 연도에 펼쳐지는 논밭의 토질이 시커멓다고 할 수 있을 정도로 비옥한 것을 보고 한원길은 절로 속으로 한숨이 쉬어지기까지 했다. 자기 고향 경상도 시골의 누우런 박토가 대조적으로 머리에 떠올랐던 것이다. 아무튼 부럽기까지 한 일본의 산과 물과 들이었다.

봉고차의 창밖으로 그런 윤기가 흐르는 경관을 내다보다가 일행 가운데 비교적 젊은 친구 하나가 불쑥,

"일본 열도가 일 년에 몇 센티씩이라더라…… 바다 밑으로 가라앉고 있다던데, 그만 대번에 쑥 가라앉아 버렸으면 시원하겠다."

하고 내뱉었다.

그러자 역시 젊은 축에서 한 사람이,

"가라앉되, 단 우리가 관광을 마치고 무사히 귀국한 후에."

하고 맞받았다.

모두가 한바탕 웃었다.

악의 없는 농담이었지만, 말하자면 과거의 역사적 사실에 대한 감정과 함께 너무 선택받은 듯한 자연환경에 대한 질투심 같은 것이 복합적으로 작용하여 그렇게 불쑥 우스개로 고개를 쳐든 셈이었다.

그와 같은 겉모습뿐 아니라, 사람들도 깨끗하고 부드럽고 친절해서 매우 인상적이었다. 그들 속에 좀 오래 섞여 살면서 생활 내면, 감정의 내면에까지 접해본다면 생각이 어떻게 될지 알 수가 없으나, 한원길이 나그네로서 잠시 겪어본 바로는 매우 좋은 사람들인 것 같았다.

어느 날 저녁 무렵, 한원길은 일행 너덧 사람과 함께 도쿄 시내의 지하철을 타게 되었는데, 지하철이 가히 거미줄 같아서 도대체 어

디서 타야 되는지, 어디 가서 갈아타야 목적지에 갈 수 있는지 도무지 분간을 할 수 없었다. 그래서 일본말이 통하는 한원길이 어떤 스물두셋 되어 보이는 아가씨에게 물었다. 그랬더니 그 아가씨 역시 그곳에 가려면 어느 선을 타야 되는지 잘 모르겠는 듯,

"잠깐 기다리고 계세요. 알아보아 드릴께요."

하고는 얼른 어디로 가서 알아가지고 되돌아와서 자세히 가르쳐주는 것이었다.

자기도 모르면 "글쎄요. 잘 모르겠는데요." 하고 생글 웃는 정도만으로도 친절이라 할 수 있을 텐데, 얼른 안내소인지 어딘지로 달려가 물어보고 와서까지 가르쳐주다니, 조금의 망설임도 없이 자연스럽게 그런 행동이 우러나오다니, 한원길뿐 아니라 일행 모두 고개를 끄덕이며 감탄을 하지 않을 수 없었다.

한 번은 한원길 혼자서 긴자쇼오주꾸라는 영화관을 찾아가다가 어떤 회사의 정문에 서 있는 수위에게 물었더니, 역시 그 사람도 잘 모르겠는 듯 잠깐 기다리라 하고는 얼른 사무실로 들어가 지도 한 장을 가지고 나오는 것이었다. 그 일대가 자세히 나와 있는 지적도 같은 지도였다.

중년의 남자까지 이렇게 친절하다니, 그저 한원길은 놀랄 따름이었다.

백화점에서 쇼핑을 할 때의 일이었다. 한원길은 중학교 2학년짜리 막내아들애의 망원경을 하나 샀다. 둘이서 곧잘 등산을 하기 때문에 그 애에게 줄 선물로는 망원경이 제일 나을 것 같았던 것이다.

망원경을 산 다음 같은 층에서 다른 상품들을 둘러보며 이리저리 돌아다니고 있는데, 망원경을 판 주인이 한원길을 찾아왔다. 한

원길이 무슨 일인가 했더니, 설명서를 빠뜨리고 안 드려서 대단히 미안하다면서 설명서를 건네주는 것이었다. 망원경을 사고서 십 분가량이 지나 있었다.

정말 우리가 배워야 할 일이라고 생각하며 한원길은 돌아서 가는 그 사람의 뒷모습을 잠시 선망이라 할까, 그런 훈훈한 시선으로 바라보았다.

이런저런 여러 가지 친절에 접한 한원길은 이런 사람들이 어찌하여 과거에 그런 엄청난 일들을 저질러서 우리를 괴롭혔는지 의아한 생각이 들기까지 했다. 그리고 솔직히 말해서 한원길은 지금까지 일본 사람들에 대해 가지고 있었던 미운 감정이 갑자기 내부에서 스르르 녹듯 현저히 엷어지는 것을 느꼈다. 미움의 감정 대신 오히려 호감이 고개를 쳐들려는 것을 어쩌지 못했다.

한원길 일행은 마지막 일정으로 나라와 교토, 그리고 오사카를 방문했는데, 그곳에 갈 때는 봉고차가 아니라, 한 시간에 이백 킬로 이상을 달리는 초특급 열차인 신칸센을 타고 갔다. 서울에서 부산까지 우리나라 새마을호는 네 시간이 걸리는데, 그 열차는 두 시간에 주파하는 속도다. 탄환열차라는 별명이 있듯이 과연 빠른 것 같았다.

나라와 교토는 우리의 경주와 같이 고적이 많은 도시로, 그곳에서 옛 일본 문화를 수없이 눈으로 볼 수 있었는데, 한원길은 일본 문화가 옛날에 우리나라에서 흘러 들어가서 형성되었다는 것을 여러 흔적에서 느낄 수가 있었다.

그러나 그런 점보다도 한원길의 머리에 짙게 와닿는 것이 있었다. 교토의 어떤 거대한 옛 전각을 구경할 때였다. 그 전각 안으로 들어가 내부를 고루 구경하며 걸어가던 한원길은 주춤 걸음을 멈추었다. 어떤 거실의 도꼬노마(床間)에 세 개의 커다란 일본도가 가지런히 안치되어 있었던 것이다. 그 전각은 옛 쇼오궁(將軍)의 거소였다.

일본도를 본 한원길은 기분이 이상했다. 으스스하기도 하고 섬뜩하기도 하면서 한편 참으로 오래간만에 보는 데서 오는 야릇한 호기심 같은 것도 꿈틀거렸다. 한마디로 착잡한 심정이었다.

사십 년 전 일제 말엽에 한원길은 국민학교 교장 선생이 가지고 있는 일본도를 보았고, 중학생이 되어 검도 선생이 기합을 주면서 빼든 날이 시퍼런 일본도 앞에 떨기도 했으며, 해방이 되어 삼일운동 기념 축구 시합 때 불상사가 생겨 학생들 사이에 집단 충돌이 야기되었는데, 전에 일본군 헌병이었던 한국인이 자기 집에 감추어 둔 일본도를 빼들고 나서는 바람에 한원길은 다른 학생들과 함께 그에게 돌을 던진 그런 일도 있었다.

그런 기억들이 떠올라서 그런지 사십 년이 지난 지금도 한원길은 일본도를 보니 결코 기분이 좋지가 않았다. 일본도는 일본의 무사도를 상징하는 물건이라고 하겠는데, 한원길은 그것이 여전히 두려움의 상징처럼 느껴져서 입맛이 떨떠름했다.

고개를 돌려 문득 전각 밖의 하늘을 바라보니 서너 마리의 새가 저쪽 숲 위를 날고 있는 게 눈에 띄었다. 좀 멀어서 확실히 알 수는 없었으나, 새까만 것이 까마귀에 틀림없어 보였다.

《한국인》(1985. 3)

심야의 세레나데

추적추적 비가 내리고 있었다. 장마가 시작된 지도 어느덧 열흘이 가까웠다. 지겨운 비였다.

점심을 먹고 나서 나는 낮잠을 한숨 자려고 자리에 누웠다. 가벼운 식곤증 때문에 몸은 나른했으나, 후덥지근하고 눅눅해서 그런지 쉬 잠이 오질 않았다. 그럴 때는 누워서 뒹굴뒹굴 신문이나 잡지를 뒤적이면 된다. 곧 하품이 나오기 마련인 것이다.

아니나 다를까, 별로 읽을 흥미도 없는 잡지를 뒤적거려 나가노라니 절로 하품이 나왔다. 나는 잡지를 놓고 스르르 눈을 감았다.

얼마나 지났을까. 추적추적 내리던 비가 별안간 소나기가 되어 좍— 퍼붓기 시작했다. 겁나는 빗줄기였다. 좍좍 무섭게 쏟아지는 빗소리 속에 현관의 부저가 띵똥띵똥띵똥…… 요란하게 울렸다.

나는 얼떨떨했다. 얼른 일어나 나가 현관문을 열었다.

웬 여자였다. 스물을 넘었을까 말까 한 웬 낯선 아가씨가 이 비오는 날 하얀 치마저고리를 입고 서 있는 것이 아닌가. 한쪽 손에 두툼한 봉투 같은 것을 들고서. 그런데 비에 젖은 흔적이 조금도 없었다. 우산을 가지고 있는 것도 아닌데 말이다.

아파트 층계에 있는 창문으로도 장대같이 퍼붓는 소나기가 보였다.

이상한 일이었다. 그렇다면 이 아가씨가 비오기 전부터 아파트에 들어와 계단이나 우리 집 현관 밖에 서 있었다는 이야기가 되지 않는가. 비는 아침부터 내리고 있었는데…….

"누구신지?"

내가 얼떨떨한 표정으로 묻자, 아가씨는 말없이 배시시 웃기만 했다. 그런데 그 웃는 얼굴이 어쩌면 그렇게 섬뜩한지, 나는 하마터면 놀라 소리를 지를 뻔했다.

소복을 해서 그런지 유난히 새하얗던 얼굴이 배시시 웃음과 동시에 그만 연한 보랏빛으로 변해 보이는 것이 아닌가. 특히 웃음을 띤 눈언저리는 더했다. 그리고 두 눈이, 가느다랗게 옆으로 찢어져 나가며 괴이한 빛으로 반질거렸다. 입술도 지금까지보다 더욱 선명한 붉은 빛으로 변했고, 옆으로 쭉 찢어져 나갔다.

나는 말문이 막혀 휘둥그레진 눈으로 그 섬뜩한 얼굴을 바라보고만 있었다.

그러나 아가씨는 여전히 웃는 얼굴로 성큼 현관으로 들어섰다. 그리고 들고 있던 두툼한 봉투 같은 것을 불쑥 나에게로 내밀었다. 그런데 그 봉투를 내민 쪽 팔이 어찌 된 셈인지 헐렁한 소매뿐인 듯했다. 자세히 보니 아닌 게 아니라 소매 속에 있어야 할 팔뚝이 없었다. 그리고 소매 밖으로 손이 나와 있어야 할 터인데, 손도 보이지 않았다. 소매 끝에 두툼한 봉투 같은 것이 붙어 덜렁 떠 있는 것이 아닌가.

"히히히히……."

아가씨가 묘한 소리를 내어 웃었다. 나는 그만 벌렁 넘어지듯 뒤로 후닥닥 물러나며 냅다 비명을 질렀다.

"으악—"

잠이 깨었다. 물론 꿈이었다. 이마에 식은땀이 내배어 있었다.

창 밖에 좍— 소나기가 쏟아지고 있었다.

참 괴상한 꿈이었다. 난데없이 무슨 유령이 다 나타나다니……. 그런데 꿈에도 소나기가 퍼붓더니, 실제로 창밖에 장대 같은 빗줄기가 쏟아지고 있는 것이 아닌가.

좍— 좍— 쏟아지는 빗소리를 잠시 멀뚱히 듣고 있다가 크게 기지개를 켜는 판인데, 띵똥띵똥띵똥…… 하고 현관의 부저가 울렸다.

나는 이거 뭐야, 싶었다. 꿈에서와 똑같지가 않는가 말이다. 덜컥 기분이 나빴으나 자리에서 일어나,

"누구요?"

필요 이상 큰소리를 지르면서 현관문을 가서 열었다.

우체부였다.

"등기우편인데요. 도장 주세요."

나는 히죽 웃으며 도장을 주었다. 우체부는 실없이 왜 히죽 웃는가 싶은 모양이었다.

원고가 든 대형 봉투 하나와 편지였다. 보낸 사람은 송여문이라는 전혀 생소한 이름이었다. 먼저 편지를 읽어보았다.

내 작품을 애독하는 독자인데, 지난달에 어떤 문예지에 발표된

유령에 관한 소설을 재미있게 읽었다는 것이었다. 그것을 읽고 자기도 그런 괴이한 경험을 한 일이 있어서 한 번 써보았으니, 소설이 되었는지 어떤지 좀 읽어 봐 주면 고맙겠다고 했다.

제목은 '심야의 세레나데'였다. 나는 기분이 묘했다. 조금 전의 괴상한 꿈과 보내온 원고 사이에 무슨 관계가 있는 듯해서 으스스한 느낌이기도 했다.

'지금부터 내가 하려는 이 괴이한 이야기를 독자 여러분은 믿어도 좋고, 안 믿어도 좋다.' 원고는 이렇게 시작되고 있었다. 나는 누워서 그것을 읽기 시작했다.

소나기는 기세가 약간 누그러지긴 했으나 여전히 쏟아지고 있었다.

지금부터 내가 하려는 이 괴이한 이야기를 독자 여러분은 믿어도 좋고, 안 믿어도 좋다. 그러나 이 이야기가 허구가 아니라는 것을 분명히 해둔다. 이 이야기는 어느 해 장마철에, 정확하게 말하면 휴전이 된 이듬해인 1954년 6월도 다 가는 어느 날 밤에 직접 겪은 사실을 소설 형식을 빌려 그대로 적은 것이다.

1954년 봄, 나는 ××국민학교에 복직 발령을 받았다. 사 년 만에 교단으로 되돌아가게 된 것이었다. 6.25가 난 그해 여름에 소집영장을 받아 군대에 나갔다가 휴전이 된 53년 늦은 가을에 제대를 했던 것이다.

복직 발령을 받고 ××국민학교를 찾아가는 나는 심정이 몹시 착잡했다. 발령이 막상 그 학교로 떨어졌을 때 나는 기뻤다. 그 학교를 제1희망교로 적어냈던 것이다. 그러나 기쁜 마음은 잠시뿐이고, 곧 나는 뭐라고 설명을 했으면 좋을지 모를 그런 착잡한 심정이 되고 말았던 것이다.

그 학교는 나로서는 낯선 학교였다. 그러나 그 학교에 지난날 한때 유민숙 선생이 근무하고 있었던 것이다.

유민숙— 그녀는 목이 길고 얼굴이 하얀 여선생이었다. 음악을 무척 좋아했다. 사범학교 시절엔 피아노를 전공하다시피 했다. 그녀는 나의 사랑하는 여자였다. 서로 장래를 약속한 사이였다. 약혼 같은 것을 한 것은 아니었으나, 우리는 서로 그렇게 마음을 먹고 있었다.

만일 그녀가 지금도 그 학교에 근무를 하고 있다면 그 학교로 발령을 받아 부임해 가는 내 심정이 착잡할 까닭이 없다. 그저 기쁨에 넘쳐 있을 것이다.

그러나 그녀는 이미 그 학교에 없었고, 그 학교뿐만 아니라, 이 세상 어느 곳에서도 그녀를 찾을 길은 없었다. 저승으로 간 것이다. 저승으로 가도 그냥 간 게 아니라, 자살을 한 것이다.

그녀가 자살을 하게 된 동기를 생각하면 나는 미칠 것만 같다. 다름이 아니라 바로 나 때문에 그녀가 스스로 목숨을 끊은 것이다.

그녀는 폐가 좋지 않았다. 그러나 교원 생활을 감당하지 못할 만큼 나쁜 상태는 아니었다. 그런데 뜻밖에 내가 전사했다는 소식을 들었던 것이다. 내가 전사했다는 소식은 그녀에게 있어서 그야말로 눈앞이 캄캄해지는 충격이 아닐 수 없었다. 그 뒤로 폐도 바짝 나빠졌고, 신경쇠약까지 겹쳐서 결국은 비관 끝에 스스로 목숨을 끊고 말았던 것이다.

내가 전사했다는 맹랑한 소식이 전해진 데에는 그럴 만한 까닭이 있었다.

38선을 넘어 북으로 북으로 진격해 올라가던 우리 부대가 중공군과 맞닥뜨린 것은 청천강 근처에서였다. 우리 부대는 뜻밖에 오랑캐 떼의 인해전술을 맞아 고전을 하지 않을 수 없었고, 결국 후퇴를 하게 되었다. 그런데 그 중공군과의 피비린내 나는 전투에서 피아가 헤아릴 수 없이 많은 사상자를 냈는데, 나는 어쩌다가 그만 재수 없게도 포로가 되고 말았다.

같은 소대에 석(石)이라는 희성을 가진 친구가 한 사람 있었다. 군대에 들어와서 알게 된 사이지만, 그 역시 국민학교 교사로 있다가 입대를 한 터여서 우리 둘은 남달리 친한 사이가 되었다.

싸움터의 긴장과 피로 속에서도 우리는 기회 있을 때마다 교단 시절의 이야기를 나누었고, 서로의 청춘담 같은 것도 주고받았다. 나는 물론 유민숙에 관해서 그에게 여러 차례 이야기했다. 전쟁이 끝나서 내가 군복을 벗고 돌아가면 아마 우리 가족들보다도 오히려 그녀가 더 반가워서 어쩔 줄 모를 것이라고 하면서 "아— 이놈의 전쟁 언제 끝나나. 언제 끝나서 우리 님 곁으로 돌아가나. 씨팔." 하고 웃기도 했다. 그리고 혹시 나의 신상에 무슨 일이 생기면 그녀에게 꼭 알려달라는 부탁을 농 반 진 반으로 말하기도 했다.

그런데 그 친구는 그 피비린내 나는 전투에서 용케 살아남아 후퇴를 할 수가 있었고, 이듬해에는 후방 근무를 하게 되었다. 그 전투에서 틀림없이 내가 전사한 것으로 안 그 친구는 나의 부탁대로 유민숙에게 비보를 전했던 것이다.

나는 휴전이 성립되자 포로 교환으로 살아서 돌아왔고, 머지않아 제대가 되었다.

그러나 유민숙이 자살을 했다는 사실을 알게 된 나는 실의의 구렁텅이에 빠지고 말았다. 어쩌면 중공군에게 사로잡혔을 때보다도 더 아찔하고 절망적인 심정이었다. 나는 암담한 심정을 술로써 달래려 했다. 그러나 술도 별 신통한 효력이 없었다. 오히려 더 나를 걷잡을 수 없는 비탄의 수렁으로 끌고 들어가는 듯했다.

복직 발령을 기다리는 긴긴 그해 겨울을 나는 술에 젖어서 보냈다. 알코올중독이라는 것이 어떤 상태를 말하는 것인지 잘 모르지만, 꼭 내가 중독자 같은 느낌이었다. 술에 취해서 때로는 유민숙에게 내가 전사했다고 전한 석가 녀석을 원망해보기도 했고, 그렇다고 경망히 자살을 하고 만 그녀를 원망해보기도 했으며, 나를 포로로 잡은 중공군 놈들에게 원망의 화살을 돌려 마구 욕지거리를 퍼부어대기도 했다. 그럴 때면 영락없이 실성한 사람 같아 가족들의 걱정이 이만저만이 아니었다.

말하자면 전쟁은 나를 그렇게 엉망으로 만들어 버렸던 것이다.

복직 발령이 ××국민학교로 나자 다소 마음이 누그러지는 듯했다. 희망했던 대로 되었으니 말이다. 그런데 그 희망이라는 것은 정말 쓸쓸하고 덧없는 것이었다. 유민숙 그녀가 몸담아 있던 학교로나마 가서 그녀의 자취를 더듬으며, 그녀의 곁에 있는 듯한 착각에라도 잠겨보고 싶었던 것이다. 그래야만 살 것 같았다. 그래서 그 학교로 복직되기를 희망했던 것이다.

그런 희망이 이루어졌다고 해서 크게 기쁠 까닭이 없다. 심정은 곧 착잡한 쪽으로 기울어지고 말았다. 어쩌면 그 학교로 복직되기를 희망한 게 잘못이 아닌가 싶기도 했다. 오히려 괴로움이 더해져서 어떤 결과가 초래될지 알 수가 없는 것이다. 차라리 그녀는 이미 이 세상에 없는 몸, 그녀를 잊기 위해서도 그 학교로 갈 게 아니라, 어디 조용한 산골의 조그마한 학교에 가서 세상을 등진 듯이 몇 해 동안 푹 묻혀 있는 게 현명한 일인지도 몰랐다.

아무튼 나는 그런 착잡하고 미묘한 심정으로 그 학교에 부임을 했다.

군청 소재지에 있는 학교인데, 스무 학급이 넘는 꽤 오래된 학교였다. 그 무렵 지방에서는 스무 학급이 넘으면 큰 학교 축에 들었다.

교사가 본관 교사, 중간 교사, 삼선(三線) 교사, 이렇게 세 줄로 나란히 서 있고, 본관 교사와 중간 교사 사이에 숙직실이 있었다. 숙직실 곁에는 우물이 있고, 조금 떨어진 곳에 온실도 마련되어 있었다. 운동장도 넓었고, 운동장 한쪽으로 실습지용 조그마한 교재원도 있었다. 교장관사는 실습지 가에 호젓하게 자리 잡고 있었다.

이 학교에 내가 전혀 처음인 것은 아니었다. 유민숙이 근무하고 있을 때, 그녀를 찾아 두 번 와 본 일이 있었다. 그러니까 6.25사변이 나기 전이다. 한 번은 학교엔 발을 들여놓지 않고 밖에서 불러내어 만났었고, 한 번은 그녀가 일직을 하고 있는 교무실까지 살짝 들른 일이 있었던 것이다.

유민숙은 사범학교 시절 나의 일 년 후배로, 학교 시절부터 같은 음악부원이어서 잘 알고 있었다. 어쩌면 그때부터 우리 사이에는 보이지 않는 애정의 싹이 돋아나고 있었는지도 모른다.

내가 학교를 졸업하고 첫발을 내디딘 국민학교에 일 년 뒤 그녀가 부임을 해왔다. 정말 뜻밖의 일이었고, 반가운 일이었다. 우연치고는 고맙기 짝이 없는 우연이었다. 우리는 곧 남다른 사이가 되었고, 뜨겁게 무르익어 갔다. 결국 우리의 관계는 소문이 나고, 이듬해 봄 유민숙은 자기 고향에 있는 학교로 전근을 했던 것이다. 그리고 그해 여름 6.25가 터지고, 곧 나는 군대에 나갔던 것이다.

부임을 한 나는 우선 적당한 숙소가 마련될 때까지 임시로 숙직실에 기거하기로 했다. 잠만 숙직실에서 자고, 밥은 학교 소사 집에서 먹기로 했다. 학교 뒷문 밖 바로 가까운 곳에 소사 집이 있어서 편리했다.

그런데 한 가지, 혹시나 이 학교에 나를 아는 선생이 있지나 않나 싶어 나는 슬그머니 걱정이 되었다. 이십 명이 넘는 교직원 가운데에 나를 아는 사람이 있을지도 모르는 것이다. 처음 부임해 간 낯선 학교에 아는 사람이 있으면 오히려 반갑고 좋은 법이지, 걱정이 되다니…… 그러나 그게 아니라, 나를 아는 사람이면 혹시 유민숙과의 관계도 알고 있을지 모르니 그게 싫었던 것이다. 대번에 말이 퍼질 게 아닌가 말이다. 그녀가 근무하다가 자살을 한 바로 그 학교에 그녀의 애인이었던 내가 부임해 왔으니, 그거야 말로 재미있고 희한한 화젯거리가 아니겠는가. 그녀가 지금도 살아 있다면 문제가 다르지만, 더구나 내가 전사했다는 소식을 듣고 자살을 했는데, 죽었다는 사람이 살아서 돌아와 바로 그녀가 교편을 잡던 학교에 부임을 했으니, 그야말로 흥미진진하고 신기하기까지 한 이야깃거리가 아니고 무엇이겠는가.

발령이 나기 전에는 그런 데까지 생각이 미치지는 않았는데, 막상 부임을 하고 보니 슬그머니 그런 걱정이 머리를 쳐드는 것이었다.

그러나 다행히 아는 사람은 아무도 없었다. 내가 군대에 나가기 전 두어 해 근무를 했던 학교와는 같은 도내이긴 하지만, 멀리 떨어진 타군이어서 그런지 전혀 모두가 낯선 얼굴들이었다. 내가 교직에 오래 몸을 담은 터이라면 아무리 멀리 떨어진 타군의 학교라 해도 한둘쯤 지면*(知面, 만나서 알만한 사이)인 선생이 있을 것이겠지만, 불과 두어 해 교편을 잡았을 뿐인 아직 병아리 교사인 셈이니 그럴 수밖에.

아무튼 몇 해만에 다시 선 교단은 별세계 같았다. 몇 해 동안 전쟁이라는 끔찍한 상황 속에서, 더구나 포로까지 되어 적지에서 시달리고 지친 나에게 있어서 교단은 놀랍도록 평화스럽고 따스한 세계가 아닐 수 없었다. 처음으로 교단에 섰을 때와는 또 다른 경이감이었다. 나는 비로소 인간의 세계에 복귀한 것 같은 느낌이었다.

그러나 한편 한없이 쓸쓸하고 허망하고, 견딜 수 없는 안타까움이 가슴 한쪽을 어둡게도 했다. 마치 눈부시게 열린 하늘 한편에 커다란 먹구름 뭉텅이 하나가 무겁게 떠 있는 것처럼 말이다.

그런 우울한 기분은 방과 후가 되면 더했다. 학생들과 함께 지내는 동안은 별로 그런 줄을 모르고, 오히려 따스하고 밝고 평화스러운 기분이 되어 있다가도, 그들이 돌아가고 나면 슬그머니 먹구름이 하늘에 퍼지듯 기분이 흐려지기 시작하는 것이었다.

유민숙, 그녀 생각 때문임은 말할 필요도 없다. 학생들이 돌아가고 난 텅 빈 교실 창변에 앉아 하염없이 그녀와의 아름다웠던 지난날을 회상하며 한숨에 젖기도 했고, 비탄에 빠지기도 했으며, 때로는 살짝 실성한 사람처럼 학생 시절 음악부에서 그녀와 함께 합창하던 노래를 혼자서 청승궂게 불러대기도 했다. 같은 학교에 근무할 때 어둠에 싸여가는 교실 한구석에서 그녀의 하얗고 긴 목에 처음으로 입술을 갖다 대었을 때의 감미롭고 가슴 두근거리던 일이 못 견디게 그리워 가볍게 몸부림을 치기도 했다.

해질 무렵이면 쓸쓸하고 허전한 마음을 더욱 가눌 길이 없어 본관교사에서 중간교사로, 그리고 삼선교사로, 마치 그녀를 찾기라도 하려는 것처럼 맥없이 이 교실 저 교실 기웃거리며 텅 빈 복도를 건들건들 거닐기도 했다.

실제로 어떤 때는 그녀의 자취를 찾아보려고 화단이나 온실 같은 데, 혹은 운동장가의 실습지나 교재원 같은 데에 박혀 있는 푯말을 하나하나 살피고 다니기도 했다. 혹시 푯말의 관리 담당자 난에 그녀의 이름이 남아 있지나 않는가 해서 말이다. 그러나 아무 데도 그녀의 이름 석 자는 보이지 않았다.

그녀의 자취를 느낄 수 있게 하는 것은 아무래도 학교에 한 대 있는 피아노였다. 틀림없이 그녀가 그 피아노에 앉아 열심히 연주를 해댔을 게 아닌가. 그 피아노의 건반에는 그녀의 가늘고 긴 손가락이 무수히 닿아서 그 자국이 묻어 있을 게 아닌가 말이다. 그래서 나는 어떤 때는 울적한 마음에 밤이 이슥토록 전깃불을 켜놓고 앉아 피아노를 두들기기도 했다. 학창 시절 그녀가 즐겨 치던 〈소녀의 꿈〉이라는 소야곡을……. 마치 그녀의 손가락 끝을 더듬어 어루만지기라도 하는 것처럼……. 피아노는 교무실 한쪽 구석에 놓여 있었다.

내가 숙직실에서 기거를 하게 되자, 자연히 숙직 당번 가운데 학교에 자러 나오질 않는 선생이 많게 되었다. 그래서 거의 매일 밤을 소사와 내가 둘이서 숙직을 하는 셈이었다.

소사는 나이가 사십이 넘은 사람이었다. 그러나 아직 서른도 못된 나와 허물없이 지내는 사이가 되었다. 노상 함께 자고, 한솥밥을 먹는 터이니 그럴 수밖에 없었다. 그리고 본래 사람이 호인 형이었다. 이 학교에 소사로 몸을 담은 지도 어느덧 이십 년이 넘는, 말하자면 학교의 최고참인 셈이었다. 성은 조(趙) 씨였다. 그래서 누구나 조 씨, 조 씨 하고 불렀다.

조 씨와 나는 밤으로 곧잘 술을 마셨다. 조 씨는 술을 좋아하기는 했으나, 많이 마시는 편은 아니었다. 나는 술을 입에 대면 자칫 지나치는 수가 많았다. 발령을 기다리는 겨울 동안 고향에서 마실 때처럼 그렇게 술에 실성할 지경은 아니었으나, 좌우간 과음하는 일이 잦았다.

술은 어쩌면 괴로움을 씻어내는 것이 아니라, 오히려 그것을 긁어 일으키는 작용을 하는 것 같았다. 술이 좀 지나친 날 밤이면 나는 조 씨가 이상하게 생각할 정도로 공연히 한숨을 내쉬기도 했고, 침통한 표정으로 괴로운 몸짓을 짓기도 했다. 그럴 때면 조 씨가,

"아니, 송 선생, 속이 안 좋은가요?"

걱정을 하기도 했고,

"송 선생, 아마 무슨 고민이 있는 모양이지? 혹시 연애하다가 실연한 거 아니여?"

하고 웃기도 했다.

그러나 나는 취중에도 차마 유민숙 이야기를 꺼낼 수는 없어서 그저 혼자 넋두리하듯,

"아아— 그 누가 이내 심정 알아주리오."

또는,

"세상 살맛 없소이다—"

이런 식으로 탄식을 내뱉곤 했다.

술을 안 마시는 저녁이면 우리는 마주앉아 바둑을 두었다. 바둑

실력이 비슷해서 아주 재미가 났다. 서로 이기거니 지거니 해서 백(白)을 바꾸곤 했다.

어느 날 저녁 바둑을 두면서 나는 문득 생각이 난 듯,

"참, 이 학교에 자살한 여선생이 있었다죠?"

하고 불쑥 입을 열었다.

"예, 삼 년 전 일이죠. 유민숙이라는 여선생이었어요."

조 씨는 바둑에 열중하면서 더듬더듬 이야길 꺼냈다.

"말도 마슈. 그때 놀랜 일을 생각하면 지금도 머리가 쭈뼛해진다니까. 삼 년 전 가을이었어요. 달이 밝은 밤인데, 그날 밤늦도록 그 여선생이 교무실에서 피아노를 치지 않겠어요. 그 여선생 피아노에 미치다시피 했으니까, 그저 그런가 보다 예사로 생각하고 잠이 들었죠. 다른 때도 밤늦게까지 피아노를 치다가 돌아가는 일이 많았으니까요. 그런데, 새벽 한 시쯤 됐을까, 오줌이 마려워서 잠을 깼는데, 오줌을 누러 밖에 나가니까 글쎄, 그때까지 불이 켜져 있지 않겠어요. 피아노소리는 들리지 않고……. 아마 여선생이 불을 안 끄고 그냥 돌아갔나 보다 싶어 가보았죠. 그런데, 아이고 끔찍해……. 아 글쎄, 여선생이 피아노 앞에 굴러 떨어져 있는데 보니 입에서 시뻘건 피가 쏟아져 있지 뭡니까. 눈을 뒤집어 까고……. 아이 끔찍해."

조 씨는 마치 눈앞에 그때의 광경이 보이기라도 하는 듯 가볍게 몸을 한 번 떨었다.

나는 목이 콱 막히는 듯 뭐라고 말이 나오지가 않아 그저 들릴 듯 말 듯 입속말로, "아, 그래요?" 하고는 억지로 침을 한 덩어리 꿀꺽 삼켰다.

"독약을 먹었던 거지요. 본래 그 여선생, 폐가 안 좋았는데, 나중에 알고 보니 애인이 전쟁에 나가서 죽었다나요. 일기장에 그렇게 써 있더래요. 그래서 비관이 되니까, 폐병도 더 악화되고, 정신도 좀 이상해지고…… 결국 그렇게 그만 끔찍한 일을……."

나는 더 듣고 있을 수가 없어 바둑이고 뭐고 그만 자리에서 벌떡 일어나 밖으로 나가버렸다.

그날 밤 나는 많은 술을 마셨다. 그리고 이불을 뒤집어쓰고서 훌쩍훌쩍 울기까지 했다. 제대를 해서 돌아와 전에 근무하던 학교의 여선생 가운데 유민숙과 각별히 친하던 여선생한테서 그녀의 자살에 대한 이야기를 대강 들어서 알고 있었으나, 막상 그녀가 근무하던 학교에 와서 그녀의 자살 현장을 직접 목격한 사람의 이야기를 들으니 기분이 얄궂게 격앙되어 견딜 수가 없었던 것이다.

그런 나를 조 씨는 몹시 이상하게 생각하여 곧장 왜 그러느냐고 물었다. 그러나 나는 취중에도 결코 유민숙과의 관계를 입 밖에 내지는 않았다. 그저 맥없이 세상이 싫어져서 그렇다고 얼버무렸다. 유민숙의 애인은 전쟁에 나가 전사를 했다니까. 내가 죽은 그녀의 애인이라고는 꿈에도 생각 못하겠지만, 그러나 조 씨는 뭔가 알 수 없는 수상한 구석이 있다고 혼자서 고개를 기울이는 눈치였다.

어느덧 봄이 가고 초여름으로 접어들었다. 나는 그대로 그냥 숙직실에 눌러 있었다. 마땅한 하숙이 없기도 했지만, 굳이 다른 데로 옮기고 싶은 생각도 없었던 것이다. 숙직실에서 조 씨와 바둑을 두고, 술을 마시고, 그리고 이런저런 지난날의 이야기, 세상 돌아가는 이야기 같은 것을 주고받는 구수한 재미를 놓치고 싶지 않았는지도 모른다.

6월 초에 군내 교직원의 소규모 이동이 있었는데, 딴 학교에서 양혜주라는 아직 소녀티가 나는 여선생 한 사람이 전근을 해 왔다. 교단 경력도 이 년째로 접어든 애송이였다.

그런데 그 선생이 피아노에 이만저만 열심히 아니었다. 아직 실력은 보잘것없었으나, 열의가 대단했다. 선생들이 모두 퇴근한 뒤 교무실에서 혼자 늦도록 피아노를 치고 돌아가는 날이 많았다. 그래서 '우리 학교에 다시 피아노 미치광이가 하나 생겼구나' 하는 말이 선생들 입에 올랐다.

학교에 그 양 선생 말고 여선생이 네 사람 있었다. 그러나 그녀들은 아무도 피아노에 손을 대질 않았다. 그저 풍금이나 음악 시간에 삐삐빼빼…… 하고 시룰*('시루다'는 '돌리다'의 방언으로 여기에서는 '풍금을 타다'라는 뜻)뿐이다.

그러니까 피아노에 손을 대는 사람은 특별활동의 음악부를 지도하고 있는 남선생 하나와 나와 그리고 그 새로 온 여선생 세 사람뿐이었다. 그러나 음악부 담당 선생과 나는 이따금 한 번씩 피아노 앞에 앉을 뿐, 이제 피아노는 양 선생의 차지가 된 셈이었다.

피아노 앞에 앉아서 악보를 보며 건반을 두들기고 있는 양 선생의 뒷모습이 나는 어쩐지 유민숙을 닮았다고 생각했다. 자세히 보면 그렇지도 않은데, 어쩐지 얼른 본 인상이 비슷했다. 그녀 역시 목이 하얗고 긴 편이어서 그런지도 몰랐다. 정면으로 얼굴을 보면 전혀 딴판이었다.

피아노 앞에 앉은 뒷모습이 유민숙과 닮은 데가 있어서 그런지 그녀의 피아노 치는 소리가 들릴 것 같으면 나는 어쩐지 걸음이 그쪽으로 끌리는 듯했다. 아무튼 나도 음악을 좋아하는 터이고, 피아노도 곧잘 치는 터이라, 절로 그녀와 접촉이 잦아지게 되었다.

그녀는 사범학교 출신이 아니었다. 일반 여고 졸업이었다. 그래서 피아노 솜씨가 이 정도밖에 안 된다면서 그녀는 웃기도 했다. 그녀가 한창 익히려고 애쓰고 있는 곡이 다름 아닌 〈소녀의 꿈〉이어서 나는 유민숙 생각을 하며 씁쓰레한 미소를 짓기도 했다.

6월도 저물어가면서 장마가 시작되었다. 장마철로 접어들자 양 선생은 늦게까지 피아노를 치는 일이 없게 되었다. 선생들이 퇴근한 다음 한 시간가량 연습을 하다가 어둡기 전에 돌아가곤 했다.

그런데 그날은 어찌된 셈인지 날이 저물고 전깃불이 들어왔는데도 그녀의 피아노 소리는 그칠 줄을 몰랐다. 비는 추적추적 내리고 있었다.

저녁을 먹고 숙직실로 돌아온 나는 피아노 소리에 이끌리듯 곧 교무실로 갔다.

"비가 오는데 오늘은 웬일로 이렇게 늦게까지…… 배도 안 고프십니까?"

내가 곁으로 다가가자 살짝 웃어 보이고는 계속 〈소녀의 꿈〉을 쳐댔다. 잠시 후 그녀는,

"선생님 한 번 쳐보세요."

하고 자리에서 일어났다.

"돌아가시려고요?"

"아니요. 선생님 치는 걸 보고 배워야겠어요."

"……."

"오늘은 어쩐지 집에 돌아가고 싶은 생각이 안 나네요."

그녀는 또 살짝 나를 바라보며 미소를 지었다.

나는 좀 기분이 야릇해지는 것을 느끼며 피아노 앞에 앉았다. 그리고 처음부터 냅다 신명나게 그 곡을 쳐나갔다. 어떤 새로운 기쁨이 온몸을 휘감는 듯한 기분이었다.

그녀는 내 곁에 닿을 듯 말 듯 다가서서 가만히 듣고 있었다. 그녀의 향긋한 체취가 내 코 근처까지 은은히 풍겨오고 있었다.

내가 치고 나면 그녀가 치고, 그녀가 치고 나면 내가 치고…… 우리는 묘하게 들뜬 기분으로 오래도록 피아노 앞에 있었다.

빗속으로 돌아가는 양 선생을 교문 밖 행길까지 바래다주고 숙직실로 돌아오자, 조 씨가,

"오늘 밤 신나던데요."

하고 빙그레 웃었다. 그리고 조 씨는 오늘 저녁 집에 제사가 있으니 자지 말고 기다리고 있으라고, 제사 음식을 가지고 올 테니, 하고 집으로 갔다.

바깥에 비는 여전히 추적추적 내리고 있었다.

나는 홑이불 속에 아랫도리만 묻고 번듯이 누워서 멀뚱멀뚱 천정을 바라보며 오늘 저녁 양 선생의 태도를 생각해 보았다. 그녀가 아무래도 나에 대해 야릇한 것을 느끼고 있는 듯했다. 생각할수록 틀림없이 그런 것 같았다. 그렇다면…… 하고 나는 침을 한 덩어리 꿀꺽 삼켰다. 그녀의 이모저모를 천정에 그려보며 벌써부터 혼자서 숨결이 더워지기 시작했다. 틀림없이 미구에 새로운 기쁨이 짜릿하고 화끈하게 전개될 것이 아닌가. 나는 '도처에 유청산(有青山)'이라더니 정말이로구나 싶으며 히죽 웃었다. 그리고 가볍게 몸을 한 번 떨었다.

밤은 깊어갔다. 그러나 도무지 잠이 오질 않았다. 조 씨가 가져

올 제삿밥이 기다려져서 그런 것은 아니었다. 공연히 기분이 들떠서 걷잡을 수가 없는 것이었다. 잡지를 꺼내어 뒤적거리기 시작했다. 그러다가 한참 뒤 나는 스르르 눈을 감았다.

얼마나 지났을까. 나는 무슨 요란한 소리에 잠이 깨었다. 딩딩딩…… 시계 치는 소리였다. 교무실 벽에 걸린 괘종 치는 소리가 마치 비몽사몽간인 듯 그렇게 크게 들려오는 것이었다.

나는 하품을 하며 그 시계 치는 소리를 헤아려 보았다. 딩딩딩…… 열두 점이었다. 나는 손목에 차고 있는 내 시계를 보았다. 내 손목시계 역시 열두 시를 이 분가량 남겨 놓고 있었다.

사방은 호젓했다. 추적추적 비 내리는 소리가 밤의 적막을 더하고 있었다.

시계 치는 소리가 멎고 잠시 후였다. 이번에는 드르릉 문 여는 소리가 들렸다. 역시 교무실 쪽인 듯했다. 나는 이상하게 생각했다. 자정이 된 이 한밤중에 교무실 문 열리는 소리가 나다니……. 누굴까…… 나는 바짝 긴장이 되지 않을 수 없었다.

드르릉 또 문소리가 났다. 아마 이번엔 문을 닫는 소리 같았다. 그렇다면 교무실에서 누군가가 문을 열고 나왔다는 이야기가 되지 않는가. 밤으로는 교무실 문에 자물쇠가 걸려 있는데 말이다. 오늘 저녁도 양 선생이 돌아간 다음 내가 분명히 자물쇠를 걸었는데…… 나는 바짝 신경을 곤두세워 귀를 그쪽으로 기울였다.

짜박짜박짜박…… 이번에는 발자국소리였다. 교무실에서 나와 복도를 걸어서 가만가만 이쪽으로 오는 소리였다. 추적추적 비 내리는 소리 속에서도 그 소리는 이상스럽게 분명히 귀에 들어왔다. 순간 나는 도둑이로구나 싶었다. 벌떡 뛰어 일어나려 했다. 그러나 어찌 된 셈인지 도무지 온몸이 뻣뻣하게 굳어진 듯 움직여지지가 않았다. 숨을 죽이고 가만히 그 소리를 듣고만 있었다.

짜박짜박짜박…… 그 소리는 복도에서 숙직실 쪽으로 다가와 숙직실 현관 앞에 멎었다. 그리고는 아무 기척이 없었다.

"누구야!"

나는 냅다 고함을 질렀다. 그러나 아무 반응이 없었다.

도둑이 교무실에 들어갔다가 별로 훔쳐갈 게 없었던지, 이번에는 불이 켜져 있는 숙직실 쪽으로 와서 방 안의 동정을 살피고 있는 것이려니 생각했다.

"누구야? 누구? 응!"

그러나 역시 아무 기척이 없었다.

나는 다시 숨을 죽이고 닫혀 있는 방문을 무섭게 노려보고 있었다. 불끈 쥔 주먹이 가늘게 떨리고 있었다.

한참 아무 기척이 없더니 짜박짜박짜박…… 다시 발자국소리가 났다. 발자국소리가 우물 쪽으로 가는 듯했다. 잠시 후 물 긷는 기척이 나더니, 꼴깍꼴깍…… 물 마시는 소리가 들렸다.

참 별 희한한 도둑놈도 다 있구나 싶었다. 이렇게 추적추적 비가 오는 한밤중에 우물에서 비를 맞으며 찬물을 마시다니, 어지간히도 목이 마려운 모양이었다. 나는 어쩐지 약간 긴장이 누그러지는 듯한 느낌이었다.

물을 마시고 나서 짜박짜박짜박…… 발자국소리는 다시 현관 앞으로 돌아왔다.

나는 그만 벌떡 일어나며,

"누구야? 응!"

냅다 방문을 열어젖혔다.

방문을 열면 골마루가 있었고, 골마루 끝에 현관이 있었다. 현관엔 문짝이 한쪽밖에 붙어 있질 않았다.

그런데 현관 앞에 아무도 없었다. 어느새 숨어버렸는지 그저 어둠 속에 비만 추적추적 내리고 있을 따름이었다.

나는 현관 밖까지 뛰어나가 볼까 싶었으나, 어쩐지 으스스하고 등이 당기는 듯해서 그만두었다. 전장에서 시체를 디디고 넘으며 백병전까지 해본 경험이 있는 나였으나, 지금은 어느덧 심장이 얄팍해진 모양이었다.

나는 도로 방문을 닫고 말았다.

한참 동안 아무 기척이 없더니, 또 짜박짜박 발자국소리가 나는 것이 아닌가, 짜박짜박짜박…… 교무실 쪽으로 돌아가는 것이었다.

발자국 소리가 교무실 쪽에 가서 멎는 듯하더니, 드르릉 문 열리는 소리가 들렸다. 그리고 드르릉 닫히는 소리도 들렸다. 교무실로 들어가 버린 것이다.

휴우— 나는 절로 숨이 크게 내쉬어졌다. 그러나 결코 안도의 숨은 못 되는 것이다. 도둑인지 뭔지 확실히 알 수는 없지만, 좌우간 교무실에 사람이 들어가 있는 것이 아닌가 말이다. 자정이 넘은 이 깊은 밤중에…….

나는 도대체 이 일을 어떻게 했으면 좋을지 알 수가 없었다. 숙직실에 기거를 할 게 절대로 아니로구나 싶기도 했다.

그러고 있는데, 쩌벅쩌벅쩌벅…… 이번에는 교무실 쪽이 아니라, 본관 교사와 중간 교사 사이에서 발자국소리가 나는 게 아닌가. 이건 또 뭐냐 싶으며 나는 눈이 휘둥그레졌다.

쩌벅쩌벅쩌벅…… 발자국소리는 이쪽으로 다가오고 있었다. 잠시 후,

"송 선생, 제삿밥이요, 제삿밥."

하면서 조 씨가 현관을 들어섰다.

휴우— 하면서 나는 방문을 열었다. 제삿밥이고 뭐고 나는 조 씨를 붙들고 교무실에 도둑이 들었다고 떠들어댔다. 내 이야기를 대강 듣고 나더니 조 씨는,

"그래요? 어디 가봅시다. 그 이상한 도둑놈인데……."

하면서 전지를 들고 앞장섰다.

숙직실을 나서 교무실 쪽으로 몇 걸음 가다가 나는,

"아니!"

주춤 걸음을 멈추었다. 피아노소리가 들리기 시작했던 것이다.

"왜요?"

조 씨도 걸음을 멈추고 나를 돌아보았다.

"저 피아노소리……."

"뭐요? 피아노소리?"

"저 피아노소리 안 들려요?"

"피아노소리는 무슨 피아노소리……."

"아니, 저 소리가 안 들려요?"

"허허허…… 송 선생, 귀가 어떻게 된 게 아니요? 무슨 소리가 들린다는 거요. 도대체……."

"허 나 참, 저 소리가 안 들린단 말이요?"

분명히 내 귀에는 피아노소리가 은은히 들려오고 있었다. 〈소녀의 꿈〉이었다. 그 곡이 은은하고 부드럽게, 그러면서도 어딘지 모

르게 쓸쓸하고 애절한 가락으로 흘러오고 있었다.

전지를 켜든 조 씨의 뒤를 따라 나는 으스스하면서도 한편 마치 무슨 꿈속을 가는 듯한 묘한 기분이 되어 걸음을 옮겼다.

조 씨는 어이가 없는 듯이,

"피아노소리가 들리다니, 그럼 도둑놈이 피아노를 치고 있단 말인가."

하고 중얼거리고는 히들히들 웃었다.

교무실이 가까워지자 조 씨는 우선 전지로 출입문의 자물쇠를 비춰 보았다. 자물쇠는 문에 그대로 채워져 있었다. 그렇다면 이게 도대체 어떻게 된 영문인가…… 나는 무엇에 받힌 듯 얼떨떨하기만 했다. 어느덧 피아노소리는 그쳐 있었다.

"자물쇠가 그대로 잠겨 있는데, 무슨 도둑놈이 들었다고……."

하면서 조 씨는 불빛으로 교무실 창문을 여기저기 비춰 보았다.

아무 이상이 없었다.

이번에는 전지를 바싹 유리에 갖다 대어 유리창 너머로 교무실 안을 살폈다. 불빛이 피아노 쪽을 비쳤다. 그 순간 나는,

"아!"

소리를 질렀다.

"아니, 왜요?"

"양 선생이……."

"뭐요? 양 선생?"

"저기 양 선생이 앉아 있잖아요. 피아노 앞에……."

"뭐라고요? 허허허…… 오늘 밤 송 선생 머리가 좀 어떻게 된 게 아니요? 양 선생은 무슨 양 선생……."

"아니, 안 보여요? 저기 앉아 있잖아요. 저기……."

분명히 양 선생 그녀가 다소곳이 피아노 앞에 앉아 있는 것이었다. 목이 하얗고 긴 그 뒷모습을 불빛이 저렇게 분명히 비추고 있는데, 조 씨는 안 보인다니, 어이가 없었다. 자기 머리가 어떻게 됐으면서 날더러 머리가 이상하다니, 기가 막혔다.

그때 다소곳이 앉았던 양 선생이 가만히 얼굴을 돌려 이쪽을 바라보았다. 순간 나는 입이 딱 벌어지고 말았다.

그것은 양 선생이 아니었다. 유민숙이었다. 유민숙의 하얀 얼굴이 나를 바라보며 생긋이 웃는 것이 아닌가.

"으악—"

나는 그만 아찔한 현기증 같은 것을 느끼며 비실 쓰러지고 말았다.

"아니, 송 선생! 왜 이래요! 왜 이래요!"

조 씨의 놀란 목소리가 가물가물 멀어져 갔다.

이튿날 나는 출근을 못하고 숙직실에 넋이 나간 사람처럼 누워 있었다. 첫째시간이 시작되자, 교장 선생이 숙직실로 찾아왔다. 교장 선생은 묘한 웃음을 띤 얼굴로,

"송 선생, 정신병원에 가서 한 번 진찰을 해보는 게 어떻겠소?"

하고 말했다.

나는 약간 어이가 없어서 비식 웃고는,

"제가 이 학교에 온 게 잘못이었어요. 그리고 모든 게 전쟁 때문이에요."

이렇게 대답했다. 그 말이 무슨 뜻인지 교장 선생이 알 까닭이 없었다. 교장 선생은 걱정이 되는 듯한 표정으로 바뀌며,

"아무래도 증세가 심한 것 같애. 속히 진찰을 해보는 게 좋겠어."

타이르듯이 말했다.

양 선생이 개천에 실족을 해서 다리 하나가 골절되어 병원에 입원을 했다는 소식을 나는 점심시간에 조 씨한테서 들었다. 간밤에 집으로 돌아가다가 바로 집 앞에 있는 개천에 어쩌다가 그만 실족을 했다는 것이었다.

『검은 자화상』(정암문화사, 1992)

두 일본인

약간 떨리는 손으로 조심스레 잔을 들어 한 모금 입에 넣는다. 술이 주는 액체가 혓바닥을 적시며 미끄러지듯 목구멍으로 넘어가자 살짝 콧등에 주름이 접힌다. 그러면서도 두 눈에는 절로 엷은 미소 같은 것이 어린다. 송엽주다. 그 은은한 향기가 콧속을 간질이는 듯하다.

한재명 노인은 올해 미수(米壽). 즉 여든여덟이다. 미각, 후각뿐 아니라, 온몸의 감각이 무디어져 있다. 무엇을 먹어도 맛을 잘 모르겠고, 냄새도 제대로 맡아지지가 않는다. 물론 머리도 흐릿하여 늘 멍하기만 하고, 눈앞에 엷은 너울이 어른거리는 느낌이다.

그러나 송엽주가 속으로 흘러 들어가면 그 퇴색된 감각기능이 조금은 되살아난다. 우선 눈앞의 너울이 걷히는 듯하고, 머릿속도 칙칙했던 회색에서 희뿌연 우윳빛으로 밝아오는 느낌이다. 혓바닥의 굳어졌던 미각도, 콧속의 후각도 눈을 뜨는 것 같다.

한 노인은 매일 점심을 먹고 나면 낮잠을 한숨 잔다. 그리고 일어나 송엽주를 조그마한 컵으로 한잔 마신다. 텔레비전을 보기 위해서다.

솔잎으로 빚은 술을 한 노인이 마시기 시작한 것은 육십 고개를 넘고부터다. 솔잎이 고혈압을 비롯해서 신경통, 천식, 당뇨병, 불면증 등 노인성 질환에 좋다기에 애주가인 그는 그것으로 술을 빚어 마시기 시작했는데, 과연 효험이 있는 듯 여든여덟이 된 지금까지 큰 병 없이 지금까지 잘 늙어오고 있는 것이다. 말하자면 송엽주는 한 노인의 장수 비방인 셈이다.

한 컵의 송엽주를 몇 모금으로 나누어 비우고 나자 한 노인은 안경을 콧등에 얹고 천천히 방에서 나가 거실로 간다. 매미 우는 소리가 들려온다. 매미들도 더위에 지친 듯 우는 소리가 시원찮다.

위성방송인 일본의 NHK를 틀고, 소파에 가서 앉는다. 평일의 낮 시간에는 다른 방송이 안 나오기 때문에 으레 NHK다.

특집 프로가 방영되고 있다. '종전 오십 주년 기념 특집'이라는 자막이 지나간다. 야스쿠니 신사(靖國神社)에서 벌어진 집회가 비친다. '전후 오십 년 국민위원회'라는 단체가 주최한 전몰자 추도 집회다. 수많은 군중들이 운집한 가운데 회장이라는 사람이 일장의 연설을 늘어놓고 있는 장면이다. 이따금 주먹을 휘두르기도 하며 꽤나 열기를 띤 어조로 뇌까려댄다. 국회에서 채택한 부전 결의를 맹렬히 비난하고 있다. 그것은 호국영령에 대한 모독행위라면서 조국의 자존자위와 아시아 해방을 위해 목숨을 바친 전몰영령 덕분에 오늘날 일본은 평화와 번영을 누리고 있다고 한다. 대동아전쟁은 아시아 해방을 위한 전쟁이었다고 핏대를 세우며 외쳐댄다. 그런 연설에 군중들은 열광을 하듯 박수를 치고 소리를 지르며 깃발을 흔들어대기도 한다.

멍하게 바라보고 있던 한 노인의 한쪽 눈썹이 약간 꿈틀거린다. 그리고,

"흥."

콧방귀를 뀐다.

장면이 바뀌어 이번에는 옛 일본 군대의 군복 비슷한 옷을 입은 젊은이들이 몇 대의 트럭에 나눠어 타고 시가를 행진하면서 냅다 스피커로 열변을 토해댄다. 그 열변이 멎음과 동시에 군가가 울려 퍼진다. 이른바 대동아전쟁 막바지에 불러대던 군가다. 일본이 다시 군사대국을 지향해야 한다는 주장을 펴는 어떤 애국청년단체의 행동대원들이다.

"잘 노네."

한 노인은 볼멘소리로 중얼거린다.

군가가 여운을 남기며 사라지자, 장면이 바뀌며 이번에는 요란한 박수 소리가 일어난다. '8.15 시민 선언 집회'라는 것이 열리고 있다. 아시아태평양지역의 전쟁 피해자 사십여 명을 초청해 증언을 듣고, 과거의 침략전쟁을 사과함과 동시에 국회의 부전*(不戰, 전쟁을 하지 않음) 결의를 지지 선언하는 자리다. 그 집회에 수상이 등장하고 있다. 그래서 박수가 터진 것이다.

수상은 먼저 연단에 올라 간단한 연설을 한다. 과거를 반성하고, 앞으로의 평화 추구를 약속하며, 피해자들에게 사과의 뜻을 공식적으로 표현하는 그런 내용이다. 연설이 끝나자 수상은 모여앉아 있는 피해 여성들에게 다가간다. 아시아 각국에서 모인 종군위

안부였던 노파들이다. 사십여 명 가운데 한국의 피해자 수효가 가장 많다. 수상은 한국의 노파 한 사람 앞으로 다가가서 살짝 고개를 숙이며 손을 내민다. 노랑 저고리에 검은 치마를 입은 그 노파는 얼른 자리에서 일어나 수상의 손을 잡고 허리를 꺾는다. 눈썹이 허옇고 길어서 마치 산신령 같은 수상이 노파에게 곧장 머리를 꾸벅거리며 미안하다는 말을 되뇐다. 사진기자들의 플래시가 일제히 터진다.

"흠—"

한 노인은 가만가만 고개를 끄덕인다. 송엽주의 기운이 머리로 후끈하게 솟아오르는 듯한 느낌이다.

지그시 두 눈을 감는다. 대동아전쟁이 아시아 해방 전쟁이었다고 주먹을 휘두르며 열변을 토해대고, 또 옛 군가를 소리 높여 불러대며 거리를 행진하던 장면과는 너무나 대조적이 아닌가. 일본의 상반되는 커다란 두 흐름을 눈앞에 본 듯 기분이 묘해진다.

문득 한 노인의 뇌리에 아득히 흘러간 옛날 한 시절의 일이 안개 속에 펼쳐진 풍경처럼 되살아난다. 그리고 일본인 두 사람의 얼굴이 희미하게 떠오른다. 이시바시(石橋) 교장과 오카야마(岡山) 시학관(視學官)의 얼굴이다.

한재명이 경북 칠곡군에 있는 동명공립심상소학교에 부임해 간 것은 1937년 4월이었다. 그 무렵은 국민학교를 공립심상소학교라고 했다. 그리고 그때는 소화(昭和)라는 연호를 사용하던 시절이어서 소화 12년에 해당된다. 해방되기 팔 년 전이다.

그해 7월에 중일전쟁이 일어났다. 만주를 손아귀에 넣은 일본의 관동군이 마침내 중국 본토에까지 침략의 손길을 내뻗은 것이다. 그러니까 일본 군국주의 정권이 아시아 침략 정책을 본격적으로 실행에 옮기기 시작한 시기였다.

학교를 빙 두르다시피 심어져 있는 벚나무들이 마침 꽃을 활짝 피우고 있어서 학교 전체가 마치 벚꽃의 구름덩어리 속에 묻혀 있는 듯한 느낌이었다. 교문을 들어서는 한재명은 절로,

"햐— 좋구나."

감탄사가 흘러나왔다.

그는 이미 두 학교에서 십여 년간 근무한 경력이 있는 삼십 대 초반의 중견 훈도(訓導)였다. 그 무렵은 교사를 훈도라고 했다.

교무실에 들어서니 교장이 혼자 책상을 지키고 앉아 있었다. 수업시간이어서 선생들은 모두 교실에 가고 없었다. 정면으로 교장 책상이 놓여 있고, 양쪽으로 나란히 선생들의 책상이 세 개씩 모두 여섯 개 놓여 있었다. 그러니까 교장을 합해서 교직원이 전부 일곱이었다. 한쪽 구석에 조그마한 책상이 한 개 더 놓였는데, 그것은 소사의 자리였다.

교장은 일본인이었다. 그 교장의 성이 '이시바시'였다.

콧등에 안경을 얹고서 신문을 펼쳐 읽고 있던 이시바시 교장은 한재명이 들어서자 신문을 책상 위에 놓고 돋보기안경 너머로 빤히 바라보았다.

한재명은 교장 앞으로 가서 공손히 고개를 숙이고는,

"이 학교로 전근 발령을 받은 한재명입니다."

신고를 하듯 말했다. 그리고 사령장을 꺼내어 교장 앞으로 내밀었다.

교장은 사령장을 한 손으로 받았다. 그러나 그것을 펼쳐볼 생각은 않고, 안경 너머로 계속 한재명의 얼굴을 빤히 바라보듯 바라보고만 있었다. 콧수염이 유난히 까만 오십 대 중반쯤 되어 보이는 사람이었다.

기분 나쁜 눈길로 말없이 바라보기만 하는 터이라 한재명은 슬그머니 긴장이 되었다.

"머리가 그게 뭔가?"

불쑥 교장이 내뱉은 첫마디였다. 서슴없는 반말이었고, 호통조였다. 한재명은 어이가 없었다. 얼른 무슨 뜻인지도 알 수가 없어 머쓱한 표정을 지었다.

"선생이라는 사람이 머리가 그게 뭔가 말이야?"

"무슨 말씀이신지……."

"포마드를 그렇게 처발라서 뭘 어쩌자는 거야. 응? 꼭 기생오라비 같잖아. 학교가 어디 기생방인 줄 알고 있나?"

한재명은 하이칼라 머리에 포마드를 넉넉히 발라 잘 빗어 넘기고 있었다. 숱이 좋은 머리를 그렇게 늘 손질하는 버릇이었고, 어쩌면 그의 유일한 멋 부리기라고도 할 수 있었다.

"아, 냄새. 지독하군."

교장은 콧구멍까지 벌름거리며 온통 이맛살을 찌푸렸다. 포마드 냄새가 마치 무슨 구린내라도 되는 듯이 말이다.

첫 대면에서 무슨 이런 일이 다 있는가. 한재명은 견딜 수가 없었다. 온몸의 피가 머리로 솟구치는 듯한 느낌이었다. 그러나 견디는 수밖에 도리가 없었다.

그날 밤 한재명은 저녁을 먹고 나서 아내에게 물을 데우게 하여 머리를 감았다. 포마드 기름이 말끔히 빠지도록 비누칠을 해서 북북 씻고 또 씻었다.

그런 남편을 보고 경선은 좀 이상하다는 듯이 물었다.

"와 기름이 다 빠지도록 감아 대능교? 오늘 아침에 포마드를 발랐잖아예."

한재명은 아무 대꾸를 하지 않았다.

이튿날 아침 한재명은 기름이 깨끗이 빠져 부스스한 머리를 빗으로 쓱쓱 아무렇게나 빗어 넘기고 출근을 했다. 부엌에서 설거지를 하던 경선은 저 양반이 웬일로 머리에 포마드를 안 바르고 집을 나설까 하고 약간 신기한 듯이 바라보았다.

며칠 동안 남편의 머리에 포마드 기름이 묻질 않자 저녁을 먹으면서 경선은 재미삼아 물었다.

"당신 이제부터 뽀마도 안 바르기로 했능교?"

잠시 굳어진 표정으로 불룩불룩 입안의 음식을 씹어대기만 하던 한재명은 그것을 꿀컥 삼키고 나서 내뱉듯이 말했다.

"나 참 더럽어서."

"와예? 뭐가 더럽운데예?"

"아 글씨. 이시바신가 지랄인가 왜놈의 교장 그 자석이 말이다. 뭐라 카능고 하면……."

한재명은 부임하던 날 당한 어처구니없는 일을 털어놓았다. 그리고 생각만 해도 부아가 치민다는 듯이 내뱉었다.

"그누무 자석 꼭 미친 개 같더라니까."

"아이구 정말 그렇구나. 이웃 사람들 말이 맞구나. 우야꼬—"

"이웃 사람들이 뭐라 카는데?"

"글씨, 학교 왜놈 교장이 얼매나 고약한지 쫓겨난 선생들이 하나 둘이 아니라 카더라니까예."

"음—"

"우야지예?"

"우야긴…… 까짓 놈의 거 견디다 몬하면 한바탕 받아 삐리는 기지 뭐."

"받아삐리다니, 박치기를 한다 그 말잉교?"

"그래."

"당신 박치기 할 줄 아능교?"

"와? 내가 박치기 못할 줄 아나? 잘 한다."

"언제 해봤는데예?"

"학생 때 해봤지. 그까짓 늙은 왜놈 하나쯤 문제없는 기다. 콱 받아삐리면 제깐놈이 나가떨어지지 않고 배기나. 눈뎅이가 시퍼렇게 불거져 가지고 말이다."

아빠 엄마의 말을 가만히 들으며 숟가락질을 하고 있던 여섯 살짜리 정민이가 불쑥 입을 연다.

"아부지 박치기하는 거 한 번 봤으면 좋겠다."

"한 번 보고 싶으나? 허허허……."

한재명이 재미있다는 듯이 웃자 경선도 히힉 실소를 한다. 그리고 얼른 볼멘 듯한 소리로 말한다.

"아이고 당신도 참…… 아 듣는데 와 카능교?"

"와? 뭐가 어때서?"

"정민이가 뽄딸까*('본받다'의 방언) 겁나느마. 그리고 학교 선생님이 박치기라니 말이 되능게? 더구나 일본 교장한테…… 당신이 박치기해서 온전할 것 같은교? 쫓겨 가는 정도가 아니라, 징역 가느마. 징역."

"가면 갔지 뭐."

"우야꼬, 이 양반 보소. 정말로 카능교, 부로 카능교?"

경선의 눈이 휘둥그레진다.

"정말인 기라."

"당신 징역 가면 그럼 우리는 우야고예?"

아빠가 아무 대답이 없자 정민이는 궁금한 듯 엄마에게 묻는다.

"징역이 뭐꼬?"

"니는 모른다. 말해도 모른다. 어서 밥이나 묵어."

그러자 화제가 좋지 않으니 이제 그만하자는 듯이 한재명은 한결 가라앉은 어조로 말했다.

"여보, 숭님(숭늉)이나 떠 오지."

"예."

경선은 얼른 자리에서 일어났다.

이시바시 교장은 학부모들뿐 아니라 면내의 일반 사람들 사이에도 소문이 자자할 정도로 고약하기 짝이 없는 위인이었다. 부임해 온 지 삼 년째로 접어들었는데, 그동안 벌써 부하 교사를 네 사람이나 벽지 학교로 좌천시킨 터였다. 자기 말에 덮어놓고 고분고분하지 않고 조금이라도 삐딱한 기색이 보이기만 하면 여지없이 몰아붙여서 기어이 내쫓고 마는 것이었다.

선생들에게만 고약하게 구는 것이 아니었다. 학생들에게도 마찬가지였다. 조금이라도 눈에 거슬리는 아이가 있으면 어떤 자리건 무조건 욕설을 퍼부으며 뺨을 올려붙이기 일쑤였다. 여러 아이들이 한꺼번에 못마땅했을 경우는 모조리 교무실로 끌고 가서 자기가 신고 있던 슬리퍼를 한 짝 벗어 들고 그것으로 아이들의 볼때기를 사정없이 마구 갈겼다. 그래도 성이 안 차면 발길질까지 해대고서 꿇어앉혀 두 손을 쳐들고 있도록 해놓는 것이었다.

별명이 '미친 늑대'였다. 학생들은 교장의 모습이 보이기만 하면 '미친 늑대' 온다 하면서 슬금슬금 피하기 일쑤였다. 학생들 사이에서 생겨난 별명은 절로 선생들의 입에도 오르내리고 있었다.

한재명이 그 별명을 처음 들은 것은 부임한 지 일주일가량 지나서의 일이었다. 점심시간이었다. 선생들은 모두 도시락을 싸가지고 와서 교무실에서 먹는데, 교장은 학교 울타리 안에 관사가 있어서 집으로 점심을 먹으러 가는 터였다. 그리고 점심을 먹고 나면 늙은 교장은 식곤증 때문에 낮잠을 한숨 자는 게 버릇이어서 으레 오후 수업이 한두 시간 끝나고서야 슬금슬금 교무실로 돌아오기 일쑤였다. 그래서 선생들은 점심시간만은 언제나 해방된 기분으로 도시락을 먹으며 이런저런 잡담을 즐겼다.

그런데 그날은 점심을 먹으러 갔던 교장이 무슨 변덕인지 잠시 후에 되돌아왔다. 한참 잡담을 나누며 도시락을 먹고 있던 선생들 가운데 한 사람이 교장의 모습을 교무실 출입문 밖으로 힐끗 보고는 깜짝 놀라듯이,

"온다. 와."

하고 내뱉었다.

"누가?"

"미친 늑대……."

순간 선생들의 시선이 일제히 출입문 쪽으로 향했고, 실내에 가

벼운 긴장감까지 감돌았다.

한재명 역시 젓가락질을 멈추고 출입문 쪽을 바라보며 속으로 아하, 교장의 별명이 미친 늑대로구나, 그거 참 어울리네, 싶었다.

드르릉 출입문을 열고 들어선 교장은 슬리퍼를 신고 찰딱찰딱 자기 자리로 가다가 우뚝 멈추어 섰다. 그리고 조심스레 도시락을 먹고 있는 선생들을 위압적인 시선으로 둘러보더니 콧등을 잔뜩 찡그리며 뇌까렸다.

"이게 무슨 냄새야?"

선생들은 굳어진 표정으로 교장을 바라보았다. 킁 킁…… 하고 교장은 마치 사냥개가 냄새를 맡듯 콧구멍을 벌름거렸다

"김치 냄새로구나. 아, 시금털털*(시면서도 매우 떫다)한 냄새. 이거 교무실에 이런 쉬어빠진 시금털털한 냄새가 풍기다니…… 안 돼. 될 말이 아니야. 신성한 교무실에 조센징(조선 놈)들의 김치 냄새가 진동한대서야 말이 되느냐 말이야."

묵은 김장김치를 도시락 반찬으로 싸가지고 온 선생이 몇 사람 있었던 것이다. 선생들은 모두 젓가락질을 멈추고 마치 무슨 잘못이라도 저지르기라도 한 것 같은 표정으로 교장의 어이없는 질책을 듣고만 있었다.

"왜 아무 말들이 없어. 내 말이 틀렸나? 신성한 교무실에 이런 쉬어빠진 냄새가 진동해도 괜찮다는 건가?"

그래도 모두 아무 대답이 없자 교장은 교무주임을 향해 버럭 고함을 지르듯 물었다.

"어떻게 생각해? 교무."

"예. 지당한 말씀이라고 생각합니다."

목에 걸린 듯한 그런 목소리로 힘없이 대답하고 교무주임은 자기도 모르게 쓴 입맛을 다셨다. 그의 도시락에서도 시큼한 김치 냄새가 풍기고 있었다.

"아니, 지당한 말씀이라면서 왜 입맛은 다시는 거야?"

"……."

"응? 반항하는 건가?"

"아닙니다. 반항이라니요. 입술에 묻은 김치 냄새를 없애려고 그랬지요."

반항이라는 말에 사십이 다 되어가는 교무주임이 당황해서 얼른 그렇게 변명을 하자, 선생들은 모두 터져 나오려는 웃음을 참느라 애를 먹었다.

여섯 명의 교사 중에 여선생이 한 사람 있었다. 이제 스물한 살인 가장 풋내기 교사였다. 그녀는 그만 킥킥…… 입 밖으로 새나오는 웃음을 어쩌지 못해 얼른 한 손으로 입을 가리며 살짝 고개를 숙였다.

"왜 웃는 거야? 입술에 김치 냄새가 묻어 있다면 없애는 게 당연하잖아."

"……."

"안 그래?"

"예."

"음—"

이제 화가 누그러지고, 교장 자신도 속으로 좀 우습고 재미있기도 한 모양이었다. 그러나 그런 기색을 드러내서는 안 된다. 싶은 듯 일부러 표정을 한층 더 근엄하게 조여가지고 말했다.

"앞으로는 절대 도시락 반찬에 김치를 싸 오는 일이 없도록…… 김치 대신 다꾸왕(단무지)을 싸 오도록 하라구. 알겠어?"

"예—"

남선생들은 모두 억지로 밀어내는 듯한 빽빽한 목소리로 대답했다. 그러나 여선생은 교장을 향해 조심스레 입을 열었다.

"교장 선생님, 다꾸왕이 있어야 싸 오지요."

"담그면 될 게 아니야."

"다꾸왕을 담그려면 무가 있어야 하는데 이 봄에 무가 어디에 있나요. 그러니까 가을부터 다꾸왕을 싸 올께요."

남선생들은 이번에는 모두 허— 하고 웃어 버렸다. 그제서야 교장도 하긴 그렇구나 싶은 듯 약간 당황하는 기색이더니 그러나 막무가내로 내뱉었다.

"좌우간 김치는 안 돼. 절대로 싸 오면 안 된다구."

그날 한재명은 도시락 반찬으로 김치를 싸 가진 않았으나, 이만저만 기분이 나쁜 게 아니었다. 교장이면 교장이고 왜놈이면 왜놈이지, 이렇게까지 제멋대로 군림하다니 기가 막힐 따름이었다. 전근을 와도 정말 지랄 같은 데로 왔구나 싶으며 슬프기까지 했다.

그해 여름, 정확히 말하면 7월 7일에 노구교(盧溝橋)사건이 일어났다. 중국의 화북 지방에 있는 노구교에서 일본군이 군사훈련을 실시했는데, 병사 한 명이 행방불명되었다. 그래서 중국군 측에게 그 수색을 공동으로 실시하자고 요구했다. 그 요구에 중국군 측이 응하지 않자, 그것을 트집 잡아 일본군은 중국군에게 공격을 가했다.

만주를 손아귀에 넣은 뒤 중국 침략의 구실을 찾아오던 일본은 그 사건을 기화로 7월 28일에 화북 지방으로부터 총공격을 감행했고, 8월 15일에는 중국 정부에 대하여 선전포고를 하였다. 마침내 중일전쟁이 발발한 것이다.

중일전쟁을 그 당시는 지나사변이라고 했다. 지나사변이 일어나자 조선총독부에서는 전시체제를 갖추도록 각 도에 시달했다. 시골 국민학교에까지 그 통첩이 내려온 것은 말할 것도 없다.

이시바시 교장은 마치 무슨 기다렸던 때가 오기라도 한 사람 같았다. 전쟁이 시작되었다는 소식을 들은 날 저녁 그는 사택에서 혼자 술을 몇 잔 마시고는 벌떡 일어나 도코노마(거실에 마련되어 있는 장식을 위한 칸)에 안치해 놓은 일본도를 들고 밖으로 뛰어나갔다. 그 대검은 자기 집안에 전해 내려오는 가보와 같은 것이었다. 바깥은 으스름달밤이었다. 이시바시는 무더운 여름밤이어서 훈도시(남자들이 사타구니를 가리는 천)만 차고 있었다.

"야—"

기합을 내지르며 그는 대검을 쑥 잡아 뽑았다. 그리고, 그것으로

"에잇!"

뜰에 서 있는 매화나무 가지를 냅다 내리쳤다. 싹뚝, 가지가 잘려 나갔다.

"에잇! 에이!"

두 번 세 번 대검을 휘둘러대는 것이었다. 훈도시로 사타구니만 가린 벌거숭이가 냅다 칼질을 해대는 게 마치 달밤에 설쳐대는 도깨비 같았다.

전쟁이 일어났다는 소식에 그처럼 흥분이 된 이시바시는 그 뒤 늘 두 어께에 힘을 주고 두 눈을 부라리며 그 전보다 월등히 더 교사와 학생들을 들볶았다. 그리고 양복 대신 군복을 입고 학교에 나

타나기도 했다. 그는 예비역 육군 오장(伍長, 하사에 해당됨)이었다.

이시바시가 징집으로 입영한 이듬해에 노일전쟁이 일어났다. 조선 땅에서 청일전쟁을 일으켜 청나라를 굴복시킨 일본은 십 년 뒤에 이번에는 러시아와 패권 다툼으로 맞부딪치게 되었던 것이다. 1904년, 이시바시가 스물한 살 되던 해였다.

그는 일선 보병부대의 전투병으로 참전하여 조선 땅과 만주 땅을 짓밟고 다니며 총질을 해댔고, 때로는 방화와 살인까지 서슴지 않았다. 말하자면 용맹을 떨쳐서 전공을 세운 그는 하사관들에게 주는 훈장 중에서는 최고의 것을 받았고, 몇 해 뒤에 제대를 했는데, 가슴에 훈장을 단 군복을 그대로 입고 귀향하였다. 황군의 복장을 기념으로 길이길이 간직할 뿐 아니라, 일단 유사시에 재소집되면 다시 입고 오라는 취지에서 그렇게 군복을 입힌 채 제대를 시켰던 것이다.

그 군복을 이시바시는 월요일이면 반드시 입고 출근을 했다. 애국조회가 있기 때문이었다. 매일 아침 전교생을 운동장에 모아놓고 조회를 하는데, 중일전쟁이 일어난 뒤부터 이시바시는 월요일의 조회를 특별히 애국조회라고 해서 국기를 게양하며 기미가요(일본의 애국가)를 부르게 하고, 동방요배(東方遙拜), 즉 천황이 있는 동쪽을 향해 두 손을 딱딱 치며 배례를 하도록 했다. 그리고 군복을 입은 그가 교단 위에 올라서서 일장의 훈시를 늘어놓는 것이었다. 전장에서는 우리 황군이 이렇게 혁혁한 전과를 올리고 있으니 총후(銃後)*(후방)의 우리들도 더욱 각오를 굳게 하여 오늘도 내일도 어떻게 어떻게 행동해서 천황폐하에게 충의(忠義)를 다해야 된다는 따위 판에 박은 듯한 연설을 핏대를 세워가며 내뱉어댔다. 때로는 자기가 노일전쟁에 참전해서 실제로 행한 무공담을 손짓 발짓을 섞어가며 지껄여대기도 했다.

그런 애국조회가 처음 한동안은 학생들에게 무척 인기였다. 다른 조회와는 판이하게 다르기 때문이었다. 무엇보다도 군복을 입고 군모를 쓴 교장 선생의 모습이 우스꽝스러우면서도 신기하기만 했다. 군복과 군모가 명치시대의 옛 것인데다가 가슴에 훈장까지 달고 있으니 그럴 수밖에 없었다. 군복의 한쪽 가슴에 반짝반짝 빛나고 있는 훈장은 학생들의 호기심을 자극하고도 남았다.

그런 색다른 모습으로 교단 위에 서서 자기의 전쟁 경험담을 손짓 발짓을 해가며 지껄여 댈 때는 무슨 신파극에서 배우가 혼자 연기를 하는 장면을 구경하는 듯 재미가 이만저만이 아니었다. 그래서 처음 한동안은 학생들이 월요일을 손꼽아 기다리기까지 했다. 그러나 횟수가 거듭됨에 따라 그것도 차츰 시들해져서 흥미를 잃어 갔고, 나중에는 애국조회가 두려움으로 바뀌고 말았다. 색다르고 재미있던 조회가 집단기합의 자리로 변모해버렸던 것이다.

이시바시 역시 처음 한동안은 군복차림으로 학생들 앞에서 지껄여대는 게 신이 났으나, 차츰 흥이 식어지고 전쟁 경험담도 바닥이 나는 바람에 생각해낸 것이 기합 넣기였다. 학생들에게 무슨 잘못이 있어서 기합을 주는 것이 아니라, 애국조회니까 애국심을 북돋우기 위해서 정신훈련과 신체단련을 한다는 것이었다. 전교생을 한꺼번에 엎드려뻗쳐를 시키기도 했고, 두 손으로 양쪽 귀를 잡고 껑충껑충 뛰는 토끼뜀질을 시키기도 했으며, 짐승처럼 운동장을 엉금엉금 기도록 하기도 했다. 그리고 학년별로 차례차례 마치 총을 들고 적진을 향해 진격을 하듯 '도쓰케키(돌격)—'을 외쳐대며 트랙을 돌도록 하는 일도 있었다. 그럴 때는 선생들도 학생들과 함께 똑같은 행동을 해야만 했다.

한재명은 2학년 담임이었다. 어린 아이들과 함께 총을 든 자세로 소리소리 지르며 트랙을 달릴 때 그는 웃을 수도 없고 울 수도 없는 그런 심정이었다. 정말 만나도 개새끼 같은 교장을 만났구나 싶으며 속으로,

"똥 같은 놈, 똥보다 못한 놈, 똥물에 튀길 놈……."

하고 씹어댔다.

중일전쟁이 일어나서 시국이 경직되어 가기는 했지만, 이웃 다른 학교에서는 그런 미친 지랄은 떨지 않았던 것이다.

그해도 서서히 저물어 갈 무렵 마침내 한재명은 가슴속에 쌓이고 쌓인 분노의 응어리를 터뜨리고 말았다.

어느 월요일 아침나절이었다. 갓을 쓴 노인 한 사람이 교무실로 찾아들었다. 그때가 둘째시간 수업이 끝나갈 무렵이어서 선생들은 모두 교실에 가고 없었고, 교무실에는 교장과 소사만이 앉아 있었다. 그날이 월요일로 애국조회가 있었기 때문에 이시바시는 군복 차림이었다.

교무실에 들어선 노인은 마치 화라도 난 것 같은 굳은 표정이었다. 그러나 이시바시를 보자 주춤 멈추어 서며 양간 두려운 듯한 기색으로 바뀌었다. 순사가 와서 앉아 있는 게 아닌가 싶었던 것이다. 옛 명치시대의 군복은 마치 순사복 같았던 것이다.

두루마기에 갓을 쓰고 수염을 기르기는 했으나, 한눈에 궁기가 뚝뚝 흘러 보이는 노인을 이시바시는 공연히 못마땅한 그런 눈길로 바라보았다. 노인은 한쪽 창가에 앉아 있는 소사를 향해 입을

열었다.

"저분이 누군게? 순산게?"

소사는 자기도 모르게 웃음이 나오자 약간 당황하며 얼른 웃음을 거두고 말했다.

"교장 선생님이구마."

"교장 선생? 히히히……."

이번에는 노인이 킬킬킬 웃었다.

이시바시는 조선말을 조금은 알고 있었다. 그러나 노인과 소사가 사투리로, 게다가 빠른 어조로 주고받은 터이라 무슨 말인지 잘 알아들을 수가 없었다.

"난다? 소노 오이보래(뭐야? 그 영감태기)."

소사를 향해 조금 화가 난 듯한 목소리로 내뱉었다. 소사는 얼른 앉았던 자리에서 일어서며 노인에게 물었다.

"영감님, 무슨 일로 찾아오셨능교?"

그러자 노인은 대뜸 언성을 높였다.

"우리 손자 신발 내놓소. 신발."

"신발이라니예?"

"신발을 핵교에서 잃어삐리고 왔지 뭥게. 선상들은 다 뭐하는 사람잉게? 아이가 신발을 잃어삐릿는데도 찾아주질 않고, 이 춥은 때에 어린 것을 맨발로 집에 돌려보내다니 그기 말이 되는게? 신발도 헌 것이면 몰라도 산 지가 불과 두어 달밖에 안 된 새것이구마."

"손자가 몇 학년잉교?"

"2학년이구마."

"이름이 뭥교?"

"돌식이구마. 박돌식이."

2학년생이면 한재명의 담당이었다.

"뭐야? 뭣 때문에 시끄럽게 야단이지?"

이시바시가 신경질적으로 재차 묻자, 소사는 조심스럽게 노인이 찾아온 용건을 설명했다. 그러자 이시바시는 버럭 고함을 지르듯 내뱉었다.

"담임을 불러와!"

"예."

소사는 얼른 2학년 교실이 있는 쪽 문을 열고 교무실을 나섰다.

잠시 후 소사의 뒤를 따라 한재명이 교무실로 들어섰다. 소사로부터 대충 얘기를 들은 한재명은 금시초문의 일이어서 어리둥절하면서도 곤혹스러운 표정이었다.

한재명은 우두커니 서 있는 노인 앞으로 다가갔다.

"2학년 담임인 한재명입니더."

그러자 노인은 다짜고짜 윽박지르듯이 말했다.

"우리 돌식이 신발을 와 안 찾아 주는게? 신발을 잃어삐릿는데 그냥 맨발로 돌려보내는 수가 있는게? 더구나 이 엄동설한에…… 그기 담임 선상이 할 짓잉게? 내사 분해서 이틀 밤을 잠도 제대로 못 잤구마. 어제가 공일이 아니었으면 당장 어제 달려왔을 끼구마."

"영감님의 노여워하시는 심정을 충분히 알겠심더. 그런데 영감님, 저는 돌식이가 신을 잃어버린 줄을 몰랐심더. 나한테 그런 말을 해야 알 것 아닙니꺼. 알았다면 영감님 말대로 이 엄동설한에 어떻게 맨발로 보냅니꺼. 찾아보고 없으면 하다못해 내 스리퍼라도 신겨서 보내지예. 안 그렇습니꺼."

노인은 뭐라고 얼른 대꾸가 나오지 않는 듯 수염만 덜덜 떨 뿐이었다. 한재명은 말을 이었다.

"그래서 오늘 박돌식이가 결석을 했구나. 난 또 집에 무슨 일이 있는가 싶었지예."

그러자 노인은 다시 분통이 터진다는 듯이 뇌까려 댔다.

"발이 얼어서 통통 부었구마. 그래가지고 어떻게 학교에 오는게. 신발도 없고……."

"아, 그것 참……."

"찾아내소. 핵교에서 잃어삐렀으니 담임 선생이 찾아 조야 안 되겠능게."

"그저께 잃어버렸을 때 말했으면 찾을 수도 있었을지 모르지만, 이틀이나 지난 이제 와서 어떻게…… 찾을 수가 있을는지……."

"몬 찾으면 사 내소. 사서라도 조야 신고 핵교에 오지예. 헌신도 아니구마. 산 지가 두어 달밖에 안 된 말짱한 새것이구마."

"음—"

한재명이 곤혹스러운 표정으로 머뭇거렸다.

그때 소사가 창문을 열고 현관 추녀 끝에 매달린 종을 쳤다. 땡땡땡 땡땡땡…… 2교시 수업이 끝났다는 것을 알리는 신호였다.

종소리가 멎자 날카로운 눈초리로 한재명과 노인을 지켜보고 있던 이시바시가 버럭 고함을 내질렀다.

"무슨 말이 그렇게 많아. 응?"

"그저께 토요일에 잃어버린 신을 이틀이나 지난 오늘 찾기가 어려울 것이라고 했더니 그렇다면 신을 사 내라는군요."

"뭐, 사 내라고? 저놈의 영감태기가 간뎅이가 부었나. 학교에 와서 신을 사 내라니…… 끌어내!"

한재명이 난처한 듯이 주저하자,

"끌어내라니까, 밖으로!"

냅다 신경질적으로 내뱉었다. 그리고 눈에 불을 켜듯 자기가 벌떡 자리를 박차고 일어나 후다닥 노인에게로 다가갔다. 노인은 어리둥절하며 반사적으로 두어 걸음 뒤로 물러섰다.

2교시 수업을 마친 선생들이 하나둘 교무실로 돌아오고 있었다. 교무실에 들어선 선생들은 대뜸 분위기가 심상치 않다는 것을 알아차리고 무슨 영문인가 싶어 우두커니 서서 지켜보기도 했고, 조심조심 자기 자리로 가서 웅크리고 앉기도 했다.

"고노 바카야로(이 바보새끼)! 나가! 나가라구!"

이시바시는 선생들이 지켜보거나 말거나 노인에게 삿대질까지 해대며 마구 쏘아붙였다.

놀라 눈이 휘둥그레진 노인은 그러나 더는 물러설 기색이 아니었다. 그러자 한재명이 사정하는 조로 말했다.

"영감님, 나갑시더. 나가서 얘길 합시다."

"나갈 끼니 신을 내놓으란 말이구마. 신만 내놓으면 나가지 말라캐도 나가느마."

왜놈의 교장이 삿대질까지 해대며 나가라고 고함을 지르는 바람에 오기가 나서 노인은 마구 억지를 썼다.

"이러시면 안 됩니다. 영감님, 여긴 교무실이구마. 당장 어디서 신이 나오능교. 안 그렇습니꺼? 우리 교실로 가서 얘길 합시더."

그러면서 한재명은 노인의 두루마기 한쪽 소매를 잡아끌었다. 그러자 노인은 반사적으로 그것을 뿌리치며 그 자리에 버티려는 기세였다.

그때였다.

"난다 코노 칙쇼매(뭐야 이 개자식)!"

이시바시가 냅다 쏘아붙이며 잽싸게 달려들어 노인의 빰따귀를 한 대 사정없이 올려붙였다.

"윽!"

눈에서 불이 번쩍하는 듯 노인은 수염을 바르르 떨며 어찌할 바를 몰랐다. 그 나이에 따귀를 얻어맞다니 기가 찰 노릇이었다. 얼굴에서 핏기가 싹 가시고 있었다.

그러나 따귀 한 대로 그치질 않았다. 이시바시는 이번에는 노인이 쓰고 있는 갓을 그만 두 손으로 왈칵 잡아 벗겨 교무실 바닥에 아무렇게나 내동댕이쳐 버렸다.

"아이고 내 갓! 내 갓!"

비명 같은 소리를 지르며 노인이 허겁지겁 허리를 굽혀 갓을 집어 들려 하자 이시바시는,

"에잇!"

기합소리와 함께 냅다 그만 노인의 옆구리를 걷어차 버렸다.

"으악!"

노인은 마룻바닥에 데굴 굴러 뻗어졌다.

순식간에 일어난 일이었다. 선생들은 놀라 어리둥절한 표정으로 어쩔 줄을 모르며 지켜보고만 있었다.

"아이고 우야꼬—"

여선생은 그만 겁에 질린 소리를 비명처럼 내질렀다.

그 소리와 함께 마침내 한재명은 쌓이고 쌓였던 분노의 응어리

가 폭발하고 말았다. 후끈한 현기증 같은 것이 지나면서 눈앞이 노래졌고, 아무것도 보이는 것이 없었다. 손에 닿는 대로 아무거나 불끈 집어 들었다. 난로 가에 놓여 있는 석탄을 담은 바께스(양동이)였다. 바께쓰에 석탄은 조금밖에 담겨 있지 않았다. 두 손으로 그 손잡이를 들어올리기가 무섭게,

"이 개놈의 새끼!"

냅다 소리를 지르며 사정없이 교장을 향해 내리쳤다.

"으악!"

너무나 뜻밖의 일에 이시바시는 질겁을 하고 비명을 내지르며 반사적으로 잽싸게 몸을 사렸다. 젊은 시절 유도로 단련된 몸이어서 오십 중반인데도 꽤나 날쌨다.

바께쓰는 살짝 이시바시의 어깻죽지를 스쳤을 뿐 공연한 교무실 바닥을 냅다 쳤다. 바께쓰에 조금 담겼던 석탄이 사방으로 튀었다.

정통으로 교장을 박살내지 못한 한재명은 재차 바께쓰를 번쩍 쳐들었다.

"한 선생! 왜 이래? 왜 이래?"

교무주임이 후닥닥 한재명에게 달려들어 바께쓰를 빼앗으려 했다. 그러자 놀라 어찌할 바를 모르던 다른 선생들도 우르르 몰려들어 한재명을 제지했다.

그러는 사이 이시바시는 잽싸게 몸을 날려 드르릉 요란하게 현관문을 열고 도망치듯 교무실을 빠져나가 버렸다. 그러나 이시바시는 결코 도망친 게 아니었다.

"이놈 어디 보자. 바께쓰로 나를 칠려고…… 흥! 그놈이 죽고 싶어 환장을 했어. 그렇다면 죽여주지. 암, 죽여주고말고."

입에서 거품이 튀기도록 씩씩거리며 자기 집으로 달려가 일본도를 들고 뛰어 되돌아오는 것이었다.

관사에서 나와 교무실을 향해 일본도를 쑥 빼 들고 달려가는 교장을 보자 쉬는 시간이어서 운동장에 나와 놀고 있던 학생들은 어찌된 영문인가 하고 호기심이 가득한 얼굴로 서서 바라보기도 했고, 두려운 표정으로 슬금슬금 뒷걸음질을 치기도 했으며, 더러는 신나는 일이라도 생긴 듯이 우르르 뒤를 따라가 보기도 했다.

겨울 햇살을 받아 시퍼렇게 번쩍이는 일본도를 빼 들고 달려오는 교장의 모습을 맨 먼저 본 것은 여선생이었다. 그녀는 질겁을 하고 소리를 질렀다.

"칼을 가지고 오네요— 일본도를 빼 들고 온다니까요—"

일본도를 빼 들고 운동장을 달려오는 이시바시의 모습은 흡사 적진을 향해 돌진하는 옛 군인 같았다. 명치시대의 군복을 입었으니 말이다.

교무실 안에 숨 막히는 듯한 긴장감이 감돌았고, 그것은 곧 공포감으로 바뀌었다. 미친 늑대가 칼을 빼 들고 달려온다면 필경 그 칼로 한재명을 해치울 게 아닌가. 어쩌면 노인까지 베어버릴지도 모르고, 핏발이 선 눈이 뒤집혀서 아무에게나 마구 휘둘러댈지도 알 수 없었다.

"이거 야단났구나!"

맨 먼저 질겁을 하고 교실 쪽으로 통하는 문을 열고 뺑소니를 치듯 교무실을 뛰쳐나간 것은 교무주임이었다. 뒤이어 선생들도 너도나도 우르르 교무실을 빠져나갔다. 이시바시의 발길에 차여서 뻗어졌다가 부스스 일어나 마룻바닥에 넋이 나간 듯 앉아 있던 노인도 놀라 벌떡 일어나더니 굴러 있는 갓을 집어 들 생각도 상투머린 채로 허둥지둥 선생들의 뒤를 따라 도망쳤다.

아직 흥분이 덜 가라앉은 장본인인 한재명은 일본도를 빼 들고 미친 늑대처럼 달려오는 이시바시를 잠시 창밖으로 이를 악물고 바라보다가 일본도의 시퍼런 칼날이 햇살을 받아 싸늘하게 번쩍이자 덜컥 겁이 나며 자기도 모르게 으스스 등골이 떨렸다. 이거 안 되겠구나, 잘못하면 큰일 나겠으니 몸을 피하고 보는 수밖에 없겠는데…… 싶어 그도 후다닥 교무실을 뛰쳐나갔다.

마룻바닥에 흩어진 석탄을 쓸어 모아 바께쓰에 담고 있던 소사까지도 이시바시의 모습이 현관 밖에 비치자 아이구 나도 몰라라 하고 빗자루를 내던지기가 바쁘게 냅다 줄행랑을 쳤다.

"이놈의 새끼 어디 갔어. 한재명! 아니, 한 놈의 새끼도 없잖아, 콘칙쇼(이 빌어먹을 놈들)!"

드르릉 세차게 현관문을 열어 제치고 성큼 교무실로 뛰어든 이시바시는 분해서 못 견디겠는 듯 냅다 발로 마룻장을 울려댔다. 그리고 칼을 든 채로 복도로 뛰어나가 2학년 교실로 달려가는 것이었다. 그러나 한재명이 고지식하게 자기 교실로 가 있을 턱이 없었다.

정말 위험을 느낀 한재명은 학교 뒤쪽 샛문으로 빠져나가 마을로 뛰어들어 골목길을 이리 돌고 저리 돌아 자기네 반 학부형 집으로 찾아들어 몸을 숨겼다.

한재명을 찾느라고 이시바시는 이리 뛰고 저리 뛰며 온통 학교 안을 샅샅이 누비다시피 하고 다녔다. 심지어 변소의 문짝을 하나하나 남김없이 열어 제쳐보기까지 했다. 그래도 찾을 수가 없자 그제야 제풀에 지쳐서 일본도로 화단의 애꿎은 나뭇가지만 두어 개

싹뚝싹뚝 잘라 화풀이를 대신하고는 칼날을 칼집에 꽂았다.

그래서 그날 한재명은 위기를 모면했던 것이다.

동명공립심상소학교에서 일어난 그날의 그 소동은 칠곡군내의 모든 학교에 알려졌고, 경북도내의 여러 학교에까지 소문이 퍼졌다. 근래에 드문 교육계의 일대 사건이 아닐 수 없었다.

그리고 군청 학무과는 물론이고, 도청 학무국에까지 그 사건의 보고가 올라갔다. 공문으로 보고를 올린 것은 적반하장 격으로 이시바시 교장이었다. 이시바시는 한재명을 상사의 명령에 불복했을 뿐 아니라, 직접 위해를 가하려고까지 한 교원으로서 도저히 자격이 없는 불령선인이라는 식으로 적어서 올렸다. 먼저 노인에게 행패를 가하여 사건의 원인 제공을 한 자신의 잘못은 일언반구도 언급을 하지 않고서 말이다.

그리하여 한재명은 군청 학무과로, 또 도청 학무국으로 불려 다니며 조사를 받은 다음 징계위원회에 회부되었다. 조사를 받는 과정에서 한재명은 그날 일어난 사건의 자초지정에 대하여 조리 정연하게 낱낱이 진술했고, 또 이시바시 교장의 비인간적이고 비교육적인 평소의 행태를 서슴없이 까발혔다. 어차피 목이 날아갈 게 빤하니 할 말을 다 해야겠다는 각오였던 것이다. 이시바시가 조센징, 조센징 하면서 조선 사람을 멸시하고, 선생들뿐 아니라 학생들에게까지 모욕적인 언행을 서슴지 않았다는 대목에서는 목이 메어 오르는 것을 가까스로 참아가며 끝까지 말을 이어나갔다.

그러나 징계위원회의 결정은 파면이었다. 상사에게 위해를 가하려고 석탄이 담긴 바께쓰를 쳐들고 달려든 것은 도저히 용서 못할 불온하기 짝이 없는 행위라는 것이었다.

그리고 이시바시 교장은 벽지 학교로 좌천 발령을 내렸다.

노인의 갓을 벗겨 내던지고 발로 걷어차서 그 사건의 원인을 제공했을 뿐 아니라, 일본도를 빼 들고 와서 온통 학교를 휘젓고 다닌, 다시 말하면 살인미수죄를 저질렀다고 할 수 있는 이시바시 교장은 일본인이라 하여 좌천으로 끝내고, 쌓이고 쌓인 분노에 못 이겨 순간적으로 바께쓰를 쳐들었던 조선인 교원 한재명은 목이 달아나 버리고 만 것이었다.

그 사건의 조사를 담당했던 도청 학무과의 시학관이 오카야마였다. 오카야마는 사십 대 초반쯤으로 보였는데, 고등교육을 받은 사람답게 어딘지 모르게 교양이 있어 보이면서 기품 같은 것도 느껴지는 인물이었다. 사건의 피의자 격인 한재명에게 오카야마는 근엄한 표정으로 심문을 하듯 한 가지 한 가지 따져 물었다. 그러면서도 결코 위압적인 자세가 아니었고, 윽박지르는 일이 없었다. 건조하면 건조한 그런 차분한 어조로 조용조용 신문을 하는 것이었다.

그래서 한재명은 긴장이 된 가운데에서도 그날의 일을 차근차근 조리 정연하게 진술할 수가 있었다. 한재명의 진술을 들으면서 오카야마는 이따금 무의식중에 고개를 끄덕였다. 한재명의 반항이 이유 있구나 하는 그런 반응으로 느껴졌다. 그래서 한재명은 이번에는 평소의 이시바시 교장의 비안간적이고 비교육적인 행위를 낱낱이 늘어놓기 시작했다. 그러자 오카야마는 곤혹스러운 듯한 눈길로 힐끗힐끗 한재명을 바라보면서 음— 하고 가벼운 신음소리를 흘리기도 했다.

그리고 이시바시가 조센징, 조센징 하면서 조선 사람을 멸시하고 모욕한 사례를 하나하나 진술하기 시작하자 오카야마는 시선을 책상 위의 한곳에 살짝 떨구듯이 하고서 무슨 생각에 잠기는 그런 표정이었다. 복받치는 감정 때문에 목이 메이는 것을 가까스로 억누르며 늘어놓는 한재명의 진술을 오카야마는 끝까지 조용히 경청하였다. 그리고 얘기가 끝나자 곤혹스럽고 미안한 기색까지 엿보이는 그런 얼굴로 음— 무겁게 신음소리를 내뱉고는 쩝쩝 쓴 입맛을 다셨다.

오카야마는 호주머니에서 담뱃갑을 꺼내어 한 개비를 뽑아 입에 물었다. 그리고 담뱃갑을 한재명 앞으로 내밀며,

"한 대 피워요."

하고 말했다.

"아닙니다. 괜찮습니다."

한재명은 황송한 듯 어쩔 줄을 몰랐다.

오카야마는 담배에 불을 붙여 잠시 길게 빨아들여 푸— 푸— 내뿜고 나서 조용히 말했다.

"곧 징계위원회에 회부되어 결정이 내려지면 통고가 갈 것이니까, 그때까지 돌아가서 평소와 다름없이 근무를 하고 있어요."

"예."

한재명은 살짝 고개를 떨구며 대답했다.

오카야마는 또 몇 모금 담배를 빨아대더니 아직 절반가량이나 남은 긴 담배꽁초를 재떨이에 썩 비벼 버렸다. 그리고 물었다.

"고향이 어디요? 지금 근무하고 있는 그곳인가요?"

"아닙니다."

"그럼?"

"원 고향은 영천군 신녕면이라는 곳인데, 아버지 때 그곳에서 나와 지금은 대구에 집이 있습니다."

"대구시내에?"

"예."

"흠— 대구시내 어디요? 주소를 대보오."

"칠성정(七星町) 342번집니다."

오카야마는 재빨리 그 주소를 탁상의 메모지에 받아 적는 것이었다. 그리고 한마디 덧붙였다.

"혹시 앞으로 그 집을 팔고 딴 데로 이사를 하는 일이 생기거든 새 주소를 나에게 알려주었으면 좋겠는데…… 그렇게 하겠소?"

그게 무슨 의도로 하는 말인지 얼른 납득을 할 수가 없었으나 한재명은,

"예, 그러겠습니다."

하고 대답했다. 그리고 부연하였다.

"그 집에서 아버님이 한약국을 하고 계십니다. 그러니까 그 집을 팔고 다른 데로 이사 가는 일은 아마 없을 것입니다."

"아, 그래요? 알았소."

오카야마의 그 말은 도청을 물러나와 학교로 돌아갈 때까지 한재명의 머리에서 떠나질 않았다. 그리고 징계위원회의 결정 통고가 오기를 기다리며 마치 가시밭을 맨발로 걷는 듯한 학교 근무를 하면서도 문득문득 그 말을 떠올렸다.

조사관인 오카야마 시학관이 그런 말을 한 것으로 미루어보아 틀림없이 징계위원회의 결정이 최악의 것일 거라는 짐작이 갔다. 그렇지 않고 감봉 처분 정도라면 구태여 집 주소 따위를 물을 까닭

이 뭐 있겠는가. 그리고 그런 질문과 당부를 한 것이 자기에 대한 호의임에는 틀림없었다. 뭘 어쩌려는 의도인지는 알 수가 없지만 말이다.

징계위원회의 결정이 군청 학무과를 통해서 통고되어 온 것은 얼마 뒤의 일이었다. 예상했던 대로 최악의 결정, 즉 파면 처분이었다. 한재명에 대한 징계위원회의 결정과는 별도로 이시바시 교장에 좌천 발령도 동시에 하달되었다. 그래서 말하자면 그 사건에 대한 결말이 지어진 것이었다.

양쪽 다 벌을 받은 셈이지만, 일본인 교장은 좌천에 그쳤고, 조선인 교원인 한재명은 목이 날아가고 말았다.

예상은 했던 일이면서도 막상 파면이라는 통고를 받은 한재명은 눈앞이 캄캄했다. 사범학교를 나와 평생을 교직에 몸담기로 마음을 먹었었는데, 십여 년 만에 어이없이 무너지고 말았으니 그럴 수밖에 없었다.

도리 없이 한재명은 가족들을 이끌고 대구의 칠성정에 있는 본가로 들어갔다. 한동안 실의에 빠진 사람처럼 빈둥거리다가 한재명은 일자리를 찾아나서 용케 실수학원(實修學院)이라는 곳에 강사로 들어가게 되었다. 실수학원은 중학교 시험에 미끄러진 소학교 졸업생을 일 년간 다시 가르치는 곳으로, 지금으로 말하자면 재수학원인 셈이었다. 그 무렵은 중학교 입학이 대학입시처럼 무척 힘들었던 것이다.

사설학원의 강사 노릇이란 장래가 보장되는 직업이 아니었지만, 그런대로 생활은 꾸려나갈 수가 있는 터여서 한재명은 그 자리나마 얻게 된 것을 천만다행으로 생각했다. 그런데 사설학원의 강사란 공립학교의 정식 교원과는 달리 실력으로 평가받기 마련이었다. 가르친 원생이 몇 사람이나 중학교에 합격했는지 그 수치가 곧 바로 강사의 실력 평점인 셈이었다. 만약 실력 없는 강사로 낙인찍힐 경우는 도태되는 수밖에 도리가 없었다. 그래서 한재명은 공립학교 교원 시절보다 한결 열심히 수업에 임하지 않으면 안 되었다.

강사가 세 사람이었는데, 은연중 경쟁을 하는 입장에 놓인 것 같아 한재명은 입맛이 썼다. 공립학교에서 교편을 잡던 시절이 그래도 좋았구나, 단 이시바시 그놈의 왜놈 교장 밑에서의 기간은 빼고서…… 그런 생각을 하면서 혼자 쓸쓸하게 웃기도 하였다.

그렇게 이 년이 흘렀는데, 한재명은 세 사람의 강사 중에서 단연 으뜸인 실력이 대단한 강사로 평가되어 원장으로부터 두터운 신임을 받는 처지가 되었다.

그런 어느 날이었다. 퇴근하여 집에 돌아오니 한 통의 편지가 와 있었다. 뒷봉을 보니 뜻밖에도 도청 학무국의 오카야마 시학관이 보낸 것이었다. 이미 기억에서 사라지다시피 했는데, 참으로 의외의 일이었다.

봉투를 뜯어 알맹이를 꺼내는 한재명의 손이 가늘게 떨리고 있었다. 상의할 일이 있으니 이 편지를 받는 즉시 자기 집으로 한 번 찾아왔으면 좋겠다는 것이었다. 그리고 집 주소와 간단한 약도가 그려져 있고, 집의 전화번호도 적혀 있었다.

한재명은 까닭없이 가슴이 두근거리는 것을 어쩌지 못했다. 상의할 일이라니 도대체 무슨 사연일까…… 그리고 이 년이 지난 지금까지 자기를 잊지 않고, 집 주소를 간직해 두었다가 편지를 보낸 오카야마 시학관이 고맙기 그지없어서 그날 밤 한재명은 쉬 잠을 이루지 못했다.

이튿날은 마침 토요일이었다. 오후에 한재명은 선물용 과일바구니를 하나 사 들고 미리 전화를 하고서 오카야마 시학관의 집을 찾아갔다.

"어서 오시오."

오카야마는 담담한 표정으로 반겼다.

여섯 장의 다다미가 깔린 응접실 가운데에 탁자가 있고, 양쪽에 방석이 놓여 있었다. 한재명은 오카야마 시학관과 탁자를 가운데 놓고 마주 앉았다.

이 년 전에 조사를 받느라 꼭 한 번 만났을 뿐이어서 한재명은 오카야마 시학관의 얼굴이 생소할 지경이었다. 힐끗힐끗 눈여겨보니까 어렴풋이 기억이 떠오르는 듯했다. 그러나 멋쩍고 서먹하기만 해서 방석 위에 단정히 꿇어앉아 바짝 굳어져 있었다.

"편히 앉아요."

"괜찮습니다."

"편히 앉으라니까요. 그래야 얘기를 편안하게 나눌 수가 있지요."

"예, 알겠습니다."

한재명은 그제야 좀 긴장을 풀고 억지로 편안한 듯한 자세를 취했다.

곧 여중생 타입의 소녀가 차를 날라 왔다. 딸인 듯했다.

차를 마시면서 오카야마는 그동안 어떻게 지냈느냐, 그럼 요즘도 그 실수학원에 나가고 있느냐 하고 한재명의 그간의 생활에 대해 의례적인 질문을 했다. 그리고 이 년 전 징계위원회에서 있었던 일을 간략하게 들려주었다. 징계위원은 학무국장을 비롯해서 세 사람이었는데, 그 당시 자기는 파면까지는 가혹하니 감봉 처분을 하자고 주장했다는 것이었다. 그 사건에서의 한 선생의 심정과 순간적인 충동적 행동을 충분히 이해할 수 있었기 때문이었는데, 그러나 다른 두 분은 어떤 이유에서든 교장에게 위해를 가하려고 대든 행위는 용서할 수 없으며, 그런 교원을 그대로 교직에 둔다는 것은 일종의 선례가 되어 아주 좋지 않은 영향을 다른 교원들에게까지 확산시키는 결과를 초래한다고 끝내 처분을 고집해서 결국 2 대 1로 그렇게 결정이 내려지고 말았다는 것이었다.

관청의 생리라 할까 특히 교육정책의 경직성을 잘 아는 터이라 그 사건을 조사할 때부터 이미 그런 결과가 되리란 것을 자기도 짐작했었다면서, 오카야마는 그저 지나간 일을 회상하는 식으로 담담한 어조로 얘기했다. 무슨 생색을 내려는 그런 기색 같은 것은 추호도 없었다.

그럴수록 한재명은 묘하게 가슴이 더 뭉클해오는 것을 어쩌지 못해서,

"아, 그렇습니까. 오카야마 시학관님, 정말 감사합니다."

오카야마는 그러고 나서 상의할 일이 있으니 집으로 찾아오라고 한 본론을 꺼냈다. 말하자면 지금까지 한 얘기는 그 본론에 들어가기 전의 서론 같은 것인 셈이었다.

"징계위원회에 회부되어 일단 파면을 당하면 그런 결정을 내린 도내에서는 복직이란 불가능해요. 아무리 세월이 흐른 뒤라도 다시 교직에 설 수가 없어요. 법규상 그렇게 되어 있다는 걸 아마 한 선생도 알고 있겠지요?"

"예, 알고 있습니다."

"그러나 타도에는 복직이 가능하거든요. 어떻소? 타도에도 복직을 할 생각이 없소?"

너무나 뜻밖의 말에 한재명은 얼떨떨해서 한재명은 얼른 뭐라고 대답을 못하고 오카야마의 얼굴을 멀뚱히 바라보기만 했다.

"한 선생 교직 경력이 십이삼 년이 되지요?"

"예."

"앞으로 칠팔 년만 더 교단에 서서 이십 년을 채우면 그때부터는 은급(恩給)을 받을 대상이 되잖소. 그렇게 되면 그 뒤는 교직을 떠나도 노후를 아무 걱정 없이 생활할 수가 있거든요."

은급이란 지금으로 말하면 연금에 해당되는 것으로, 교직 경력이 이십 년이 되면 은급을 받을 자격이 부여되는 것이었다.

"그래서 한 선생한테 물어보는 거요. 타도에라도 가서 복직을 하겠느냐고. 한 선생의 십이삼 년의 교직 경력이 아깝단 말이오."

"복직이 된다면야 하고말고요. 그러나 다른 어느 도에서 저를 받아 주겠어요. 아무도 아는 사람이 없는데…… 아는 사람이 있다 하더라도 그게 쉬운 일입니까."

그러자 오카야마는 싱그레 미소를 떠올리며 말했다.

"이번에 내가 전라북도로 옮기게 됐소. 그곳의 학무국장으로 발령이 났지 뭐요."

"아, 그렇습니까."

한재명은 별안간 가슴이 걷잡을 수 없이 두근거리는 것을 어쩌지 못했다. 얼굴까지 벌겋게 상기되는 듯했다.

"전라북도로 가서 복직하겠다면 내가 해주겠소."

"아이고 시학관님, 정말 뭐라고 감사의 말씀을 드려야 좋을지 모르겠습니다."

그러면서 한재명은 다시 깊이 고개를 숙였다.

"좋아요. 그렇다면 나하고 같이 전라북도로 가자구요."

오카야마 시학관의 얼굴에 만족스러운 듯한 미소가 은은히 어리고 있었다.

집으로 돌아오는 도중에 한재명은 목로주점을 찾아들었다. 혼자서 술을 마시는 일은 전혀 없는 그였으나, 그날은 도저히 한잔 안 하고는 배길 수가 없을 정도로 묘한 흥분에 휩싸여 있었던 것이다.

목로에 혼자 앉아 탁주를 대폿잔으로 거푸 두 댈 비웠다. 얼굴이 화끈거릴 정도로 주기가 오르면서 한재명은 묘하게 자꾸 뜨거운 눈물이 핑 어리는 것을 어쩌지 못했다.

이시바시 교장의 고약한 얼굴이 떠오르고, 오카야마 시학관의 미소 어린 용모가 눈앞에 커다랗게 어른거렸다. 같은 일본인이면서 어쩌면 그렇게 인간됨이 다른 수가 있는 것일까. 신기할 정도였다. 일본인 교육자로서 식민지 조선 땅에 와서 조선인들을 황국신민화 하는 교육에 종사하면서도 그렇게 대조적일 수가 있는 것인지, 하나가 야차(夜叉)라면 다른 하나는 보살이 아니고 무엇인가. 야차에 이어서 이번에는 보살을 만나다니…… 한재명이 취중이었지만 그런 불교적인 생각이 절실히 가슴에 와닿은 것은 그때가 처음이었다.

취중에 집에 돌아온 한재명은 우물가에서 푸성귀를 씻고 있는 경선에게 대뜸 외치듯이 말했다.

"전라도로 이사 가게 됐지 뭐고."

"뭐라고예?"

"전라북도로 이사를 가게 됐다니까. 히히히……."

"아니 난데없이 그기 무신 소리라예?"

"전라북도에 가서 복직을 하게 됐다 그기지."

"복직을예?"

"응, 한 번 파면이 된 경상북도에서는 평생 가야 복직이 안 되니까, 전라북도로 가서 복직을 해야지. 안 그래?"

"누가 시키준다 그랬어예? 그 시학관이 그러덩교?"

경선도 남편이 오카야마 시학관의 편지를 받고 그 집을 찾아간 것을 알고 있었다.

"응, 오카야마 시학관이 이번에 전라북도 학무국장으로 영전이 되어 간다는 기다. 그러면서 같이 가자는 거 앙이가. 복직을 시켜주겠다고…… 학무국장이면 복직쯤 문제가 없지."

"그 양반 병 주고 약 주네예. 언제는 파면을 시키더니, 이제와선 복직을 시키 주겠다고? 얍삽한 왜놈이지 뭥교."

"그런 소리 말라구. 그때는 자기 힘으로 어쩔 수가 없었다는 기라. 징계위원이 세 사람이었는데, 두 사람이 파면을 주장해서 도리가 없었다지 뭐고."

"그럼 그 양반은 당신 편을 들었다 그깅교?"

"응."

"벨일도 다 있네. 왜놈 중에도 그런 사람이 있는강?"

"왜놈, 왜놈 그러지 말라구. 그 양반은 왜놈은 왜놈이지만 보통 왜놈들하고는 다른 분이라구. 정말 신사더라니까. 나한테는 은인이지 뭐고. 보살 같은 분 앙이가."

"아이고 얄궂어라. 왜놈 중에도 그런 분이 다 있구나."

경선은 신기하기도 하고, 전라도든 어디든 남편이 정식 교원으로 복직이 된다니까 좋아서 절로 생그레 온 얼굴에 웃음이 떠오르며 푸것을 씻는 손길도 한결 가볍기만 했다.

국민학교 1학년이 된 정민이가 마루에 엎드려서 그림책을 보다가 아버지 어머니의 주고받는 말을 듣고 불쑥 입을 열었다.

"아부지, 전라도가 어딘데예?"

"기차를 타고 멀리 서쪽으로 가면 전라도라는 곳이 나오는 기라."

"기차 타고 이사 가예?"

"그럼."

"야! 신난다—"

정민이는 기차를 타고 이사 간다는 바람에 덮어놓고 좋아서 엎드렸던 자리에서 일어서서 만세를 부르는 시늉을 하며 환성을 질렀다.

약국을 경영하는 부친과 어머니는 대구 칠성정에 그대로 남고, 한재명이 처자를 거느리고 고향인 경북을 떠나 전라북도로 이사를 간 것은 그로부터 두어 달 뒤의 일이었다. 부임해 간 학교는 김제면 백구면에 있는 치문학교(致文學校)라는 사립학교였다. 전북도청의 학무국장으로 부임한 오카야마는 취임하자마자 한재명을 당장 공립학교에 복직시킨다는 것은 너무 일을 정실에 의해서 처리한다는 인상을 줄까 싶어서 마침 그 사립학교에 자리가 나서 일단 그곳에서 당분간 대기하고 있도록 조치를 했던 것이다.

농촌에 있는 조그마한 사립학당인 그 치문학교에서 일 년 가까이 근무하다가 한재명은 마침내 복직 사령장을 받았다. 역시 같은 김제군내의 죽산면이라는 곳에 있는 죽산북국민학교였다. 그때는 심상소학교가 국민학교로 명칭이 바뀌어 있었다.

사령장을 들고 그 국민학교에 첫 부임을 하는 날은 가을바람이 쓸쓸히 불고 있었다. 학교가 가까워지는데 보니 그 학교에는 벚나무 대신 플라타너스가 빙 둘러가며 심어져 있었는데, 학교의 역사를 말해주는 듯 제법 우람한 거목들이었다. 바람결에 우수수 낙엽이 지고 있었다.

교문을 들어서는 한재명의 걸음은 가벼웠다. 복직이 되어 다시 정식 교원으로 교단에 서게 된 터이니 그럴 수밖에 없었다. 그러면서도 한편 묘한 불안감이 가슴 한쪽에 일기도 했다.

이번 이 학교의 교장은 아오키(青水)라는 성이었다. 이 일본인은 어떤 사람일까. 설마 이시바시처럼 고약한 자는 아니겠지. 그런 야차 같은 자가 또 있으려고…… 그렇다고 오카야마 같은 분이길 바라지도 않았다. 그런 보살 같은 분이 흔히 있을 턱이 만무하니 말이다. 그저 보통 일본 사람이길 바랄 뿐이었다.

운동장을 천천히 걸어 교무실 현관을 향해 가던 한재명은 쓰고 있던 전투 모자를 벗었다. 그리고 한 손으로 쓱 문지르듯 한 번 쓰다듬었다. 빡빡 깎은 머리였다.

중일전쟁이 막바지에 이르고, 이번에는 어쩌면 미국과 전쟁을 벌일지도 모르는 험악한 시국이어서 교원들은 모두 빡빡 깎은 머리에 전투 모자를 쓰고, 국민복이라는 쓰메에리(목받이)식 국방색 양복을 제복처럼 입고 있는 터였다. 교원들뿐 아니라, 관공리들은 모두 그런 모습이었고, 일반인들에게도 그런 복장을 권장하고 있었다.

빡빡 깎은 머리를 쓰다듬고 나서 단정히 다시 전투 모자를 쓰면서 한재명은 중얼거렸다.

"포마드를 처발라서 기생오라비 같다는 소리는 이제 안 듣게 됐네 그려. 설령 아오키 교장이 이시바시 같은 고약한 자라 할지라도……."

그리고 그는 쓸쓸하게 웃었다.

《한국소설》(1996. 여름)

슬픈 장난감

기차가 삿포로(札幌)를 떠나 하코다테(函館)에 도착한 것은 점심 때가 가까워서였다. 바람이 몹시 불고 있었다. 4월 하순인데도 목덜미에 휘감기는 바람결이 꽤나 차가웠다.

서울은 봄꽃이 한창이어서 춘추복 차림으로 일본 여행길에 오른 나와 아내는 추위에 절로 목이 움츠러들지 않을 수 없었다. 계절을 잘못 짐작했던 것이다. 홋카이도(北海道)는 위도상으로 만주와 비슷한 터여서 4월도 아직 봄이 아니라 늦겨울 기후인 것을 미처 몰랐던 것이다.

바로 역 가까이에 있는 호텔에 여장을 풀었다. 몸의 한기가 좀 가시자 밖으로 나와 점심을 사 먹은 다음 약국에 들러 마스크를 한 개씩 샀다. 삿포로에서도 춥기는 했으나 바람이 없어서 견딜 만했었는데, 하코다테는 항구도시여서 그런지 바닷바람이 거세어 자칫하면 감기가 들 것 같아서였다. 그리고 택시를 잡아타고 오능곽

(五稜郭)을 찾아갔다.

오능곽은 일본이 축조한 최초의 서양식 성이다. 무인정권이었던 도쿠가와 막부는 북방으로부터의 러시아군 침공에 대비하여 하코다테에 서양식 요새를 구축했던 것이다. 그러나 러시아군의 침공은 없었고, 그 대신 그 성은 막부가 무너지고 정권이 천황을 중심으로 한 세력에게 넘어갈 무렵, 즉 메이지유신 때 마지막 저항의 거점이 되었었다.

막부의 해군사령관이었던 에노모토 와케아키라는 사람이 여러 척의 군함과 수송선에 패잔병들을 싣고 홋카이도로 도망가서 그곳 하코다테에 새로운 자기의 나라를 세웠다.

에노모토는 일찍이 유럽으로 건너가 네덜란드의 해군학교에서 몇 년간 교육을 받은 경험이 있어서 유럽의 새로운 문명을 직접 접한, 말하자면 개화된 사람이었다. 그래서 그는 그곳의 색다른 정치 형태를 모방해서 홋카이도 땅에 공화국을 수립하여 자기의 이상대로 한 번 잘 다스려나가 보려는 야망을 품고 있었다.

그러나 그 꿈은 불과 다섯 달 만에 원정을 온 황군에게 짓밟히어 산산조각이 나고 말았다. 그 에소공화국(蝦夷共和國)의 소멸로 마침내 도쿠가와 막부는 막을 내렸고, 일본은 봉건시대를 청산하고 구미의 새로운 사조를 받아들여 천황을 정점으로 한 근대국가, 입헌군주제의 나라로 탈바꿈하게 된 것이다.

몇 해 전 나는 어떤 신문에 「제국의 칼」이라는 소설을 연재하고 있었다. 일본의 근대사를 소재로 한 소설이었다. 19세기 후반에 밀려오는 구미 세력으로부터 나라를 지켜내며 메이지유신을 이룩하여 동양에서는 유일하게 강국으로 부상한 일본이 결국은 그들과 마찬가지로 해외 패권의 길을 택하여 청일전쟁·노일전쟁을 거쳐 마침내 우리나라를 합병하고 말았는데, 어떤 세력 어떤 인물들이 침략에 앞장서서 우리에게 실국(失國)의 한을 안겨주었는지, 일본 근대사의 내막을 밝혀보려는 것이었다.

십여 년 전 태국으로 갔을 때의 일이었다. 문인들 십여 명이 단체로 해외여행에 나서 첫 번째로 태국에 들렀던 것인데, 그곳 방콕에 있는 문학단체에서 우리를 환영하여 만찬을 베풀어주었었다. 그 자리에서 술기운이 오르자 태국 문인 한 사람이 불그레한 얼굴에 웃음을 띠며 자기네 나라의 자랑을 두 가지 지껄여댔다.

"우리나라에는 고유의 문자가 있습니다. 자랑스러운 일이지요. 그리고 또 한 가지 우리 태국은 지나간 시대에 서양의 식민지가 되지 않고 끝내 독립을 유지했어요. 동남아의 여러 나라가 모조리 영국이나 프랑스 혹은 네덜란드의 식민지가 되었었지만, 우리 태국은 그렇지 않았단 말입니다. 태평양전쟁 때 일본군도 우리 태국을 침공하지는 않았거든요."

그 말에 나는 꽤나 착잡한 심정이 되지 않을 수 없었다. 나뿐 아니라 우리 일행은 모두 그런 표정들이었다. 고유한 문자는 우리도 가지고 있으니 떳떳했지만, 독립 운운하는 데는 곤혹스러울 수밖에 없었다. 서세동점의 시대에 태국이 독립을 유지했다는 사실을 그때 처음 알았는데, 그러나 결코 군사력이 강해서 그랬던 것은 아니었을 거라는 생각이 들어 나는 불쑥 물었다.

"어떻게 해서 그렇게 독립을 유지할 수가 있었나요?"

"외교술이 능란했던 거지요. 중립정책을 쓰면서 말입니다."

그 태국 문인은 이렇게 대답했다. 나는 얼른 이해가 되질 않았다.

아무리 외교 기량이 능숙하고 중립정책을 썼다고 하더라도 그 거센 침략의 물결 속에서 어떻게 그들의 손아귀를 피할 수가 있었는지…… 그들이 특별히 태국만을 보아주었던 것인지…… 흥미 있는 일이 아닐 수 없었다. 내 머리에 떠오르는 것은 유럽의 영세 중립국가인 스위스였다. 어쩌면 태국은 동양의 스위스였단 말인가.

그때 그 얘기가 계기가 되어 나는 그 뒤 일본에 대하여 각별한 관심을 가지게 되었다. 그 무렵 동양에서 독립을 유지했던 나라는 태국과 일본, 그리고 중국 세 나라였다. 중국은 그들에게 많은 수모를 겪고 국토의 일부 지역을 조차(租借) 형식으로 오랜 세월 동안 넘겨주기는 했지만, 국권을 송두리째 상실했던 것은 아니니 독립국가로 남았던 셈이다.

그런데 일본은 독립을 유지하는 데 그치지 않고 그들과 겨룰 만한 강국으로 부상하여 나라 밖으로 침략의 손길을 내뻗었으니, 그런 힘이 어디서 비롯된 것인지…… 약육강식의 그 험난했던 시대에 용케 먹히질 않고 오히려 이웃을 집어삼키기에 이르렀던 일본은 도대체 어떤 나라이며, 그들은 어떤 민족인지 관심을 가지게 된 나는 그들의 근대사를 들추어보기 시작했던 것이다.

「제국의 칼」은 그렇게 하여 구상된 작품이었다.

연재를 시작하게 되자 나는 현지를 답사해 봐야겠다는 생각이 들었다. 그래서 첫 번째는 메이지유신의 발상지라고 할 수 있는 일본열도의 최남단인 규슈의 가고시마로 날아가서 그곳에서부터 기차로 북상하여 중간중간에 근대사에서 중요한 사건이 펼쳐졌던 사적지를 찾아보고 도쿄에서 귀국했고, 두 번째는 홋카이도로 가서 이번에는 남쪽으로 내려가며 몇 군데 답사하고 역시 도쿄에서 귀국하였다. 그러니까 취재 겸 관광여행인 셈이었다.

두 번째의 여행길에 우리는 바람 부는 날 하코다테에 도착했던 것이다.

택시로 오능곽을 찾아가니 옛 성터가 공원으로 조성되어 있었다. 날씨 탓인지 관광객은 드물었다. 오능곽은 일본 본래의 성과는 판이하게 달랐다. 우선 성각이 전혀 눈에 띄지가 않았다. 천수각이라는 여러 층으로 된 성각이 우뚝 솟아 있는 게 일본성의 특징인데, 오능곽은 그게 없을 뿐 아니라, 성벽 같은 것도 보이지가 않고 흙으로 거대한 별 모양의 제방을 쌓아서 사방을 향해(정확히 말하면 다섯 방향이다) 포대를 구축해놓고 그 둘레에 구덩이를 파서 물을 채워놓은 것이었다. 얼른 보아서 도무지 성 같지가 않았다.

바람 속에 둑길을 걷듯 그 서양식 옛 성을 대충 둘러보고 경내에 있는 박물관으로 들어갔다. 간판에 '하코다테 박물관 오능곽 분관'이라 되어 있었다. 일종의 역사관으로 에노모토의 에소공화국 수립과 멸망을 보여주는 하코다테전쟁 때의 유물과 상상도, 모형, 그리고 성의 축조 등에 관한 자료가 전시되어 있었다.

그 박물관 분관을 둘러보고 나오면서 나는 왜 역사관이라고 하질 않았는지 약간 고개가 기울어졌다. 일본은 도처에 역사관이라는 것이 있다. 박물관과는 성격이 좀 다르다.

근대국가로 탈바꿈하기 이전의 일본은 철저한 봉건제도의 나라였다. 도쿠가와 막부 시대에는 전국을 삼백여 개의 소국으로 나누어 '다이묘'라는 영주가 다스리도록 했는데, 그것을 번(藩)이라고 하였다. 막부의 '쇼궁*(將軍, 征夷大將軍의 준말)'이 그 수많은 다이묘들 위에 군림하여 나라를 이끌어 나갔던 것이다. 천황이 있었으나 그것은 아무 실권이 없는 허수아비와 마찬가지였다. 쇼궁은 말할 것도 없고, 다이묘들도 모조리 '사무라이(무사)'여서 철저한 무인 통치의 봉건체제였다. 크기도 하고 작도 했던 그 삼백여 개의 번들은 말하자면 자치국이었던 셈이어서 나름대로 흥망성쇠가 있었다. 그런 작은 나라들의 역사를 기념하는 것이 지방에 세워진 역사관인 것이다.

도쿄의 서점가에서는 눈에 띄지 않는 특수한 참고자료를 구하려면 지방의 그런 역사관을 찾아가야만 가능했다. 그 고장에서 일어났던 역사적인 사건이나 인물에 관한 상세한 내용의 역사책들을 만들어 판매하고 있는 것이었다. 어떤 역사관에서는 메이지유신 당시 그 지방을 중심으로 해서 전개된 사건을 소재로 한 영화를 비디오로 만들어 판매하고 있기도 했다.

그러니까 내가 하코다테를 찾아갔던 것은 단순히 오능곽을 탐사하기 위해서만이 아니라, 막부 세력의 마지막 저항이었던 하코다테 전쟁에 관한 자세한 내용의 책자를 구하기 위해서였다.

들렀던 그 박물관 분관에서도 그런 책자를 판매하는 조그마한 매점이 마련되어 있어서 두어 권 구입을 했다. 그리고 바람 속으로 오능곽을 나서 그 앞에 있는 전망 타워에 올라가 보았다. 서울의 남산타워 절반 정도 높이밖에 안 되어 보이는 전망대였다. 하코다테는 그 크기가 서울과는 비교가 안 되는 지방도시이니 그럴 수밖에 없었다. 그곳에 올라가서 하코다테 시가지와 후련하게 펼쳐진 바다를 구경한 다음 택시를 잡아타고 다음 목적지인 벽혈비(碧血碑)가 있는 곳으로 향했다.

벽혈비는 하코다테전쟁 당시 애소공화국의 군사들, 즉 막부 진

영의 마지막 사무라이들이 최후의 격전을 벌이다가 죽어간 곳에 세워진 그들의 위령탑인 셈이었다. 벽혈, 즉 푸른 피의 비라고 이름 붙인 것은 의를 위해 죽어간 무사들의 피는 삼 년이 지나면 푸른빛으로 변한다는 중국의 고사에서 비롯된 것이라 한다.

택시가 그 벽혈비가 있는 곳으로 가기 위해 시가지를 지날 때였다. 차창 밖으로 거리를 무심히 내다보고 있던 나는,

"아니! 오호—"

무엇에 놀란 듯 눈이 번쩍 뜨이며 입까지 살짝 벌어졌다.

차창 밖으로 소방서가 저만큼 앞쪽에서 다가오고 있었는데, 그 소방서의 망루에 커다랗게 붙어 있는 표어가 너무나 뜻밖이었던 것이다. 우리나라의 경우 같으면 으레 '꺼진 불도 다시 보자' '자나 깨나 불조심' 따위 표어일 것인데 이건 그게 아니었다. '다쿠보쿠가 거닐던 거리 불태우지 맙시다' 아닌가.

다쿠보쿠라는 이름이 눈에 띄자 나는 그만 가슴까지 약간 두근거리는 듯한 그런 기분이었다. 이시카와 다쿠보쿠(石川啄木)— 메이지 시대의 시인이다. 그러니까 그 시인이 살아생전에 거닐던 이 도시의 거리에 불을 내어 태우는 일이 없도록 조심하자는 뜻이다. 우리의 경우로 말한다면 '소월이 거닐던 거리 불태우지 맙시다'에 해당되는 표어다.

얼마나 다쿠보쿠라는 시인을 흠모했으면 백 년이 지난 지금까지 그 이름을 들먹여 불조심의 표어에까지 사용하고 있겠는가. 일본인들의 문화의식 같은 것을 엿볼 수 있는 듯해서,

"흐음—"

나는 절로 고개가 끄덕거려졌다.

그 표어에도 놀랐었지만, 그것보다 더 내 가슴을 건드린 것은 다쿠보쿠가 이 하코다테에 살았었구나 하는 사실이었다. 메이지시대의 불우한 시인이며 불과 스물일곱 살에 요절한 천재 다쿠보쿠의 시를 나는 문학소년 시절에 무척 좋아하여 수십 수를 줄줄 외우다시피 했고, 청년 시절에는 그의 전기를 구해서 밤새워 읽으며 울기도 했었다. 그러나 어느덧 오십 년 가까운 세월이 흐른 터이라 그 생애의 구체적인 부분은 거의 머리에서 지워지다시피 되어 있었던 것이다.

나는 택시 운전사에게 물었다.

"다쿠보쿠가 이 하코다테에 살았던 모양이죠?"

운전사는 의외라는 듯이 힐끗 나를 뒤돌아보며,

"다쿠보쿠를 아십니까?"

하고 도리어 반문하는 것이었다.

"알고말고요. 알아도 보통 아는 게 아니죠. 젊은 시절에 그의 시에 반하다시피 했고, 다쿠보쿠 전집을 읽기도 했어요."

"아, 그러세요? 한국서 오신 손님 같은데 어떻게 다쿠보쿠를 그렇게까지……."

좀 쑥스러웠지만 나는 서슴없이 대답했다.

"나는 문학을 하는 사람이에요. 소설을 쓰죠. 일본의 유명한 문인들의 작품은 거의 읽은 셈이오. 근래의 새로운 문인들의 작품은 잘 모르지만……."

"아하, 그렇습니까?"

"그런데 나에게 가장 감동을 준 일본의 문인은 이시카와 다쿠보쿠였어요. 그의 시는 거의 외우다시피 했고, 전기를 읽고는 울기도 했었다구요. 허허허……."

"그러셨군요. 다쿠보쿠는 천재 시인이면서 참 불우했지요. 생활고에 병고까지 겹쳐서 결국 서른 살도 못 된 젊은 나이에 이 세상을 떠났잖아요. 한마디로 슬픈 시인이죠."

"맞아요."

운전사의 말에 나는 속으로 흐음— 싶으며 고개를 끄덕였다.

그가 하코다테에 살고 있기 때문에 다쿠보쿠에 대하여 그처럼 안다기보다도 일본인들은 누구나 그에 관해서 잘 알고 있다고 하는 편이 옳을 것이다. 그만큼 다쿠보쿠는 일본에서 이름난 시인이다. 우리의 경우 중학교 이상 교육을 받은 사람이면 거의가 김소월을 알고 있는 것과 마찬가지라고나 할까. 어쩌면 그보다 훨씬 더 알려진 시인인 것이다. 가히 국민적인 시인이라고 할 정도다. 그만큼 대중에게 지금도 사랑받고 있는 시인이다. 그러니 소방서의 표어에까지 그 이름이 등장하고 있는 게 아니겠는가.

운전사가 말을 이었다.

"그의 무덤이 바로 이 하코다테에 있다구요. 가족묘가 마련되어 있죠. 그리고 '다쿠보쿠 소공원'이라는 것도 만들어져 있어요. 바닷가에……."

그 말에 나는 벽혈비고 뭐고 뒤로 미루고, 그곳으로 가자고 일렀다.

"그럴까요? 소공원에 말이죠?"

"소공원에 갔다가 묘에도 가봅시다. 벽혈비는 그 다음에……."

"그러죠. 소공원이 가까우니 먼저 거기 갔다가 묘로 안내하겠습니다."

운전사는 덩달아 신이 나는 듯한 어조로 말하며 가던 방향을 급히 옆으로 꺾어 경쾌하게 차를 몰았다.

아내도 기분이 좋은 듯 그제야 한마디 입을 열었다.

"뜻밖에 이곳이 다쿠보쿠 연고지였군요."

"글쎄 말이야. 하코다테에 다쿠보쿠의 무덤이 있는 줄은 까맣게 잊고 있었군. 맞아. 이제야 다쿠보쿠가 한때 북해도에 살았었다는 기억이 나는군. 북해도에 오면서도 다쿠보쿠 생각은 전혀 머리에 떠오르지 않았었는데, 정말 뜻밖이야."

"당신 기분 좋겠는데요."

그러면서 아내는 나를 향해 살짝 미소를 지어 보였다. 자기도 꽤나 흥미가 있다는 그런 기색이었다.

아내는 뭐 특별히 문학 공부를 한 일이 없기 때문에 그 분야에 대하여 거의 문외한에 가까웠다. 그런데 서당 개 삼 년에 풍월 읊는다는 격으로, 나하고 결혼한 뒤로는 내 작품을 비롯해서 곧잘 다른 작가의 소설을 읽기도 하고, 또 집에 놀러온 문우들과 술상을 가운데 놓고 나누는 이런저런 문학적 잡담을 귀동냥으로 듣기도 해서 조금은 문학에 대한 식견이 있었다. 특히 다쿠보쿠에 대해서는 내가 그의 시를 읊으며 설명해 주었고(아내는 초등학교 5학년 때 해방을 맞아서 일본어를 어느 정도 알고 있었다), 그에 관한 에피소드 같은 것을 얘기해 주기도 했으며, 술에 취하면 그의 시로 작곡한 노래를 곧잘 불러대곤 했기 때문에 다쿠보쿠라면 아내도 잘 알고, 친근감 같은 것을 느끼고 있기도 했던 것이다.

바닷가에 있다는 다쿠보쿠의 소공원을 향해 달리는 차창 밖으로 바람은 여전히 거세게 불고 있었다. 나는 바람 부는 거리를 내다보며 아득한 지난날 다쿠보쿠에 심취했던 시절의 일을 머리에 떠올리고 있었다. 이미 오십 년 가까운 세월이 흐른 터이다. 기억은 엷은 안개 속의 아득한 풍경처럼 흐릿하기만 했으나, 그럴수록 오히려 아련한 그리움으로 다가오는 듯하였다.

중학교 3학년 때 한동안 나는 기차 통학을 했었다. 해방된 지 두 해 뒤의 일이었다. 그런데 말이 기차 통학이지 그건 숫제 억지 통학이었다. 집에서 정거장까지는 거의 십 리가 되는 거리였다. 버스 같은 것이 다니지도 않는 시골길이었다. 신작로이기는 했으나 간혹 트럭이 낮으로 몇 번 지나다니는 정도였다. 자전거가 있는 것도 아니었다. 그래서 나는 책과 도시락을 함께 싼 보자기를 들고 새벽 일찍 집을 나서서 십 리 가까운 길을 부지런히 걸어 기차시간까지 정거장에 도착해야만 되었다. 기차를 타고 학교가 있는 C시까지는 한 시간가량 걸렸다. C시의 역에 내려 학교까지 또 잰걸음으로 이십 분 남짓 걸어야 했다.

그런데 지금과 달리 그 무렵은 기차가 제 시간에 들어오는 일은 드물고 연착이 다반사였다. 십 분 이십 분은 보통이고, 어떤 때는 한 시간 가까이나 늦게 왔다. 어찌된 영문인지 두세 시간 기다려야 되는 경우도 간혹 있었다. 그럴 때는 오전 수업이 거의 끝나갈 무렵에 터벅터벅 교문을 들어서게 마련이었다. 그렇게 늦게 학교에 가도 기차 통학생이라고 하면 선생들은 이맛살을 찌푸리는 일도 없이 그저 고개를 두어 번 끄덕일 따름이었다. 지각뿐 아니라 하루 이틀 결석을 해도 적당히 둘러 붙이면 담임선생은 별로 꾸중을 하지도 않았다. 학교생활이라는 것이 그런 식으로 매사 헐렁헐렁하게 돌아가던 시절이었다.

그래서 나는 마치 학교에 도시락을 먹으러 가는 것과 다를 바 없는 그런 날은 아예 기차를 끝까지 기다리질 않고 돌아서서 집으로 향하게 되었다. 도시락을 먹으러 학교까지 갈 게 뭐냐, 집으로 돌아가다가 까먹으면 됐지, 하고 말이다.

집으로 가는 중도에 냇물이 있고, 냇물 가에 제법 울창한 소나무 숲이 한군데 있었다. 도시락을 까먹기에 안성맞춤인 장소였다. 그 숲으로 가서 나는 마치 혼자서 소풍을 오기라도 한 그런 기분으로 자리를 잡았다. 냇물이 바로 앞을 흘러가고 있는 숲 한쪽 가장자리에 넓적한 바위가 하나 있었다. 그 바위 위에 앉거나 누워서 나는 점심때가 될 때까지 책을 읽었다. 시집 아니면 소설책이었다. 내 책보자기 속에는 언제나 교과서와 노트 외에 한두 권의 문학 서적이 들어 있었다. 나는 그 무렵 이미 문학이라는 야릇한 늪에 발을 들여놓아 차츰 차츰 깊이 빠져 들어가는 그런 상태였다. 장차 기필코 문인이 되어야겠다고 생각까지 하고 있었다.

책을 읽다가 시장기가 치밀면 도시락을 꺼내 먹으며, 학교 교실에서보다 훨씬 맛이 좋은데⋯⋯ 하고 혼자서 괜히 킬킬 웃기도 했다. 학교를 까먹고 옆길로 센 셈이어서 묘하게 더 입맛이 당겼다. 학교 공부보다 문학책 읽는 게 월등히 재미가 좋으니 그럴 수밖에 없었다.

초가을이었다고 기억된다. 어느 날 학교를 마치고 역으로 가서 기차를 탔다. 객차 안으로 들어서는데 누군가가 반가운 듯한 목소리로 나를 불러 세웠다. 입구의 첫 번째 앉아 있던 군인이었다. 나는 그게 누군지 얼른 알아보질 못했다. 군인은 얼굴에 살짝 웃음을 떠올리며 말했다.

"못 알아보는구나. 내가 군복을 입었으니 그럴 수밖에."

"아, 예. 창규 형님 아니십니까?"

나는 약간 눈이 휘둥그레졌다.

창규는 동급생으로 나와 꽤 친한 사이였다. 지난봄 그의 집에 놀러간 일이 있었는데, 그때 그의 형을 보았던 것이다. 집에서 소설을 쓰고 있다는 것이었다. 창규는 그게 자랑이었다. 내가 문학에 뜻을 두고 있다는 것을 아는 그가 우리 집에 가서 형이 쓴 원고를 볼래, 하고 이끌어서 나는 약간 가슴이 설레는 듯한 기분으로 시내에 있는 그의 집에 따라갔던 것이다.

기성문인이라고는 할 수 없는 사람이었다. 그렇다고 생판 무명인 것도 아니었다. 얄팍하기는 했지만 C시에서 발간되는 하나뿐인 잡지에 더러 콩트를 비롯해서 수필 같은 것을 활자화시키고 있는 터였다. 그러니까 말하자면 신진 지방 문인이라고는 할 수 있었다.

문학청년답게 머리가 더부룩했고, 이십 대 초반인데도 코 밑과 턱주가리에 수염이 거뭇거뭇했다. 자라는 대로 내버려둔 몰골인데도 어딘지 모르게 색다른 품위 같은 것이 느껴졌다. 안색이 약간 창백하면서도 밝기 때문인 것 같았다.

"우리 학급 친군데 문학을 좋아해요. 나중에 시인이 된대요."

창규가 나를 소개하자,

"응, 그래? 허허……."

나직한 목소리로 웃었다. 그리고 나를 가만히 바라보는 것이었다. 그 두 눈이 인상적이었다. 정감이 어려 있으면서도 따뜻하다기보다는 어딘지 모르게 차가운 기운이 서린 날카로운 눈빛이었다.

나는 속으로 역시 소설을 쓰는 사람의 눈이라 다르구나 싶었다.

그런데 그 사람이 뜻밖에도 군인이 되어 있질 않은가. 너무나 의외의 일이어서 나는 어리둥절해지지 않을 수 없었다.

국방경비대의 졸병이었다. 갈매기 하나가 붙어 있는 군모를 쓰고 엠원 소총을 무릎 위에 세워 한 손으로 쥐고 있었다(그 무렵은 미군정 치하에서 계급장이 미군 식이었고, 휴가로 귀향을 할 때 자기의 총을 휴대했었다). 물론 더부룩하던 머리도 거뭇거뭇하던 수염도 간 곳이 없었고, 창백하던 안색도 볕에 그을어 거무튀튀해져서 튼튼한 사내의 용모로 바뀌어 있었다.

소설을 쓴다던 사람이 군이 되어 있다니, 그것도 장교가 아니라 새까만 졸때기라니, 나는 도무지 이해할 수가 없었다. 달라져도 너무나 엉뚱하게 달라진 게 아닌가 말이다. (그때는 정부수립 이전이어서 징병제도가 아니고 지원병제도였다.) 소설을 쓰던 펜을 놓고 대신 사람을 죽이는 총을 들기로 마음을 바꾸어 제 발로 군문에 들어가다니……. 어떻게 된 일이에요, 하고 물어보고 싶었으나 나는 그 말이 입 밖으로 나오지가 않았다.

"자, 이리 앉지."

창규 형은 자기 옆에 조금 자리를 내어 주었다. 의자에 두 사람이 앉아 있었던 것이다. 나는 사양을 하다가 마지못해 궁둥이를 내렸다.

"요즘도 문학 공부 열심히 하고 있겠지?"

"예."

나는 조금 망설이다가 궁금한 점을 용기를 내어 물어보았다.

"창규 형님은 소설 쓰는 일 그만두었습니까?"

"허허허…… 내가 이렇게 군인이 되어 있으니까 문학을 그만둔 줄 아는 모양이지. 아닐세. 문학은 평생을 거는 일 아닌가. 잠시 군인생활이 해보고 싶었던 거야. 색다른 체험은 소설을 쓰는 데 도움이 되거든."

그 말에 나는 그의 옆얼굴을 힐끗 보았다. 소설을 위해서 총질하는 생활에 발을 들여놓다니, 이 양반 대단한 사람이구나 싶어 들이쉰 숨이 가슴에서 콱 멈추어지는 듯한 느낌이었다.

휴가를 왔다가 귀대하는 창규 형과 기차 안에서 우연히 만나 주로 문학에 관한 이야기를 나누었는데, 내가 내릴 정거장이 가까워졌을 때 그는 군용 백에서 한 권의 책을 꺼냈다.

"일본글 알 테니까 이거 읽어봐. 시집이야."

그것을 받아 표지를 보니 『석천탁목가집(石川啄木歌集)』이라고 씌어 있었다. 나는 '啄木'을 일본말로 어떻게 읽는지 알 수가 없어 스스럼없이 물었다.

"이시가와 뭡니까?"

"다쿠보쿠지. 이시카와 다쿠보쿠라고 유명한 시인이야. 명치시대의 사람인데 스물일곱에 죽은 천재지."

나는 속으로 다쿠보쿠, 다쿠보쿠…… 하고 뇌어보았다.

내가 이시카와 다쿠보쿠를 알게 된 것은 그래서였다. 그 뒤 그 시집을 나는 노상 책보자기 속에 넣어가지고 다니며 읽고 또 읽고 했었다. 물론 기차가 늦어져서 학교를 까먹고 숲의 바위에서 시간을 보낼 때도 그 시집을 읽고 또 읽었다. 어찌나 되풀이 읽었던지 나중에는 눈을 감고도 줄줄 절로 입에서 그 수많은 시들이 흘러나왔다. 마치 씹으면 씹을수록 맛이 나는 음식 같다고나 할까. 그렇게 다쿠보쿠의 시는 나를 사로잡았던 것이다.

그 무렵 나는 시에 있어서는 주로 해방 전 일제시대에 씌어진 우리의 대표적인 시인들의 시를 읽었다. 그리고 해방 후 등장하여 목소리를 높이기 시작한 젊은 시인들의 저항적인 시들도 즐겨 읽었다. 그런데 그때까지 읽은 시들과는 또 다른 독특한 감동을 나는 다쿠보쿠의 시에서 맛볼 수 있었다. 다쿠보쿠의 시는 김소월의 시와 일맥상통하는 데가 있었다. 바탕에 정한이라 할까 슬픈 정서를 깔고 있는 점이 그랬다. 그러면서도 그의 시에는 소월의 시에서 볼 수 없는 생활에 대한 사실적인 표현과 사회의식 같은 것이 잘 담겨 있었다. 인생을 꿰뚫는 듯한 안광이 번뜩였다. 그렇다고 그 당시 우리 젊은 저항시인들의 작품처럼 정치의식을 앞세운, 다분히 육성에 가까운 그런 것은 결코 아니었다. 살아가는 일의 고통과 허무가 메아리처럼 가슴에 와닿는 시들이었다. 젊음의 꿈과 그리움 같은 것이 담긴 시들도 그 바탕에 아련한 애수가 깃들어 있게 마련이었다. 그리고 또 놀라운 것은 시어의 참신함이라 할까, 표현에 있어서의 과감한 시도였다.

표지에 가집(歌集)이라고 되어 있듯이 그 책에 수록되어 있는 것은 자유시가 아니라 정형시였다. '당카(短歌)' 혹은 '와카(和歌)'라고 하는 일본 고유의 시가인데, 5·7·5·7·7의 운율인 것이다. 우리나라의 시조에 대항되는 셈인데, 운율이 짧은 게 특징이다. 일본에서는 '하이쿠(俳句)'라는 단가보다 더 짧은 것도 있다. 그들 고유의 시가는 그렇게 호흡이 짧다.

서른한 자로 이루어진 그 단가는 전통적으로 우아한 용어를 가려서 문어체로 읊게 마련인데, (하이쿠도 마찬가지) 다쿠보쿠는 산문

투의 어휘를 거침없이 가져다가 거의 구어체로 썼다. 그래서 표현이 참신할 뿐 아니라, 내용도 풍월이 아닌 일상적인 생활에서 소재를 가져왔기 때문에 매우 친근감이 느껴지고 절실한 데가 있었다. 그리고 형식이 짧고 간결해서 가슴에 선명하고 예리하게 다가오기도 했다.

삶의 허무함을 나타낸 것 두 수와 가정생활의 서글픈 단면을 읊은 두 수, 그리고 생활고와 사회의식이 담긴 네 수가 지금도 기억에 떠오른다.

—동쪽 바다 작은 섬 기슭의 흰 모래밭에
나 울다 지쳐서
게하고 장난친다.

—큰대 자를 백 개 남짓
모래밭에 쓰고
죽는 일을 그만두고 돌아왔다.

—장난삼아 어머니를 업었더니
너무 가벼워
눈물이 어려서 세 걸음을 못 걷겠네.

—친구들이 모두 나보다
훌륭하게 보이는 날이어
꽃을 사 와서 아내와 즐긴다.

—일을 해도 일을 해도 내 생활
편해지지 않는구나
가만히 손을 본다.

—죽고 싶지 않느냐고 물으면
이것 보라고
목의 상처를 보여주던 여자여.

—농부들 여럿이가
술을 끊겠다고 한다.
더욱 어려워지면 무엇을 끊으려나.

—스트라이크를 회상해도 이제는 이미
나의 피 끓지 않는다.
어쩐지 쓸쓸하다.

몇 해 뒤 나는 초등학교의 교사가 되었다. 아직 스무 살이 채 못 된 애송이 선생이었다. 산골 학교에서 교편을 잡으며 혼자서 계속 문학 공부를 하고 있었다.

한 번은 휴일에 볼일이 있어 읍내에 나갔다가 그곳에 사는 외당숙네 집엘 들렀는데, 뜻밖에도 그 집에 다쿠보쿠의 전집이 있었다. 외당숙의 방 책장에 꽂힌 세 권으로 된 제법 두툼한 전집을 보고 나는 약간 놀랐다. 외당숙은 군청에 서기로 다니고 있는 사람이었다. 그런데 그분이 다쿠보쿠의 전집을 가지고 있을 정도로 문학을 좋아하다니 뜻밖이었던 것이다. 그 전집을 좀 빌려달라고 했더니 외당숙은 서슴없이 책장에서 세 권을 다 뽑아주었다. 그 전집을 가지고 산골 마을 하숙집으로 돌아갈 때 나의 발걸음은 여느 때와 달리 가볍기만 했다. 한동안 잊고 있었던 다쿠보쿠를 다시 만난 셈이니 그럴 수밖에 없었다.

전집의 첫 권은 시가였다. 다쿠보쿠는 『동경』 『호루라기와 휘파람』이라는 시집 두 권과 『한 줌의 모래』 『슬픈 장난감』이라는 두 권의 가집을 펴냈는데, 그 네 권의 작품이 전부 수록되어 있었다. 다쿠보쿠의 단가는 말하자면 구면이었지만, 자유시는 처음이어서 흥미 있게 읽었다.

그리고 제2권은 산문들이었다. 소설을 비롯해서 수필, 일기, 편지 등 다쿠보쿠의 손끝에서 나온 모든 산문들이 망라되어 있었다. 다쿠보쿠가 소설도 썼구나 하고 신기해하며 읽었는데, 그중에 「구름은 천재다」라는 단편이 특히 재미있었다. 시골 소학교의 교사가 독선적이고 고약한 교장에게 맞서 그를 배척하기 위해 자기가 담임한 학급의 학생들을 데리고 운동장의 트랙을 빙빙 돌며 교장 반대의 구호를 외쳐대는 그런 내용인데, 어린 학생들이 줄을 지어 담임선생을 따라서 각자 만든 수기를 흔들며 데모하는 장면이 마치 동화 속의 광경 같아서 귀엽기도 하고 우습기도 해서 혼자 킬킬킬 웃기도 했었다. 다른 모든 글도 빠짐없이 모조리 읽었는데, 한 수필에서 다쿠보쿠는 '시가는 나의 슬픈 장난감이다'라는 말을 하고 있었다. 매우 인상적인 말이었다. 성인인 다쿠보쿠의 장난감이 시가인데, 그것이 즐거운 것이 아니라 슬픈 것이라니, 그의 문학에 대한 인식의 바탕을 상징적으로 드러낸 표현인 것 같아 내 머리에 아프게 박혔다. 세상과 인생을 보는 그의 눈이, 또한 그의 생활이 슬픈 쪽이었기 때문에 그랬을 게 틀림없었다. 그의 두 번째 가집의 제목이 『슬픈 장난감』인데, 그래서 그렇게 이름 붙여진 모양이었다. 그것이 그의 마지막 작품집인 것이었다.

제3권은 전기였다. 그의 전기를 읽으니 '시가는 나의 슬픈 장난감'이라는 말이 이해가 되고도 남았다. 스물일곱 살에 죽은 짧은 생애가 결코 순탄치가 못하고 험하고 가파른 길이었던 것이다. 그 전기를 나는 밤을 새우다시피하고 읽었는데, 글쓴이의 솜씨가 어찌나 여실하고 간절한지 마침내 나는 복받쳐 오르는 벅찬 것을 견디지 못해 그만 책에 얼굴을 묻고 흐느껴 울어 버렸었다.

1886년에 이와데현이라는 곳에서 승려의 아들로 태어난 다쿠보쿠는 어린 시절은 비교적 고생을 모르고 자랐으나, 아버지가 승려 직에서 물러나게 되고부터 가정은 생활의 어려움 속으로 빠져든다. 그는 중학교 5학년 때 졸업을 불과 몇 달 앞두고 가정형편을 이유로 돌연 학교를 그만두고 만다. 그때 이미 그는 중앙의 문예지에 단가를 발표하여 문단의 신인으로 인정받고 있었다. 학교를 그만두고 잠시 도쿄로 가서 문단에 발을 들여놓아 보다가 궁핍 속에 병을 얻어 귀향한다. 시골에서 요양을 하며 계속 단가와 시를 써서 중앙지에 발표한다. 그리고 학생 시절부터 연애 관계이던 세스코와 결혼을 하는데, 그때 그의 나이 열아홉이었다. 방 두 칸짜리 셋집에 신혼의 가정을 이루었는데, 부모와 처, 그리고 여동생까지 부양하는 가장이 된 것이었다. 생활의 어려움 때문에 아버지는 곧 집을 떠난다.

그리고 다쿠보쿠는 시부다미 소학교의 대용교원이 된다. 정식 교사가 아니라, 촉탁인 것이다. 그런데 일 년 남짓 근무하다가 면직이 되고 만다. 스무 살을 조금 넘은 젊은 다쿠보쿠는 비록 신분은 대용교원이었지만 교장의 독선적이고 위압적인 학교 운영에 반기를 들었던 것이다. 학교의 교육을 개혁하기 위해서 학생들을 이끌고 스트라이크를 감행한 것이었다. 그 결과 교장은 타교로 전출이 되고, 다쿠보쿠는 파면이 되었던 것이다. 선생과 학생들이 운동장의 트랙을 빙빙 돌며 교장 배척의 구호를 외쳐대는「구름은 천재다」라는 소설은 바로 다쿠보쿠 자신의 체험을 작품화했던 것이다.

모가지가 잘리자 다쿠보쿠는 홋카이도로 건너갔다. 하코다테에 사는, 작품을 통해서 알게 된 문우를 의지해서였다. 그곳에서도 그는 소학교의 대용교원이 된다. 그리고 그곳 신문의 문화란을 담당하는 사외기자를 겸한다. 그러나 그것도 잠시였다. 서너 달 만에 하코다테에 큰 화재가 발생하여 학교와 신문사까지 불타 버린다. 온 시가지가 불에 휩싸이다시피 한 대화재여서 지금도 소방서의 망루에 그때를 염두에 두고 '다쿠보쿠가 거닐던 거리 불태우지 맙시다'라는 표어를 내걸고 있는 모양이다.

다쿠보쿠는 가족을 이끌고 삿포로로, 오타루로, 그리고 구시로 지방 신문사를 전전한다. 마치 홋카이도로 솔가해서 방황을 하러 간 사람 같은 생활이었다. 이러다가는 입에 풀칠하기 위해서 보잘것없는 지방신문의 한낱 기자로 주저앉고 말 것 같은 불안감과 문학에의 의욕, 그리고 중앙문단에의 동경 때문에 마침내 그는 도쿄로 나가기로 결심한다. 그리하여 일 년도 채 못 되는 홋카이도의 생활을 청산하고 도쿄로 간 것은 그의 나이 스물세 살 때였다.

가족을 하코다테에 남겨두고 단신 상경한 다쿠보쿠는 붓으로 살아가기 위해 소설 쓰기에 전념한다. 그러나 그의 소설은 잡지사에 팔리지가 않아 생활은 궁핍의 극에 이른다. 자살하고 싶은 생각이 머리에서 떠나질 않는다. 그러나 그 위기를 넘기고 이듬해 아사히신문의 교정원으로 입사한다. 직장을 가지게 되자 하코다테에 머물고 있던 가족이 도쿄로 와서 다시 다쿠보쿠는 가장 노릇을 한다. 그런데 그 무렵부터 시어머니와 며느리 사이에 불화가 심해져서 아내가 가출하는 일이 생기기도 하여 다쿠보쿠를 괴롭혔다. 그런 속에서도 그는 왕성한 작품 활동을 해서 첫 단가집인 『한 줌의 모래』를 펴내기도 했다.

도쿄 생활 삼 년 만에 다쿠보쿠는 병에 걸리고 만다. 복막염에 이어 폐결핵 환자가 된 것이다. 따라서 직장을 그만둘 수밖에 없었다. 다쿠보쿠가 병고에 시달리는 가운데 아내인 세스코도 폐가 나빠지고, 어머니까지 폐결핵을 앓게 된다. 가정이 온통 우환에 휩싸인 중에서도 다쿠보쿠는 병상에 누워 계속 단가를 만들어서 여러 잡지에 발표한다.

이듬해 어머니가 각혈을 하며 맨 먼저 사망한다. 그리고 한 달 뒤 다쿠보쿠는 두 번째이며 마지막인 단가집 『슬픈 장난감』의 원고를 출판사에 넘기고 원고료 이십 원을 받아 아내의 손에 쥐어준 다음 숨을 거둔다. '다쿠보쿠 이전에 다쿠보쿠 없고, 다쿠보쿠 이후에 다쿠보쿠 없다'고까지 일컬어지는 천재 시인은 그렇게 생활고와 병고 속에 스물일곱의 짧고 처절한 생애를 마감한 것이다. 그의 유해는 미망인의 뜻에 따라 하코다테의 다치마치미사키라는 곳에 묻혔다.

다쿠보쿠가 죽은 지 두 달 뒤 미망인 세스코는 유복자인 딸을 낳았다. 그리고 이듬해 그녀도 스물여덟의 젊은 나이에 어린 딸 둘을 남겨두고 세상을 떠났다. 그런데 그녀도 단가에 제법 소질이 있어서 다쿠보쿠가 죽은 뒤 남편에 대한 그리움과 인생의 비애를 애절한 솜씨로 여러 편 남겼다.

내가 마침내 울음을 참지 못한 것은 그녀의 그 단장의 노래를 읽고서였다.

가을이었다고 기억된다. 어느 일요일 나는 그 세 권의 다쿠보쿠 전집을 돌려주려고 읍내의 외당숙 집을 찾아갔다. 오후였는데 외당숙은 혼자 무료한 얼굴로 마루에 누워 있었다. 내가 들어서자,

"어서 와."

하면서 부스스 일어나 앉았다. 심심하던 참인데 잘 왔다는 그런 표정이었다. 내가 책보자기를 끌러 전집 세 권을 내놓자,

"다 읽어 봤어?"

하고 물었다.

"예, 하나도 빠짐없이 다 읽었어요. 세 권째 전기를 읽고는 울기까지 했는걸요."

"그래? 허허허…… 문학을 좋아하는 모양이지?"

"예."

나는 장차 문인이 되려고 한다는 말을 할까 하다가 쑥스러워서 그만두고,

"외당숙도 문학을 좋아하세요?"

하고 물어보았다.

"응, 학생 시절에는 장래에 문학가가 되려는 꿈을 가지고 있었

지.”

“그런데 왜 그만두셨어요?”

“본래 꿈이라는 것은 오래 가는 것이 아니잖아. 학교를 졸업하고 군청에 다니게 되자 일에 쫓기고, 또 결혼을 하고 나니 자연히 문학과 멀어지더군.”

그 말에 나는 말문이 막히면서 나도 그렇게 되지 않을까 슬그머니 불안한 생각이 들어 가만히 숨을 좀 길게 들이쉬었다.

“자네 술 할 줄 아나?”

“예.”

“좋아, 그럼 우리 오늘 술 한잔 하자구.”

외당숙은 삼십 대 중반이었다. 나는 그때 열아홉 살이어서 열댓 살 차이가 있었다. 더구나 외가 쪽 오촌 아저씨와 종질 사이니 단둘이 술을 마신다는 것은 좀 어울리지 않는 어색한 일이었다. 그러나 내가 쑥스러워할 뿐 외당숙은 오히려 재미있는 자리인 듯 기분 좋은 표정이었다.

술은 약주였고, 안주는 김치와 마른멸치에 된장뿐이었다. 상을 가운데 놓고 마루에서 마주앉아 잔을 주고받으며 잠시 외당숙과 나의 학생 시절 이야기, 그리고 처음으로 교단에 선 내 햇병아리 교원생활 이야기를 화제로 삼다가 어느덧 주기가 꽤나 오르자 외당숙이 불쑥 입을 열었다.

“자, 내가 노래를 하나 할 테니 들어보라구.”

“예, 좋지요. 하하하…….”

“꿈은 사라지고 현실만 눈앞에 놓여 있으나 그래도 내 속에는 아직 그 시절의 꿈의 그림자가 조금은 남아 있는 셈이지. 다쿠보쿠의 노래라구."

다쿠보쿠의 노래라는 말에 나는 취가 어리는 눈을 똑바로 뜨고 호기심이 가득한 시선으로 외당숙을 바라보았다. 외당숙은 두 눈을 지그시 감으며 굵은 저음으로 노래를 하기 시작했다.

"도카이노 고지마노 이소노 시라스나니……(동쪽 바다 작은 섬 기슭의 흰 모래밭에……)"

다쿠보쿠의 대표적인 단가에다가 곡을 붙인 것이었다. 술기운 탓인지 외당숙은 한껏 감정을 담아서 노래를 불렀다. 묘하게 쓸쓸한 것이 느껴지면서 야릇한 허무감이 배어나오는 듯한 특이한 곡조에 나는 그만 가슴이 벅차오르며 정신이 얼얼해지는 느낌이었다.

"아— 기가 막히네요."

노래가 끝나자 나는 절로 입에서 감탄사가 흘러나왔다. 그만큼 그 노래는 나를 온통 사로잡았다. 벌컥벌컥 약주를 두어 모금 크게 들이켜고 나서 나는 서슴없이 말했다.

"아저씨, 그 노래 나도 배우고 싶어요. 가르쳐 주세요."

"그래, 허허허…… 마음에 드는 모양이지?"

"너무 좋아요."

"좋아 가르쳐 주지. 그럼 따라서 해보라구."

당숙이 한 구절을 부르면 내가 따라 부르는 식으로 술에 취한 숙질간에 말하자면 노래 교습이 시작되었다. 한 차례 끝나면 한잔 마시고 숨을 돌려가며 한참 노래를 익히고 있는데, 시장에 갔다 오는 듯 외당숙모가 장바구니를 들고 대문을 들어섰다. 뭣들 하는가 싶은 듯 외당숙모는 주춤 멈추어 서서 우리를 지켜보더니, 숙질간에 술이 취한 벌건 얼굴로 노래를 가르치고 배우는 듯 부르고 있다니,

더구나 일본 노래를…… 약간 어이가 없으면서도 재미있기도 한 듯 묘한 미소를 지으며 입을 열었다.

"뭣들 하고 있어요?"

"아주머니, 시장 갔다 오세요?"

나는 취중에도 멋쩍어져서 노래 따라 부르기를 뚝 멈추었다. 외당숙도 노래 부르기를 뚝 멈추었다. 외당숙도 노래 교습은 이것으로 그만이라는 듯이 잔에 남은 술을 쭉 들이켜고는 나와 자기 처를 번갈아보며 빙그레 웃었다.

그런 일이 있은 뒤로 나는 일요일이면 곧잘 외당숙 집을 찾아갔다. 약주를 되들이 병으로 한 병씩 사가지고 말이다. 물론 그 노래를 완전히 익히기 위해서였고, 또 외당숙이 갑자기 몹시 친근하게 느껴져서 같이 술을 마시기 위해서이기도 했다.

그때 그렇게 익힌 다쿠보쿠의 노래는 그 뒤로 내가 즐겨 부르는 몇 개 안 되는 노래, 즉 십팔번 중의 하나가 되었다. 술자리에서 주기가 오르면 나는 곧잘 그 노래를 부르게 마련이었다. 그 버릇은 오십 년이 지난 지금도 마찬가지다.

택시가 다쿠보쿠 소공원이라는 곳에 당도했다. 시비와 동상, 그리고 조그만 정자가 하나 마련되어 있었다.

차에서 내리니 바람이 몹시 불고 있었다. 오능곽에서보다 월등히 거셌다. 소공원이 바로 해안에 위치해 있어서 바다로부터 불어오는 바람이 아무런 차단물의 방해도 없이 맞바로 몰아치고 있기 때문이었다. 곧 날아갈 듯 걸음을 옮기기에도 힘들 지경이었다. 몹시 춥기까지 했다.

그러나 나는 다쿠보쿠의 시비와 동상이 있는 곳으로 애써 걸어갔다. 카메라를 들고 아내도 뒤따라 왔다. 동상은 앉은 모습이었고, 시비 위에 안치되어 있었다. 시비가 말하자면 동상의 좌대인 셈이었다. 그런데 앉아 있는 다쿠보쿠의 모습이 마치 소년 같은 느낌이었다. 스물일곱 살에 죽었으니 이십 대의 모습일 터인데……. 원래 미남이고 동안이기 때문에 그런지도 모르지만, 어쩌면 내가 육십을 넘은 노인인 탓에 그렇게 보이는지도 몰랐다. 옛날에 단가집과 전집에서 그의 사진을 보았을 때는 그런 느낌이 전혀 없었는데 말이다. 그때는 내가 사진의 그보다 어린 나이였기 때문일 것이다.

"저렇게 어린 사람이……."

나는 신기하다는 생각이 들기까지 했다. 그렇게 고달픈 삶을 살고 수많은 절절한 시가를 남겼다는 사실이 믿어지지가 않는 느낌이었다.

시비에는 그의 대표작으로 일컬어지는 '도가이노 고지마노 이소노……' 그 단가가 새겨져 있었다. 내가 외당숙에게 배워 지금도 즐겨 부르는 그 노래 말이다.

시비와 동상 곁에 서서 내가 포즈를 취하자 아내는 알았다는 듯이 재빨리 카메라의 셔터를 눌렀다. 기념촬영을 하고 나니 이제 더는 견딜 수 없을 정도로 바람결이 거세고 추워서 나는 그만 택시 쪽으로 달려가지 않을 수 없었다. 아내도 치마폭을 펄럭이며 뒤따랐다. 곧 택시는 다음 목적지인 다쿠보쿠의 묘지를 향해 출발했다.

그다지 멀지 않은 곳에 묘지는 있었다. 역시 바닷가였다. 그러나 지형 관계인지 그곳에 내리니 바람결이 한결 부드러웠다. 바로 차도 옆인데 '다쿠보쿠 일가의 무덤'이라는 표목이 세워져 있었다. 돌을 다듬어 반듯반듯하게 만들어진 묘소인데 평지보다 조금 높아서 오르는 계단이 있고 그 위에 묘비가 몇 개 서 있는 게 보였다.

일본인들의 장례는 화장이다. 주로 절에서 화장을 하여 그 유해를 골호(骨壺)에 담아 당에 묻고 그 위에 비를 세운다. 그래서 가옥의 터전이 넓은 명문가나 부호들은 자기네 집 뒤뜰이나 정원 한쪽 호젓한 자리에 묘역을 마련하여 조상 대대로 그곳에 모시기도 한다. 죽은 선조들과 한 집 안에 같이 사는 셈이다. 그리고 시골에서는 마을 근처에 촌민들의 집단 묘역을 만들어 그곳에 뼈를 묻고 비를 세운다. 죽은 뒤에도 마을 사람들이 함께 모여 있는 셈이라 할까. 기차나 버스로 일본을 여행하다 보면 여러 가지 형태의 묘비가 소복이 모여 있는 광경을 흔히 볼 수 있다. 다쿠보쿠 일가의 묘소는 그를 기념하는 소공원과 마찬가지로 그곳 하코다테의 문인과 유지들이 특별히 마련한 것이었다.

택시에서 내린 나는 묘소의 계단을 올라갔다. 아내와 운전사는 택시 곁에 서서 나를 지켜보고만 있었다. 근처에 꽃가게가 있는 것도 아니어서 맨손으로 계단을 올라간 나는 '다쿠보쿠의 무덤'이라고 새겨진 한가운데의 가장 큰 묘비 앞에 가만히 걸음을 멈추었다. 그리고 그냥 똑바로 선 채 경건히 머리를 숙여 두 번 절했다. 참배를 하고서 조금 작은 가족들의 묘비도 훑어본 다음 돌아서서 계단을 내려갈 때였다. 아내와 운전사는 여전히 나를 지켜보고 있었는데 아내의 표정은 예사로웠다. 그런데 일본인 운전사는 나와 시선이 마주치자 순간 묘한 웃음을 내비쳤다. 그러나 얼른 웃음을 거두어 버리며 슬그머니 택시 안의 운전석으로 들어가는 것이었다. 내 기분은 약간 착잡해지지 않을 수 없었다. 내가 묘비 앞에 똑바로 선 채, 다시 말하면 합장도 하지 않고 두 번 절을 한 게 우습게 느껴졌던 것인지, 아니면 일본인 묘에 조센징(한국인)이 절까지 하는 게 신기해서 그런 웃음을 내비친 건지 얼른 분간할 수가 없었다. 어쩌면 후자인 것만 같아 나는 쑥스럽고 슬그머니 창피하다는 생각까지 들었다. 그러나 그 운전사가 나를 우습게 생각하거나 경멸하는 것은 결코 아닌 것 같았다. 오히려 남다른 사람이다 여기며 어쩌면 친밀감에서 떠올린 미소일지도 몰랐다. 그런데도 어쨌든 나는 기분이 개운하지가 못하고 씁쓰레하였다. 피가 다르다는 사실에서 오는 야릇한 마음의 동요인 듯했다. 피가 달라도 그가 일본인이 아니었다면 내 기분이 그렇게 착잡해지지는 않았을 것이다. 그러니까 피가 다르다는 사실과 함께 그들에게 나라를 먹혔던 역사적인 피해의식도 내 생각의 바탕에 깔려 있는 게 틀림없었다. 어쩌면 피보다 역사 쪽이 더 강하게 작용한 나의 과민한 심리상태인지도 몰랐다.

씁쓰레한 기분으로 택시에 오르자 백미러를 통해서 나를 힐끗 보며 말했다.

"이제 벽혈비가 있는 데로 모시겠습니다."

그의 표정은 담담했고, 목소리는 상냥했다. 그러나 나는,

"그래요."

하고 무뚝뚝한 어조로 내뱉듯이 대답했다.

잠시 후 택시는 길가에 멎었다.

"저것이 벽혈빕니다."

운전사가 가리키는 쪽을 차창 밖으로 보니 산비탈에 좁은 길이 나 있고, 그 한참 안쪽에 비 하나가 세워져 있는 게 보였다.

"차가 저 비 있는 데까지 갈 수는 없나요?"

"갈 수는 있는데 돌아 나올 수가 없어요. 길이 좁아서…… 모두 여기서 내려 걸어갑니다."

"음…… 그럼 됐어요."

나는 먼발치로나마 비를 보았으니 되었다는 생각이었다. 밋밋한 산기슭에 덜렁 비 하나가 세워져 있을 뿐인데 그걸 보려고 여전히 차가운 바람이 불고 있는 속으로 뚜벅뚜벅 걸어갔다 오는 게 모양 같잖다는 생각이 들었다. 아내가 따라올지 어떨지는 모르지만, 그렇게 걸어갔다 돌아오는 나를 보고 운전사가 또 묘한 웃음을 떠올릴 것만 같은 불안한 생각이 머리를 스치고 지나갔던 것이다. 신경과민에서 오는 뒤틀린 심사라고나 할까.

"자, 이제 그만 시내로 갑시다."

"시내 어디로 모실까요? 어느 호텔에 드셨어요?"

"호텔로 가지 말고, 조용한 음식점으로 데려다 주어요."

"예, 알겠습니다."

한결 명랑한 목소리로 대답하고 운전사는 택시를 출발시켰다.

어느덧 해가 기울어져 있었고, 추위 속을 돌아다녀서 그런지 약간 피곤하고 시장기도 느껴지면서 술 생각이 났다. 손목시계를 보았다. 다섯 시가 가까웠다. 그렇지 않아도 술 생각이 나는 시각이었다.

운전사가 안내해준 곳은 복요리 전문의 아담한 식당이었다. 그날의 날씨에는 따끈한 복어탕에 정종이 제격이었다. 식탁이 한 개 놓여 있는 방에 들어가 아예 저녁식사를 할 생각으로 복어탕에 생선회, 그리고 밥과 정종 한 도꾸리(도자기로 된 일본식 술병)를 시켰다. 음식을 기다리며 내가 아내에게 물었다.

"아까 다쿠보쿠의 무덤에서 말이오, 내가 두 번 절을 했잖소. 당신은 어떻게 생각해?"

"어떻게 생각하다니요?"

아내는 내 질문의 요지가 뭔지 잘 모르겠는 듯한 표정을 지었다.

"괜찮더냐 말이지."

"괜찮지, 어때요?"

"일본 사람 무덤에 절을 하니까 어쩐지 좀 기분이…… 운전사가 이상한 눈으로 보는 것 같고."

"하하하……."

아내는 소리를 내어 웃고 나서 말했다.

"당신이 그렇게 좋아하는 다쿠보쿠잖아요. 그런데 그 묘에 절을 하는 게 뭐가 어때서…… 운전사가 왜 이상한 눈으로 봐요. 다쿠보쿠 얘기를 택시 안에서 했었잖아요. 당신은 그게 탈이야. 쓸데없는 신경과민……."

"흠, 그런가……."

나는 고개를 끄덕이며 조금 싱겁게 웃었다.

주문한 음식이 왔다. 사십이 가까워 보이는 여자가 다다미(방에 까는 두툼한 왜식 돗자리)에 단정히 무릎을 꿇고 앉아서 가지고 온 음식을 식탁에 차렸다. 한꺼번에 다 못 날라 와서 두 차례 그렇게 했다. 다 차리고 나갈 때는 두 손을 다다미에 짚고,

"맛있게 드십시오."

하면서 머리까지 공손히 숙였다.

나는 우선 도꾸리의 정종을 잔에 따라서 쭉 한잔 비웠고, 아내는

밥을 먹기 시작했다. 나는 두주불사 형이다. 그런데 아내는 밀밭 근처에도 못 가는 그런 사람이다. 술에 있어서만은 극과 극이 만난 셈이다. 때때로 나는 아내가 술을 조금이라도 할 줄 알았으면 얼마나 좋을까 하고 아쉬워한다. 자기 아내와 둘이 집에서나 혹은 밖에 나가서 곧잘 술을 마시는 친구를 보면 그게 부부간의 사는 재미 가운데 두 번째쯤은 되는 것 같아서 부럽기도 하다. 더구나 늙어서는 말이다.

자작자음으로 이 홉들이 도꾸리를 다 비웠으나 그것으로 족하지가 않아 한 도꾸리 더 시켰다. 도꾸리에는 일 홉들이 작은 것과 2 홉들이 큰 것이 있는데, 일본을 여행할 때 저녁식사 시엔 이 홉들이 한 병을 기본으로 마셨다. 반주로는 좀 과한 셈이지만 그 정도는 마셔야 기분이 아리해진다. 그런데 그날은 한 병을 더 시킨 것이다.

"여보, 더 마셔요?"

아내가 조금 걱정스러운 표정을 지었다. 아내는 내 음주에 대해서 늘 걱정하는 것을 무슨 의무처럼 생각하는 여자다.

"오늘은 한 도꾸리 더 마셔야겠어. 어쩐지 기분이 그래."

"늘 그놈의 기분……."

힐끗 한 번 흘겨보고는 자기는 밥이 너무 맛있다는 듯이 부지런히 젓가락질을 해댄다.

따끈한 정종을 큰 도꾸리로 두 개를 비우고 나자 아리한 정도가 아니라, 가슴이 후끈거리면서 기분이 붕 뜨는 듯 눈앞이 약간 일렁일렁해지는 느낌이었다. 그 정도가 되면 나는 절로 입에서 노래가 흘러나온다. 십팔번인 다쿠보쿠의 노래다. 내가 눈을 지그시 감았다 뜨며 '도카이노……'를 부르기 시작하자 아내는,

"벌써 취했네."
하면서 약간 두 눈이 휘둥그레진다. 이런 장소에서 노래를 부르다니…… 민망스러운 모양이다. 그러나 나는 개의치 않고 점잖게 한결 부드러운 가락으로 노래를 이어 나가갔다. 취중에도 바깥을 의식해서였다.

"다쿠보쿠의 노래를 하고 있네요."

"그러네. 조센징이지?"

"예, 일본말 발음이 서투른 걸로 봐서 우리나라에 사는 조센징은 아니고, 한국에서 온 관광객 같은데, 다쿠보쿠의 노래를 알다니……."

"글쎄 말이야, 하하……."

주방에 인접해 있는 방이어서 그곳에서 남녀가 주고받는 말이 노래를 부르고 있는 내 귀에도 어렴풋이 들려왔다. 일본에 거주하고 있는 것도 아닌 조센징 관광객이 다쿠보쿠의 노래를 부르다니 놀랍다는 그런 대화였다. 그러나 '조센징'이라는 말은 취중인데도 역시 조금 내 신경을 건드리는 듯했다. 아내도 바깥의 대화에 귀를 기울이는 듯 그 표정이 좀 굳어져 보였다. 내 노래가 끝나자 재빨리 아내가 말했다.

"이제 밥을 좀 들어요. 술만 마시니 노래가 나오잖아요. 어서 식사를 하고 갑시다."

"알았어."

그러나 나는 밥을 좀 복어탕에 말아서 천천히 먹었다.

식사를 마치고 밖으로 나가 내가 계산을 할 때였다. 아내가 음식 시중을 들었던 그 일본 여자에게 불쑥 입을 열었다.

"이 양반이 노래를 해서 미안해요."

그러자 그 여자는 호들갑스러울 정도로 손을 내젓고 웃음을 띠며,

"아닙니다. 아닙니다. 괜찮아요."

하고 말했다.

"한국에서 오신 손님 같은데 다쿠보쿠의 노래를 어떻게 아시죠?"

주방에 섰던 중년의 남자가 역시 미소 띤 상냥한 표정으로 물었다. 아내가 서투른 일본말로 그 남자를 향해 대답했다.

"이 양반 소설가예요. 젊을 때 다쿠보쿠를 너무 좋아했었대요. 조금 전에 다쿠보쿠의 무덤에까지 갔다 왔지 뭐예요."

"아, 그렇습니까. 아, 아……."

남자는 마치 무슨 감격이라도 한 사람처럼 나를 보고 고개까지 두어 번 꾸벅거렸다.

일본의 보통 사람들은 문인이라고 하면 마음으로부터 우러러보는 경향이 있다고 한다. 지금은 그쪽 문인의 수가 많고, 상업주의 시대가 되어 별의별 소설이 다 쏟아져 나와서 소설가라고 해서 반드시 존경하는 것은 아니지만, 옛날에는 예를 들면 지방에 있는 여관에 이름이 알려진 문인이 와서 숙박을 하면 그 필적을 받아서 액자에 넣어 기념으로 현관이나 복도의 벽에 걸어놓기까지 했다고 한다. 숙박비를 안 받는 것은 말할 것도 없고…… 와서 자준 것만도 영광인데 하고서 말이다.

어쨌든 한국에서 온 소설가라고 하니, 게다가 다쿠보쿠를 좋아해서 그 무덤에까지 갔다 왔다고 하니 놀랍고 반가운 일이라는 듯 두 남녀의 태도가 눈에 띄게 달라지는 느낌이었다. 우리의 저녁식사가 좀 일렀는지 아직 식당 안에는 손님이 아무도 없었다.

우리 부부가 식당을 나서자 두 남녀는 뒤따라 밖으로까지 나와서 "안녕히 가십시오"를 연발하며 여자는 절을 몇 번이나 해대는지 몰랐다. 나는 취중이어서 뒤돌아보며 "사요나라!" 하고 한 손을 번쩍 들어보였다.

본래 일본 사람은 유난히 친절하지만 그렇게 식당 밖에까지 나와서 배웅을 하다니…… 술기운과 함께 내 기분은 마냥 훈훈하기만 했다. 조금 전 운전사의 묘한 웃음 때문에 과민해졌던 내 신경은 어느덧 흐늘흐늘 풀어져서 오히려 흐뭇해져 있었다.

몇 개월 전 도쿄에 갔다 온 친구가 선물이라면서 일본의 유명 출판사의 하나인 신조사에서 발간한 두 권의 문고본과 《나미》라는 잡지를 선물로 주었다. 《나미》는 그 출판사에서 자기네 신간 출판 예정인 책을 선전하기 위해서 매달 발행하는 팸플릿형의 잡지였다. 그 잡지를 펼쳐보던 나는 박스로 된 광고 하나에 눈이 멎었다. 그 출판사가 아닌 다른 출판사에서 실은 책 광고였다.

『이시카와 다쿠보쿠 문헌서지집대성』이라는 책인데, 1901년부터 1998년까지 그와 그의 문학에 관해서 발표된 온갖 글이 무려 이만 편이나 된다는 것이었다. 국제 다쿠보쿠학회라는 것도 있다고 하니, 일본뿐 아니라 세계 여러 나라에서도 그의 시가에 관한 글을 수없이 발표한 모양이었다. 이천 편도 아닌 이만 편이라니, 나는 절로 입이 벌어지지 않을 수 없었다.

《한국문학》(2000. 6)

나체 이러쿵저러쿵

"히히히 히히히……."

"싱거운 넌 왜 자꾸 웃는 거야."

"엄마, 언니가 발가벗었다지 뭐야 히히히……."

"발가벗다니 그게 무슨 소리지?"

"오늘 언니가 촬영 때 발가벗었다는 거야."

"발가벗어? 어떻게?"

"발가벗는 것도 몰라? 엄마도 참……."

"아니, 그럼……."

손인순은 눈이 약간 휘둥그레진다. 미화는 어머니의 그런 표정이 재미있다는 듯이 또 킬킬거리며 식탁 의자에 궁둥이를 내려놓는다. 그리고 또 지껄여댄다.

"언니가 모델이래. 영화 속에서. 누드 화가의 모델…… 언니는 육체미도 그만이니 멋있을 거야. 그지? 엄마, 히히히……."

손인순은 쏟아지는 수돗물에 아까보다 좀 거친 솜씨로 그릇들을 부셔낼 뿐 이제 말이 없다. 눈언저리에 곤혹스런 빛이 역력하다.

"엄마, 누드가 뭔지 알아?"

"……."

"발가벗은 알몸을 영어로 누드라고 하는 거야."

"누굴 바본 줄 아니?"

약간 화난 듯한 목소리로 내뱉는다. 엄마가 그러거나 말거나 미화는 신나는 일이라는 듯이 계속 늘어놓는다.

"누드모델하고 화가하고 연애를 하게 된대. 그런 장면을 화가의 아내가 보게 된다나. 그런데 말이야 화가의 아내가 질투를 느끼는 것이 아니라 오히려 재미가 나서 계속 숨어서 그러는 장면을 훔쳐본다지 뭐야. 보통 영화하고 다르잖아. 보통 영화 같으면 아내가 화를 내고 집을 나가거나 자기도 바람을 피워서 가정파탄을 일으킬 건데 말이야. 아주 색다르고 재미있는 영환가 봐."

"……."

"언니는 좋겠다. 영화배우가 돼서. 나도 언니처럼 얼굴이 예쁘고 날씬했으면 영화배우나 되는 건데……."

"……."

"공부하기 지겨워 죽겠어."

"어서 숟가락이나 놔! 쓸데없는 소리 말고."

"공연히 신경질이야. 흥!"

가볍게 콧방귀를 뀌고 미화는 냉장고에서 반찬그릇을 꺼내어 식탁 위에 차린다. 그리고 숟가락과 젓가락을 놓는다.

여고 2학년생이다. 열여덟 살, 한창 피어오르는 나이다. 그러나 대학입시 준비를 위해서 학교수업 외에 학원에 가서 과외 수강을 하고 또 밤 열두 시가 넘도록 매일같이 독서실에서 공부를 하는 터이라, 자기 말마따나 공부가 지겨워서 늘 별로 피어나는 안색이 아니다. 학교 성적도 상위권이 못 되어 명년 입시에 붙을지 어떨지 자신이 없다. 그래서 미화는 일약 배우가 된 언니 미진이가 내심 은근히 부러우면서 묘하게 질투심도 머리를 쳐드는 것이다.

일요일 저녁이었다. 주방에서 저녁 준비를 하다가 모녀가 나누는 대화였다.

"엄마, 나 배고프다."

핑크빛 실내 옷을 입은 미진이가 주방으로 들어와 식탁 의자에 앉는다.

미진이는 영화배우가 된 뒤로는 집 안에서 입는 옷도 전보다 한결 화려한 것을 택했다. 전에도 그녀는 약간 사치스러운 데가 있어서 화사한 차림을 좋아했지만 이제 그런 취향을 마음 놓고 과시하게 된 셈이다. 가족들은 영화배우니까 당연히 그래야 되는 걸로 생각했고, 은근한 미소로 바라보았다.

"오냐, 다 됐다. 밥만 푸면 된다. 조금만 기다려라, 응?"

손인순은 미진이가 나타나자 눈에 띄게 서둘기 시작했고, 말투도 부드러웠다. 마치 무슨 대단히 소중한 사람이기나 한 것처럼. 사실 미진이는 일약 가족들 사이에 소중한 존재가 된 셈이다. 개런티를 일 억이나 내건 파격적인 신인 여배우 모집에 삼백여 명의 경쟁자를 물리치고 당당히 뽑혔으니 그럴 수밖에. 그것도 대학에서 영화나 연극을 전공한 것도 아닌 일개 여고 졸업생이 말이다.

미진이는 여고를 졸업하고 가정 형편도 여의치가 않을 뿐 아니라 학교 성적도 신통치가 않아서 대학 진학도 포기하고 조그마한 회사에 업무사원으로 입사했었다. 아버지의 옛 고교 동기생이 경영하는 회사였다. 미진이는 착실히 근무를 했다. 그러나 그 회사가 마음에 들고 업무사원이 적성에 맞는 것은 결코 아니었다. 그녀의 꿈은 딴 데에 있었다. TV 탤런트가 되는 일이었다. 여고 시절에 특별활동으로 연극부에 들어가 무대 위에 선 경험이 있는데 그때의 뭐라고 표현할 수 없는 야릇한 흥분과 짜릿한 재미를 잊을 수가 없었다. 여주인공으로 등장했었는데 꽤 갈채를 받기도 했었다. 그래서 자기도 하면 할 수 있다는 뿌듯한 자신감과 함께 연기자에의 꿈을 간직하게 된 것이다.

어느 날 신문에 눈이 번쩍 뜨이는 광고가 실렸다. '일억 원 개런티 신인 여배우 모집'이라는 제목이었다. 〈나녀(裸女)〉라는 영화에 출연할 여주인공을 한 사람 뽑는데 나이는 이십 세에서 이십오 세까지이고 학력은 고졸 이상이며 신장이 165센티 이상으로 되어 있었다. 옳지, 기회가 왔구나 하고 미진이는 대번에 응모해 보기로 마음먹었다. 밑져야 본전이 아니냐 싶었다. 나이도 학력도 그리고 신장도 다 해당이 되었다.

가족들에게 그 말을 했더니 아버지 오학두는

"쓸데없는 소리." 하고 한마디로 잘랐다. 그러나 표정이나 어조는 부드러웠다. 그러니까 너 따위가 무슨 배우냐, 응모해봐야 되지도 않는다, 쓸데없는 소리 말라, 라는 뜻으로 들렸다.

어머니 손인순은 말했다.

"배우는 무슨 배우."

그 표정이나 어조로 보아 반대 의사가 분명했다.

미화는 재미있다는 듯이 호기심 어린 눈으로 아버지 어머니의 표정을 번갈아 바라보고 있었고, 중학교 3학년인 남동생 영훈이는,

"누나 배우 되면 인기 있을 건데……."

불쑥 한마디 했다.

못마땅한 듯이 손인순은 그 말을 가로막았다.

"인기는 무슨 인기가 있어. 그런 소리 말어. 배우를 아무나 하는 건 줄 아니? 여자는 그저 직장 몇 해 다니다가 좋은 신랑 만나 시집가서 아들딸 낳고 잘 사는 게 상책인 거야."

"맞어. 맞어."

오학두는 고개를 끄덕였다.

"엄마는 너무 생각이 고루해. 십구 세기 식이야."

미화는 고개를 가로저었다.

말하자면 아버지 어머니는 반대의사였고, 동생 둘은 찬성 쪽이었다. 미진이는 미소를 지었다. 그리고 벌써부터 마치 신인 여배우라도 된 듯 약간 호들갑스럽게 눈을 반짝 치뜨며 말했다.

"엄마, 개런티가 얼만 줄 알기나 해? 일억 원이란 말이야. 일억 원."

"뭐?"

그 말에 오학두는 자기도 모르게 눈이 조금 휘둥그레졌고, 손인순도,

"일억 원이라니, 아니 일억 원을 준단 말이야?"

하고 놀라운 표정을 지었다.

"야, 일억 원, 신난다."

영훈이는 마치 누나가 그 일억 원을 받게 되기라도 한 듯 조그맣

게 환성을 질렀다. 미화도,

“엄마, 개런티가 뭔 줄 알아? 여배우가 받는 보수를 개런티라고 하는 거야. 출연료 말이야.”

약간 들뜬 표정으로 말했다.

“일억 원이면 내 월급의 몇 밴 줄 알아? 엄마, 대략 백 배란 말이야. 백 배. 팔 년간의 월급을 한꺼번에 받게 된다 그거야. 알기나 해.”

의기양양하게 지껄여대는 미진이의 말에 오학두는 과연 놀라운 액수라는 듯이 가만가만 고개를 끄덕였고, 손인순은 나는 모르겠다는 듯이 쓴 입맛을 다시며 살짝 고개를 돌렸다.

말하자면 부모의 반승낙을 받은 셈이어서 미진이는 마음 놓고 그 신인 여배우 모집에 응모를 했다. 그래서 정말 놀랍게도 삼백여 명의 경쟁자를 물리치고 당당히 뽑히게 된 것이었다. 일약 신데렐라가 된 거나 마찬가지였다.

일억 원 개런티 중에서 우선 이천만 원을 받고 계약을 했는데 계약 조건에 ‘옷을 완전히 벗는다’는 조항이 들어 있었다. 영화 〈나녀〉의 줄거리를 대충 설명하고 ‘옷을 완전히 벗는다’는 조건을 승낙해야 된다는 말을 영화감독이 했을 때 미진이는 약간 얼굴이 붉어지며 속으로 당황했으나 곧 “예” 하고 고개를 끄덕이고 말았다. 일억 원 개런티의 신인 여배우로 등장하게 되었는데 그 정도는 각오해야지, 하고 지그시 어금니를 물었다. 그리고 계약서에 도장을 찍었다.

백만 원짜리 수표 스무 장을 어머니 앞에 내밀었을 때 손인순은 절로 눈이 휘둥그레지고 입도 살짝 벌어졌다. 어머니의 손에서 그

수표가 아버지의 손으로 건너갔을 때 오학두도 대단히 놀라운 일이라는 듯이 "흠—" 하면서 곧장 고개를 끄덕거렸다. 그리고 나직한 목소리로 미진이에게 물었다.

"일억 원이라더니?"

"우선 계약금조로 받은 거예요. 영화 촬영이 끝나면 나머지를 준댔어요."

신데렐라가 된 셈인 미진이의 얼굴에서 방글방글 미소가 떠나질 않았다. 수표 스무 장은 대번에 집안을 활짝 밝은 빛으로 채운 듯했다.

미화로부터 오늘 미진이가 촬영 때 발가벗었다는 얘기를 들었으나 손인순은 일부러 이 귀에서 저 귀로 흘려버리려고 애를 썼다. 그런 어머니의 눈치를 모르는 미화가 아니어서 더는 그 말을 입 밖에 내질 않았다. 미진이도 저녁을 먹으면서 그에 대해서는 아무 말이 없었다. 밤에 잠자리에서 손인순은 남편에게 그 말을 할까 하다가 그만두었다. 뭐 좋은 얘기라고 꺼내느냐 싶었다. 입 밖에 내진 않았으나 손인순은 곧장 미진이가 발가벗고 여러 사람들 앞에서 영화 촬영을 하는 장면이 머리에 떠올라 입맛이 쓰기만 했다. 그것도 제 팔자거니 하고 애써 그런 생각을 안 하려고 해도 머리에 달라붙어 떠나질 않아 오래오래 잠을 이룰 수가 없었다.

그로부터 보름가량 지난 뒤 오학두의 입에서 먼저 그런 말이 나왔다. 어느 날 술이 거나해 가지고 밤늦게 돌아온 오학두는 잠자리에 들자 아내 곁으로 다가들며 불쑥 입을 뗐다.

"여보, 우리 미진이가 나체로 영화에 나오나 봐."

그 말에 손인순은 일부러 모르는 채 시치미를 떼고 말했다.

"나체로 영화에 나오다니요?"

"아 글쎄, 오늘 회사에서 여직원이 갖고 있는 주간지를 보니까 미진이가 발가벗고 촬영을 한다는 기사가 온통 두 페이지 가득 나와 있지 뭐야. 사진도 커다랗게 나오고……."

오학두는 오십이 가까웠으나 아직까지 어떤 건축회사의 사무직 계장 자리에 앉아 있는 몸이었다. 과장이나 부장이 자기보다 열 살 가량이나 젊었으나 오학두는 창피함을 모르는 듯 묵묵히 자리를 지키고 있었다. 말하자면 유능하지도 그렇다고 무능하지도 않은 골동품 같은 사원인 셈이었다.

"발가벗은 사진이 나왔단 말이에요?"

"아니, 사진은 벗지 않은 거더군."

"……."

"뭐 누드모델이라나. 나 참……."

손인순은 말없이 쓴 입맛을 다셨다.

"그 기사가 사실이라면 이거 보통 일이 아니잖어. 가만히 있어야 될까?"

"이제 와서 어떻게 하죠?"

"무슨 수를 강구해야지. 그런 영화를 상영시킬 수는 없는 거 아냐? 딸의 발가벗은 모습을 여러 사람들 앞에 공개하도록 가만히 내버려두다니 될 말이야? 전국 방방곡곡에서 상영을 할 텐데……."

"……."

"무슨 망신이냔 말이야."

뭐라고 말을 했으면 좋을지 모르겠는 듯 손인순은 한참 가만히 있다가,

"발가벗었다고 하지만 설마 온통 다 드러내 보이도록 찍지는 않겠죠, 뭐."

하고 입을 열었다.

"글쎄……."

"기술적으로 잘 찍을 거예요. 말이 그렇지."

"그랬으면 좋겠는데……."

"다 찍으면 시사회를 할 거 아니에요."

"시사회? 그렇지. 시사회를 다 알고 당신 제법인데. 여배우 어머니가 되더니 다르군."

"왜 이래요. 사람 너무 얕보지 말아요."

"얕보긴. 허허허……. 그래 맞어. 시사회 때 가보고서 무슨 수를 강구해야 할 것 같으면 강구하고……. 아으윽—."

오학두는 커다랗게 하품을 하면서 아내를 부듯하게 끌어안았다.

시사회가 개최된 것은 그로부터 서너 달 뒤의 일이었다.

시사회장의 분위기는 야릇했다. 참관인들의 수효도 여느 시사회 때보다 많은 편이었고 들떠 있는 것이 느껴졌다. 그러면서도 어딘지 모르게 가벼운 긴장감 같은 것도 감돌고 있는 듯했다. 과연 어떤 영화일까. 여주인공의 발가벗은 장면이 어떻게 스크린에 비치는 걸까. '나녀'라는 제목이 말해주듯이 일억 원짜리 신인 여배우 오미진의 발가벗은 장면이 나온다는 것을 대부분의 참관인들은 미리 알고 있는 터이라 호기심과 기대감 같은 것과 함께 묘한 곤혹감이 뒤섞인 그런 야릇한 표정들이었다. 주고받는 말소리들도 여느 시사회 때보다 어쩐지 톤이 더 높은 듯했고, 웃는 소리들도 공연히 더 요란스러웠다.

그런 분위기 속에서 오학두와 손인순도 앉아 있었다. 오학두는 약간 어리벙벙하면서도 긴장이 된 듯 굳어진 얼굴이었고, 손인순은 조용하고 무표정한 것이 마치 정물 같았다. 딸이 신인 여배우가 되어 여주인공으로 나오는 첫 영화의 시사회에 참석을 했는데도 조금도 기쁜 생각은 없고 그저 심정이 착잡하기만 했다.

집에서 나설 때부터 일이 순조롭지가 않고 매우 곤혹스러웠다. 마침 일요일이어서 잘 된 셈인데도 오히려 부부는 서로 안 가겠다고 상대방에게 가보고 오라고 미루어댔던 것이다. 시사회 때 영화를 보고서 무슨 대책을 세우든지 어쩌든지 하기로 부부간에 얘기가 됐었으나 막상 시사회 날이 다가오자 딸이 발가벗고 나오는 영화를 볼 용기가 나지 않는지 서로,

"당신이 가보고 오구려."

"당신이 가봐야 판단을 할 수 있지, 내가 보면 압니까."

이런 식으로 미루어댔다.

그런데 마침 집에 시골 고향의 큰집 어머니가 와 있었다. 그러니까 미진의 큰어머니요, 오학두의 형수였다. 그 화산댁이 무슨 일로 저렇게 부부간에 서로 가보라느니 안 가겠다느니 하고 미루어대는가 싶어 입을 열었다.

"아니 동서, 무슨 일인데 그러지? 어딜 가야 하는데 서로 안 가겠다고……."

손인순은 얼른 대답이 나오지가 않자 우물우물하며 남편을 바라보았다. 오학두가 불쑥 말했다.

"시사회에 갔다 오라니까 그러잖아요."

"시사회? 시사회가 뭔데요?"

"영화를 만들어 극장에서 개봉하기 전에 미리 상영해 보는 걸 시사회라 안 합니까."

그러자 화산댁은 귀가 번쩍 하는 모양이었다.

"참, 미진이가 영화배우가 됐다면서요? 그럼 오늘 미진이가 나오는 영화를 뭐 시사……."

"시사회요."

"시사회를 한단 말인가요?"

"예."

"아이고, 그런데 왜 서로 안 가겠다고……. 참 별일도 다 보겠네. 갑시다. 나도 좀 구경해야겠는데……. 나도 가도 되는 거지요?"

화산댁이 묻자 오학두는 뭐라고 대답 했으면 좋을지 몰라서,

"허허허……."

그저 웃기만 했다.

"그럼 나는 가면 안 된단 말인가요?"

화산댁의 얼굴에 분명히 섭섭한 빛이 떠오르자 오학두는 얼른,

"그게 아니라…… 왜 안 돼요. 가도 되지요."

하고 힘없이 말했다. 차마 미진이가 발가벗은 장면이 나오기 때문에 그렇다는 말은 입밖에 나오지가 않았던 것이다.

"동서, 그럼 가세. 왜 안 갈라고 그러는가? 미진이가 영화배우가 돼서 찍은 첫 번째 영화라는데 안 가보다니 그런 법이 어딨어. 참 무슨 심산지 알 수가 없네. 자, 가세. 이 촌사람도 덕택에 영화 구경 좀 하게. 내가 때를 맞춰서 마침 잘 왔네 그려."

화산댁의 말에 손인순도 그저 웃을 수밖에 없었다.

"그럼 둘이 갔다 오지."

오학두가 됐다는 듯이 말하자,
“싫어요. 당신하고 둘이 갔다 오세요.”
손인순은 끝내 물러서질 않았다.
“아니, 그런 법이 어딨어. 동서가 그런 사람인 줄 몰랐네.”
화산댁의 표정이 확연히 토라지자 손인순은 당황하며 말했다.
“형님, 그런 게 아니라…….”
그러자 오학두가 이거 안 되겠다는 듯이 자르듯 결론을 내렸다.
“좋아, 그럼 모두 같이 가기로 하자구. 자, 갑시다. 나도 갈 테니 당신도 가요.”
그렇게 말하는데 더 어떻게 버틸 수가 없어서 손인순은,
“예, 그럽시다.”
무너지는 듯이 힘없이 고개를 끄덕였다.
그처럼 곤혹스럽게 집을 나섰던 것이다.
화산댁은 물론 손인순 옆에 앉아 있었다. 집을 나설 때 기분이 언짢긴 했으나 이제 다 풀린 듯 시사회장을 촌사람답게 이리저리 두리번거리며 미진이가 나오는 영화가 빨리 상영되기를 기대에 찬 표정으로 기다리고 있었다.
오늘의 주인공인 미진이는 서운학 감독 옆에 다소곳이 앉아 있었고, 그 곁에 미화와 영훈이의 모습도 보였다. 그들은 모두 어른들보다 한 시간가량이나 먼저 집을 나섰던 것이다.
상영을 알리는 벨이 울리자 장내는 조용히 가라앉았다.
영화는 자막에서부터 발가벗은 여자가 등장했다. ‘나녀’라는 제목과 함께 정말 실오라기 하나 걸치지 않은 여자가 비스듬히 옆으로 기대어 있는 모습이 비쳤다. 그러나 그것은 그림이었다. 화가가

그린 누드화였다. 아름다운 처녀의 나체화여서 처음부터 영화는 관객들에게 황홀감을 던졌다. 장내에 '햐— 흠—' 하는 감미로운 탄성이 흐르기도 했다.

그러나 오학두와 손인순은 가슴이 철렁 내려앉는 것 같았다. 처음부터 한 대 얻어맞은 듯한 느낌이었다. 자막 가득히 비친 그 나체화가 다름 아닌 바로 미진이의 모습이니 그럴 수밖에. 손인순은 어둠 속이었지만 얼굴이 화끈해서 얼른 고개를 숙였고, 오학두는 슬그머니 고개를 돌렸다. 화산댁은 약간 놀라는 듯 그러나 신기하기만 해서 가만히 바라보고 있었다. 아마 화산댁은 그 나체화가 미진이를 모델로 해서 그린 것이라는 사실을 아직 깨닫지 못하고 있는 것 같았다. 자막이 끝날 무렵에야,

"아니, 저게…… 동서, 저 그림이 미진이 아닌지……. 닮은 것 같은데……."

하면서 손인순을 쳐다보았다.

그렇다 안 그렇다 손인순은 아무 대답이 없었다. 오학두의 귀에도 그 말이 들렸으나 못 들은 척 일부러 더 굳은 표정을 지었다.

자막부터 발가벗은 여자의 그림이 등장했으나 추하지가 않고 아름답게 보였듯이 영화는 비교적 깨끗한 영상으로 속도감까지 느끼게 하면서 이야기를 끌고 나갔다. 여대생이 아르바이트로 화가의 누드모델로 들어가게 되는 데까지는 오학두와 손인순도 오히려 감탄의 눈으로 딸 미진이의 연기를 바라보았다. 미진이가 언제 저렇게 익숙한 연기 솜씨를 익혔는지 놀라움과 대견함에 오히려 가슴이 뿌듯하기까지 했다. 정말 타고난 팔잔가 보다 싶을 정도로 능숙하게 해내는 것이 아닌가. 그런데 드디어 옷을 벗는 장면이 비치기

시작했다. 말하자면 영화의 핵심 부분으로 서서히 들어서는 셈이었다.

꽤 넓은 화실 한쪽 구석에서 미진이는 옷을 벗기 시작했다. 계절은 봄이다. 화분에 연분홍색 철쭉꽃이 화사하게 꽂혀 있고, 창밖엔 목련이 우아하고 탐스럽게 피어 있다. 미진이는 먼저 봄 스웨터를 벗는다. 그리고 블라우스를 벗는다. 치마를 벗는다. 팬티스타킹을 벗는다. 반팔 내의를 벗는다. 삼각팬티와 브래지어만 남는다. 손이 브래지어로 간다. 브래지어가 벗겨지면서 화면이 서서히 움직여 미진이의 옆모습으로 바뀐다. 손이 이번에는 삼각팬티로 간다. 옆모습이 서서히 뒷모습으로 바뀌면서 삼각팬티가 몸에서 떨어진다. 미진이의 발가벗은 뒷모습이 마치 비너스의 석고상처럼 깨끗하다.

화면이 바뀌어 화가가 파이프를 입에 물고 캔버스 앞에 앉아서 모델의 나신을 가만히 바라보고 있다. 미진이가 저쪽에서 이쪽으로 걸어온다. 정면이다. 그러나 멀기 때문에 분명하지가 않다. 미진이의 정면 나신이 점점 크게 앞으로 나오면서 화면이 은은히 흐려진다. 마치 엷은 안개에 가린 듯이 나신이 흐려져 보인다. 희뿌연 나신이 화가 앞에 놓인 소파에 와서 비스듬히 옆으로 기대어 자리를 잡고 두 다리를 쭉 뻗는다. 화가가 파이프를 빽빽 빨아 담배연기를 날린다. 그리고 붓을 캔버스로 가져간다.

"아이고 저런……."

숨소리 하나 들리지 않던 장내에 별안간 비명 비슷한 소리가 들렸다. 화산댁이었다. 미진이가 옷을 하나하나 벗고 발가숭이가 되는 모습, 실오라기 하나 걸치지 않은 알몸으로 화가 앞의 소파에 와서 비스듬히 옆으로 기대는 모습을 놀라서 어이가 없는 표정으로 지켜보고 있다가 그 장면이 끝나자 자기도 모르게 그만 그런 소리가 입에서 튀어나왔던 것이다. 그러자 웃음소리가 여기저기서 일어났고 장내가 좀 어수선해졌다.

"조용히 해라!"

성미 급한 누군가가 소리를 질렀다.

손인순은 울고 싶은 심정이었다. 그러나 울 수도 없어서 고개를 숙이고 지그시 눈을 감았다.

"음—."

오학두는 무거운 신음소리를 토하고서 쩝쩝 두어 번 입맛을 다셨다. 그러나 오학두는 솔직하게 말하면 그게 미진이라서 그렇지, 딸이 아닌 다른 여배우였다면 매우 재미있다고 생각했을 것이다. 자기 딸의 옷 벗는 장면, 전라가 된 모습을 보았으니 부모로서 떳떳하고 기분 좋은 사람이 어디 있겠는가. 창피하고 착잡하고 곤혹스러웠지만 영화 자체가 결코 추하게 보이거나 잡스럽게 느껴지지는 않았다. 누드화를 볼 때 누구나 조금 쑥스럽고 기분이 묘하지만 역시 아름답다고 느끼듯이 미진이의 옷 벗는 장면도 미적으로 잘 처리되었다고 느꼈다. 영화도 예술은 예술이구나 싶었지만 그 옷 벗는 예술의 대상이 미진이기 때문에 입맛이 쓰지 않을 수 없었다.

화실에서 옷을 벗고 누드모델이 되는 데까지는 그래도 참을 수가 있었으나, 이야기가 흘러가서 화가와 모델이 연애관계에 빠져 이번에는 남자까지 온통 옷을 벗고 설쳐대는 장면에 이르러서는 도저히 그대로 가만히 앉아서 보고 있을 수가 없었다. 저것도 예술인가, 저것도 예술이라면 침을 뱉고 싶었다. 발가숭이의 미진이를 역시 발가숭이가 된 화가가 온통 끌어안고 화실 바닥에서 뒹굴어대는 것이 아닌가. 그런 장면이 물론 사실대로 화면에 비치는 것은 아니었다. 두 사람의 상반신이 주로 클로즈업되어 꿈틀거렸다. 그러나 간혹 뒤엉킨 하반신까지 번쩍번쩍 비쳤다가 사라지곤 했다. 미진이와 화가의 야릇한 신음소리까지 분명히 오히려 장내를 압도하듯이 울려 퍼지고 있었다.

"아이고 맙소사—."

냅다 비명을 지르며 자리에서 벌떡 일어난 것은 손인순이었다. 마치 살짝 실성한 사람 같았다.

"가자, 가자."

약속이라도 한 듯 오학두도 자리를 박차고 일어났다. 물론 화산댁도 일어났다. 이번에는 너무나도 어처구니가 없어서 화산댁은 말문이 막힌 듯 아무 소리도 입 밖에 내질 않았다.

한참 황홀하고 화끈화끈한 판인데 요란하게 자리를 뜨는 사람들이 있자 관객들은 김샜다는 듯이,

"조용히 해!"

"나가려거든 조용히 나가!"

"뭐 저런 것들이 있어!"

하고 냅다 소리를 질렀다.

바깥으로 나온 손인순은 햇빛 때문에 눈을 뜰 수가 없었다. 햇빛이 눈부시기도 했지만 그것보다도 햇빛이 쏟아져 내리고 있는 환한 바깥세상 보기가 부끄러워서였다. 오학두 역시 밝은 바깥으로 나오자 표정을 어떻게 가졌으면 좋을지 몰랐다. 화라도 난 사람처럼 그저 성큼성큼 앞장서서 걸어 나갔다. 화산댁 역시 너무나 뜻밖의 장면을 보아서 정신이 멍멍하기만 했다. 참 희한한 영화도 다

있구나 싶었다. 영화배우라는 것이 그런 것인지…… 미진이가 그런 영화배우가 되다니…… 도무지 뭐가 뭔지 잘 알 수가 없었다.

집에 돌아오자 손인순은 숫제 자리에 눕고 말았다. 정말 어지럽고 골치가 쑤시는 모양이었다. 오학두는 이 일을 어떻게 했으면 좋을지 궁리에 잠겼다. 도저히 그대로 개봉을 하도록 내버려둘 수는 없을 것 같았다. 그러면 어떻게 해야 할까…… 생각을 거듭해도 좋은 방안이 떠오르질 않았다. 생각 같아서는 당장에 계약금으로 받은 이천만 원을 돌려주고, 미진이가 그 영화배운가 뭔가 하는 것을 때려치우도록 했으면 싶었다. 그러나 그렇게 한다고 그 영화가 상영되지 않을 것 같지가 않았다. 이미 다 만들어진 영화고, 그쪽도 많은 돈을 이미 쏟아 넣었을 게 아닌가 말이다.

"옳지, 그렇지."

오학두의 머리에 '가위질'이라는 말이 떠오른 것은 며칠 뒤의 일이었다. 그렇지, 가위질을 하면 되지, 왜 진작 가위질 생각이 머리에 떠오르지 않았을까 싶으며 비로소 얼굴에 조금 웃음 같은 것이 어리기까지 했다.

화가와 미진이가 뒤얽혀 꿈틀거리는 그런 장면만 가위질하면 되지 않을까. 욕심 같아서는 그 아름답게 처리되긴 했지만 옷을 벗는 장면까지 다 가위질하면 좋겠는데 그렇게 온통 가위질을 해버리면 영화가 맹물처럼 싱겁게 되고 말 것도 같았다. 어쨌든 가위질이 해결책이라는 결론을 내리자 오학두는 그날 밤 잠자리에서 손인순에게 말했다.

"여보, 가위질을 하면 될 것 같애."

난데없이 가위질이라니 그게 무슨 말인가 싶어 손인순은 남편을 멀뚱히 바라보기만 했다.

“가위질 몰라?”

“가위질이 뭔데요?”

“가위질이라는 건 좋지 않은 장면을 필름에서 잘라낸다는 말이지. 그 영화에서 보기 흉한 장면을 잘라내고 상영토록 하면 되는 거지 뭐. 안 그래?”

“글쎄요. 그러면 되겠지만…….”

“걱정 말어. 그건 될 것 같애.”

“후유—.”

손인순은 한숨을 쉬며 돌아누웠다. 잘라내고 말고가 그녀는 문제가 아니었다. 미진이가 그런 장면을 촬영진들 앞에서 이미 연출을 했을 뿐 아니라 시사회에서 공개까지 한 사실이 두고두고 견딜 수가 없는 것이었다.

오학두가 영화감독 서운학을 만난 것은 토요일 오후였다. 미진이와 세 사람이 영화사 근처에 있는 레스토랑에서 만났다.

아버지로부터 감독을 만나 가위질을 하라는 요구를 해야겠다는 말을 들었을 때 미진이는 매우 난처했다. 아버지가 어떻게 ‘가위질’을 다 아는가 싶었고, 이미 관계당국의 심의까지 마치고, 다시 말하면 가위질도 다 끝내고 개봉 직전에 있는 영화를 이제 와서 가위질이라니 이도 안 들어갈 소리라는 것을 번히 알고 있기 때문에 입장이 곤란했다. 그런 말을 해도 아버지는 고개를 가로 내젓기만 했다. 가위질을 어디 당국에서 안 할 수 있는 것이냐, 감독이 자기 손으로 가위질하면 필름이 안 잘린다더냐 하고 말이다. 그래서 미진이는 하는 수 없이 아버지가 감독을 만날 수 있도록 주선했던 것이다. 두 사람이 만나서 얘기가 어떻게 되든 그건 자기가 알 바 아니고, 대면을 시키는 것으로 자기가 할 일은 다 한다는 생각으로.

그런 입장이었기 때문에 미진이는 아버지를 서운학 감독에게 소개한 다음엔 꿀먹은 벙어리처럼 그저 다소곳이 앉아 오렌지주스를 홀짝거리기만 했다. 오학두와 서운학은 서로 컵에 맥주를 따라주고 컵을 들어 부딪치기까지 하며 처음엔 제법 화기애애하게 나가고 있었다. 서운학은 미진이로부터 자기 아버지가 한 번 만나고 싶어 한다는 말을 듣고 딸을 신인 여배우로 등장시켜준 데 대한 고마움에 인사차 만나려는 것으로 알았다. 그래서 쾌히 응낙을 했던 것이다.

잠시 의례적인 일상의 이야기를 나누다가 술이 약한 편인 오학두는 눈언저리가 제법 혼혼해지자 무척 힘든 말을 꺼내듯 아랫배에 지그시 힘을 주며 입을 열었다.

"저…… 감독님, 다름이 아니라 오늘 이렇게 만나고자 한 것은 저……."

아버지의 입에서 마침내 본론이 나오려 하자 미진이는 약간 긴장이 되지 않을 수 없었다. 입술에 힘을 주듯 꼭 다물며 살며시 고개를 조금 떨구었다. 서운학은 무슨 일인가 싶어 쭉 들이켜던 맥주 컵을 입에서 떼어 탁자 위에 놓으며 오학두를 똑바로 바라보았다. 오학두는 서운학의 시선을 피하듯 앞에 놓인 맥주 컵을 내려다보며 만지작거렸다.

"다름이 아니라 부탁이 한 가지 있어서……."

"무슨 부탁인데요? 어서 말씀해보세요."

서운학은 시원시원하게 내뱉었다.

"가위질을 좀 해주셨으면 합니다."

"예? 가위질이라뇨?"

뜻밖의 말에 서운학의 두 눈이 휘둥그레지며 번들거렸다. 주량이 꽤 되는 그도 낮술이어서 그런지 어느덧 얼굴이 불그레했다.

"가위질 말입니다. 감독님이 가위질을 모르실 리 없는데……."

"허허허…… 알지요. 가위질……."

"가위질을 좀 해주셔야겠어요. 그 영화 그대로는 도저히 공개할 수가 없어요. 정말이에요."

이렇게 나오자 히죽히죽 웃고 있던 서운학은 자르듯이 말했다.

"가위질은 이미 끝났는걸요 뭐."

"끝나다뇨?"

오학두는 시치미를 떼고 물었다.

"당국의 심의까지 끝났어요. 검열을 마쳤다 그 말입니다. 이제 개봉할 날짜를 기다리고 있는데 가위질이라뇨."

당치도 않다는 듯이 서운학은 다시 컵을 들어 꿀꺽꿀꺽 목에서 소리가 나도록 맥주를 들이켰다.

"가위질을 하는 게 뭐 그리 어렵습니까. 공개해서는 안 될 그런 대목만 잘라버리면 되는 건데……."

"허허허……."

서운학은 어이가 없는 듯 웃었다. 미진이도 입장이 난처하면서도 아버지가 너무 영화를 간단하게 생각하고 있는 게 우스워서 절로 실소가 나왔다.

"저번 시사회 때 가보았는데 도저히 그대로 공개해서는 안 되겠던걸요. 부모로서 가만히 있을 수가 없어 오늘 이렇게 만나자고 한 겁니다. 딸애가 영화배우가 된 것은 자기가 원한 일이고 또 소질도 있는 것 같아 도리가 없지만, 그런 영화를 찍는 건 반댑니다. 영화에 그런 노골적인 장면까지 찍어야 되나요?"

"……."

"안 그래요? 입장을 바꿔놓고 생각해보세요. 감독님 딸이 그런 영화를 찍었다면 그대로 공개하도록 내버려두겠어요?"

서운학은 꽤나 모욕을 당한 느낌이었고 코너에 몰리는 듯한 기분이어서 "음—" 하고는 조금 어조를 높여 말했다.

"애초에 그런 조건으로 계약을 한 겁니다. 계약서에 옷을 벗는다는 조항이 분명히 들어 있고, 미진 씨가 쾌히 응낙을 했어요. 그런데 이제 와서 무슨 그런 이의를 제기합니까?"

"이의를 제기한다기보다도 사정을 하는 거지요."

"사정도 될 말을 하셔야죠. 옷을 벗는 장면을 잘라버린다면 그 영화는 아무 흥행가치가 없어집니다. 제목부터 '나녀'가 아닙니까. 우리 회사에서 그 영화에 큰 기대를 가지고 있습니다. 크게 히트하리라고 기대하고 있는 거죠. 실은 그래서 신인 여배우를 일억 원이나 들여 새로 발굴한 겁니다. 그쯤 아시고, 양해를 하세요. 물론 부모의 입장에서는 난처하겠죠. 그러나 요즘 영화는 거의 다 그렇습니다. 정도 차이는 있겠지만 옷 안 벗는 영화란 없다고 해도 과언이 아니에요. 아마 요즘 영화를 안 보신 모양인데 한 번 다른 영화도 보세요."

"아니, 요새는 영화에 그런 장면이 번번이 나온단 말입니까?"

"나오고말고요."

"그럼 가위질은 어떤 장면을 하나요?"

"그런 장면이 좀 지나치면 하는 거죠. 허허허……."

아버지와 감독의 대화가 차츰 야릇한 데로 접근해가자 미진이는 가만히 자리에서 일어났다. 화장실이 있는 곳으로 가는 것이었다.

오학두는 입맛이 쓰기만 한 듯 담배에 불을 붙여 푸— 푸— 연기를 내뿜었고, 서운학도 잠시 말이 없다가 이야기는 다 끝났다는 생각으로 화제를 약간 돌렸다.

"따님이 아주 배우로 소질이 대단합니다. 앞으로 크게 성공할 거니 두고 보세요. 인기 배우가 되면 돈방석에 앉는 거죠. 아마 따님 덕을 톡톡히 보실 겁니다.

"글쎄요……."

돈방석에 앉는다니 싫을 건 조금도 없지만 오학두는 도무지 기분이 개운치가 않고 떨떠름하기만 했다. 미진이가 옷을 벗는 일 없이 돈방석에 앉게 된다면 얼마나 좋을까. 아직 시집도 안 간 처녀가 온통 발가벗고 남자와 휘감겨 헐떡거리는 그런 망측한 장면을 연출해가면서까지 돈방석에 앉는 게 과연 좋은 일인지 알 수가 없었다. 언젠가 어떤 무대가 있는 밤 술집에서 본 쇼 장면이 머리에 떠올랐다. 거의 알몸이라고 할 수 있는 극히 일부분만 살짝 가린 남녀가 무대에서 붉은 조명 아래 성희를 연상케 하는 그런 춤을 추었는데 오학두는 그때 약간 놀라 입이 벌어졌었다. 그런데 미진이는 영화에서 그런 쇼보다 한 걸음 더 나간, 다시 말하면 성희가 아니라 정사 장면을 사실과 거의 다름없이 연출하지 않았는가. 그렇다면 영화배우라는 것이 쇼걸보다 나을 게 뭐 있는가 말이다.

그런 영화도 예술인가요? 하고 오학두는 물어보고 싶었으나 그만두었다. 더 그런 얘기 꺼내고 싶지도 않았고, 또 화장실에 갔던 미진이가 슬금슬금 눈치를 보며 자리에 돌아와 앉았기 때문이다.

결국 오학두의 가위질 요구는 그렇게 흐지부지 끝나고 말았다. 집에 돌아온 오학두는 한물간 사람처럼 힘없이 늘어져 누워버렸다. 술기운 탓이기도 했지만 뜻을 이루지 못했으니 기운이 날 턱이 없었다.

손인순이 어떻게 됐느냐고 물어도 그저,

"모르겠어. 모르겠어."

하고 귀찮은 듯이 돌아누워 버렸다.

손인순은 더 알려고도 않았다. 가위질이라는 말이 나왔을 때부터 그녀는 가망이 없는 일일 것이라고 생각했었다. 이제 와서 가위질을 해주다니 그럼 애초에 그런 영화를 만들지 말았어야지. 돈을 적지 아니 들여 가지고 만든 것을 그렇게 호락호락 잘라내 주겠느냐 싶었다. 그녀는 가위질을 하겠다고 승낙했다 하더라도 크게 기쁠 것도 없을 것 같았다. 방방곡곡의 관객들에게 발가벗은 모습, 그리고 남자와 휘감겨 헐떡거리는 창피하기 짝이 없는 모습이 공개되지 않는 것은 다행이지만 그렇다고 이미 그런 연기를 했고, 영화배우라는 이름으로 그런 짓까지 하는 직업을 가지게 된 미진이가 그 이전의 깨끗한 이미지로 돌아가는 것은 아니니 말이다. 손인순은 딸이 영화배우가 된 것, 옷을 벗는 것을 남에게 구경시키는 그런 직업의 여자가 된 것, 다시 말하면 딸의 팔자 자체가 한탄스러웠다.

오학두의 '가위질'은 그렇게 흐지부지 되었으나 일이 아직 끝난 것은 아니었다. 이번에는 예기치 않게 시골 고향 쪽에서 일이 터졌다.

불쑥 기별도 없이 고향의 오봉두가 찾아온 것은 며칠 뒤의 일이었다. 오봉두는 오학두의 형이었다. 그러니까 저번 시사회 때 마침 상경했던 화산댁의 남편이었다. 고향 마을에 있는 제각 아래채에 거주하면서 조상의 선영을 돌보고 마을의 일가친척을 다스리며 서당을 열어 훈장 노릇을 하고 있는 그곳 오 씨 성바지의 종손이었다. 회갑은 아직 이삼 년 남았으나 그는 코 밑이랑 턱에 제법 더부룩하게 수염을 기르고 있었다.

그 수염을 쓰다듬어 내리며 그는 곧잘 자기네 해주오씨의 선조 자랑을 사람들 앞에 늘어놓곤 했다. 시조인 오인유는 고려 초기에 군기감(지금의 국반장관 격임)을 지냈으며, 그 십삼 대손인 오윤겸은 이씨조선의 선조 때 문과에 급제하여 여러 벼슬을 거쳐 영의정까지 올랐는데 공정 엄격하고 공과 사가 분명하여 현상(賢相)으로 이름이 났었다 하였다. 그 밖에 병자호란 때 몽고군에게 잡혀 심양으로 끌려간 삼학사의 한 사람인 오달제랄지, 선조 때 팔문장(八文章)의 한 사람으로 꼽혔던 오상, 이조 말엽의 서화가로 이름을 떨친 오경현 등을 들먹이곤 했다.

그런 얘기를 늘어놓을 때 그는 으레 장죽을 빽빽 빨다가 놋쇠 재떨이에 대꼭지*('담배통'의 방언)를 땅땅 두들겨 재를 떨기 일쑤였다. 말하자면 조상에 대한 긍지와 제각에서 수많은 제례를 지내는 일, 그리고 공매의 도를 청소년들에게 가르치는 게 생활의 전부이며 살아가는 낙이라고 할 수 있었다.

그런 사람인지라 바깥나들이를 할 때면 언제나 바지저고리에 흰 두루마기 그리고 흰 고무신이었다. 그러나 상투를 틀지 않았고, 갓도 쓰질 않았다. 갓 대신 중절모를 이용했다. 겨울에는 겨울용 중절모였고, 여름에는 여름용 중절모였다. 이번에 상경할 때도 그런 모습이었다. 초겨울이라 약간 누렇게 바랜 여름용 중절모를 쓰고 있었다.

거실에 소파가 놓여 있었다. 그러나 오봉두는 중절모를 벗어 소파에 놓고 자기는 두루마기를 입은 채 거실 바닥에 책상다리를 하고 앉았다. 아직 오학두가 퇴근해 오지 않고, 미진이 미화, 영훈이도 귀가하지 않아서 집 안에는 손인순 혼자 있었다. 아무 예고도 없이 시숙이 불쑥 찾아오자 손인순은 적지 아니 당황했다. 그렇지 않아도 집안의 맨 위일 뿐 아니라 가문의 종손인데다가 나이도 십여 세! 위여서 어려운 처지인데 무슨 일로 이렇게 한마디 전화도 없이 상경을 했는지 알 수가 없었다.

아파트 현관문을 열어준 송인순은 얼른 주방으로 가서 저녁 준비를 하느라 물에 젖은 손을 얼른 마른 행주로 닦고 조심스레 시숙이 앉아 있는 쪽으로 몇 걸음 다가가며 입을 열었다.

"아주버님, 거기 앉으시지 말고 소파에 앉으시이소. 두루막*('두루마기'의 방언)도 벗고서예."

절로 고향 쪽 사투리가 튀어나왔다.

"난 언제나 이렇게 앉느마. 걱정 마소."

"그러시면……."

손인순은 얼른 큰방으로 들어가 방석을 한 개 가지고 나와서 깔고 앉도록 권했다. 그제야 오봉두는 일어나 두루마기를 벗어 역시 소파에 놓고 방석 위에 궁둥이를 내렸다. 그리고 조끼주머니에서 곰방대와 쌈지를 꺼냈다. 그는 양담배까지 흔해빠진 세상에 여전히 담뱃대로 잎담배를 피우는 것이었다. 집에서는 장죽이었으나 출타 시에는 단죽으로 바뀔 따름이었다.

손인순은 이번에는 얼른 재떨이를 갖다가 시숙 앞에 놓아주었다. 빼끔빼끔 담배를 피울 뿐 아무 말이 없자 손인순은 분위기도 서먹하고 해서 주방에서 조용조용 저녁 준비를 하면서 조심스레 입을 열었다.

"아주버님, 서울에 무슨 볼일이 있으십니꺼?"

그러자 오봉두는 마치 기다리기라도 했다는 듯이 불쑥 퉁명스럽게 내뱉었다.

"바로 이 집에 볼일이 있구마."

"우리 집에예? 무신……?"

"미진이가 뭐 영화배운가 뭔가가 됐담서요?"

그 말에 손인순은 혹시나 하고 속으로 짐작했던 대로여서 그만 굳어들며 입이 얼어붙어 버렸다.

잠시 후 오학두가 퇴근해 왔다.

"아니, 형님 웬일이십니꺼?"

"와? 내가 오면 안 되나?"

"그게 아니라, 너무 뜻밖이어서……. 여기서 이렇게 앉아 계실 게 아니라 방으로 들어가입시더."

"그럴까. 음—."

하면서 오봉두는 부스스 자리에서 일어났다.

큰방에 들어가 동생과 마주앉자 오봉두는 대뜸 홍두깨 내밀 듯이 약간은 화가 난 음성으로 말했다.

"니가 정신이 있는 사람이가, 없는 사람이가?"

"무신 말씀이신지?"

오학두는 어리둥절하지 않을 수 없었다.

"딸애를 영화배우로 내세웠다면서."

"아, 예, 그 말씀이군예."

"우리 집안에 무신 이런 일이 다 있노. 뭐 미진이가 영화배우가 돼서 빨가벗고 설쳐댄다며?"

"……."

"우리 집안뿐 아니라 오 씨 가문에 먹칠을 해도 분수가 있지. 그게 무신 지랄인가?"

'지랄'이라는 말이 듣기 거북해서 오학두는 자기도 모르게 조금은 반발을 하듯 말했다.

"지가 좋아서 하는 일을 부몬들 우짜능교? 자식이라고 맘대로 되는 세상이 아니잖는게."

"맘대로 안 된다고 빨가벗고 설쳐대는 것도 내삐리 두나? 옷 입고 찍는 영화라면 나도 아무 소리 안 한다."

"빨가벗고 찍는 영화기 때문에 일억 원을 내걸었지요. 신인 배우 모집에……."

"일억 원? 허허……. 아무리 돈이 좋은 세상이지만 그래 돈에 팔려서 아직 결혼도 안 한 처녀가 지 몸뚱아리를 남들 앞에 몽땅 다 내놓고 설쳐댄단 말이가? 화간가 뭔가 뻘거벗은 사내놈하고 헐레*('흘레'의 방언)도 붙는다면서? 그걸 보고 애비로서 기분이 어떻디노? 내사 생각만 해도 창피하고 낯이 뜨거워서 조상님들 앞에 얼굴을 들 수가 없더라 카이."

말할 것도 없이 서울엘 다녀온 화산댁한테 애기를 들었던 것이다. 마누라가 시사횐가 뭔가에 가서 본 영화 애기를 잠자리에서 신이 난다는 듯이 세세하게 지껄여대는 바람에 오봉두는 처음에는 약간 당황했고, 다음에는 조금 재미가 나는 듯도 하다가 나중에는 그만 슬그머니 체면이 말이 아닌 것 같아 “그만하소. 그만.” 하고 언성을 높여버렸었다.

화산댁의 입에서 퍼지기 시작한 그 얘기는 이 사람에게서 저 사람에게로 결국 온 마을에, 그리고 가까운 이웃 마을에까지 퍼지고 말았다. 마을의 오 씨 성바지들은 모두 입을 딱딱 벌리며 세상에 그럴 수가 있느냐고, 가만히 보고만 있을 일이 아니라고, 필요 이상 열을 올려 어쩌면 재미있기도 한 듯이 떠들어댔다. 결국 남정네들은 오 씨 문중회의라 할까 그런 것을 열기까지 해서 어떻게든지 그 영화가 상영되지 않도록 막아야 한다는 결론을 내렸다. 가만히 내버려두면 그 영화가 틀림없이 우리 고장까지 내려와 상영이 될 것이니 우리 오 씨 문중에 그런 수치가 어디 있느냐는 것이었다. 그래서 종손인 오봉두가 그 영화의 상영을 저지한다는 말하자면 막중한 사명을 띠고 문중의 대표로 상경한 것이었다.

“미진이가 그런 영화를 찍는 걸 니가 허락을 했디나?”

“허락을 하다니요…….”

오학두는 극구 변명을 했고, 영화감독을 찾아가 가위질을 하라고 요구를 했으나 묵살당하고 말았다는 얘기를 늘어놓았다. 얘기를 다 듣고 난 오봉두는 수염을 쓰다듬어 내리며,

“말로 해서 안 들으면 법으로 해야지. 고소를 하면 될 끼 앙이가.” 하고 단호한 어조로 말했다.

이튿날 오봉두는 오학두를 찾아갔다. 감독에게 얘기를 할 게 아니라 직접 영화사 사장에게 들이대보고 잘 안 되면 그때는 칼을 뽑

기로. 즉 고소를 제기하기로 결론을 내렸던 것이다.

사장은 자리에 없고 전무를 만났다. 마침 감독 서운학도 나와 있어서 네 사람이 자리를 같이 했다. 한참 얘기가 오갔는데 분위기가 약간 험악해지기도 했다. 바지저고리에 두루마기를 입고 흰 고무신을 신고 있기는 했으나 오봉두의 언변과 뚝심은 만만치가 않았다. 시골에 묻혀 사는 사람다운 투박한 데가 있어서 상대방의 말은 귀담아 들으려고도 하지 않고 막무가내로 밀어붙이는 것이었다. 그렇다고 해서 영화사 쪽에서 양보를 할 까닭이 만무했다. 양보를 할 일이 따로 있지 '나녀'에 옷을 입혀버리는 격이 되는 일을 받아들일 수가 있겠는가.

"이제 그만 합시다. 아무리 그렇게 억지를 쓰셔도 도리가 없으니까요."

전무가 자르듯이 말하자 오봉두는 마침내 벌컥 화를 내듯 내뱉었다.

"좋구마. 그렇다면 법에 호소를 하겠심더. 고소를 하는 수밖에 없지예."

고소라는 말에 전무는 약간 당황하는 눈치였다. 서운학의 표정도 처음엔 좀 굳어지는 듯했으나 곧 무슨 생각이 났는지 눈언저리에 묘한 웃음이 떠오르며,

"고소를 하셔도 우린 도리가 없죠. 하실 테면 잘 한 번 해보세요."

하고 어딘지 모르게 부추기는 듯이 말했다.

"뭐요? 할 테면 한 번 해보라고요? 예, 좋구마. 어디 두고 봅시다. 우리 오 씨 종친회의 이름으로 고소를 할 끼니까……."

오봉두는 내뱉고는 벌떡 자리에서 일어났다.

그로부터 며칠 뒤 전국적으로 제일 발행부수가 많은 신문 연예면에,

—〈나녀〉 피소되다. 영화사 상대로 오 씨 종친회서 고소 제기.

이런 제목으로 커다랗게 기사가 나왔다.

오봉두는 서울에 있는 종친회를 찾아가 자초지종을 얘기하고 오 씨 가문의 명예를 훼손하는 결과가 되니 고소를 해서 그 영화의 상영을 저지해야 된다고 호소를 했다. 오 씨 성을 가진 처녀를 발가벗겨 영화를 만들어서 서울뿐 아니라 전국방방곡곡에 구경거리로 내돌린다는 것은 결국 우리 오 씨 씨족을 모독하는 행위가 아닐 수 없다는 논법이었다. 양반인 우리 오 씨를 상놈으로 전락시키는 일이라는 말까지 했다. 얘기가 먹혀들어가 마침내 종친회 명의로 검찰에 고소를 제기했던 것이다.

그 기사를 읽어본 오봉두는 회심의 미소를 지었다. 저녁을 먹고서 거실 소파에 앉아서였다. 이번에는 거실 바닥에 앉는 것이 아니라 오학두를 따라서 자연스럽게 소파에 궁둥이를 내린 것이다.

오학두는 그 기사를 읽어보고서,

“이렇게 신문에까지 크게 났으니 이제 일은 잘된 기나 마찬가지 아닝교.”

좋아하면서 형을 바라보았다.

이미 그 기사를 읽어본 미진이는 저만큼 떨어져 앉아 텔레비전을 보고 있다가 흥! 하고 가볍게 콧방귀를 뀌면서 살짝 웃었다. 그리고 큰아버지가 있는 앞인데도 서슴없이 입을 열었다.

“잘되다니요. 잘된 건 영화사 쪽이에요. 알기나 해요? 그런 기사

가 신문에 나면 그 영화사가 오히려 선전이 돼서 히트한단 말이에요. 아시겠어요?"

"아니, 뭐라고?"

"고소를 하면 선전이 된다고?"

오학두와 오봉두는 다같이 어이가 없는 모양이었다.

"그렇단 말이에요. 영화사 쪽에서는 고소를 당한 걸 오히려 잘된 일이라고 생각하고 있어요. 그 기사가 어떻게 해서 났는지 아세요? 영화사 쪽에서 신문사에 기사를 내도록 약을 썼단 말이에요."

"약을 쓰다니?"

오봉두가 의아한 표정으로 물었다.

"돈을 썼다 그거예요. 연예부 담당기자를 초청해서 한바탕 진탕 술판을 벌이고 끝판에 호주머니에 봉투를 찔러주었지 뭐예요."

"봉투를 찔러주다니 그건 또 무신 소리고?"

시골에서 제각을 지키며 제사나 지내고 공자 왈 맹자 왈을 가르치고 있는 터이라 오봉두는 그런 방면에 도무지 먹통 같은 사람이었다.

"큰아버지도 참…… 봉투에 뭐가 들었겠어요. 뻔하잖아요."

"돈 봉투다 그 말이제?"

"물론이죠."

"고소당한 기사를 쓰라고 돈을 준다…… 그거 참 뭐가 우째 돌아가는 긴지 내사 전차에 받힌 것 같다. 앙이가."

"돈을 줘도 적지않이 준 것 같애요. 기사를 그렇게 크게 낸 걸 보니……."

그러자 오학두가 한탄을 하듯 큰 숨을 내쉬고는 중얼거렸다.

"세상 참 더럽게 됐네. 더럽게 됐어. 어디 안 썩은 데가 없구만……."

잠시 대화가 멎고 묘한 침묵이 거실에 감돌았다. 그 무겁고 어색하기도 한 공기를 휘젓듯이 미진이가 불쑥 또 입을 열었다.

"좌우간 두고 보세요. 고소사건 때문에 그 영화가 대인길 테니까요. 덕택에 나는 일약 유명 배우가 되고요. 호호호……."

두 어른 약을 올리듯 간드러지는 듯한 목소리로 웃기까지 했다.

그 웃음소리에 화가 치미는 듯 오봉두는 "어험!" 하고는 미진이를 향해 내뱉었다.

"빨가벗어서 유명해지는 기 그렇게도 좋으나?"

오학두는 화난 눈길을 딸에게 보내고 있었다. 미진이는 이제 입을 다물어야 할 때라는 듯이 살그머니 두 눈을 내리감으며 고개를 살짝 떨구었다.

"형님, 결과를 알 수가 없지만 고소를 했으니 무슨 결판이 나도 나지 않겠습니껴. 기다려 보입시더."

"만약 법에서 이기지 못하면 힘으로 영화 상영을 막을 생각일세."

"힘으로 막다니요. 어떻게?"

"데모라는 기 안 있나. 우리 오 씨 문중 사람들을 동원해서 그 영화를 상영 못 하도록 데모를 할 생각이네. 종친회에서도 대찬성일꺼 앙이가."

"일이 점점 커지겠는데요."

"기왕에 칼을 뺏으니 끝까지 가봐야지."

큰아버지의 입에서 데모라는 말이 나오자 미진이는 다시 고개를 들고 조금 조심스럽게 입을 열었다.

"데모를 하게 되면 회사에서 더 좋아할 겁니다. 고소사건보다 더 선전이 될 테니까요. 그때는 사진기자까지 동원해서 데모하는 사진을 실을 거예요. 영화 상영을 못 하게 데모를 한 일은 영화사상 처음이니까요. 한 신문뿐 아니라 모든 신문이 취재 경쟁을 벌일 게 뻔해요. 약을 쓸 필요도 없고 봉투 같은 것 찔러줄 필요도 없이 가만히 앉아서 대대적인 광고를 하는 셈이 되죠. 보나마나 일간신문뿐 아닐 겁니다. 주간신문사가 더 신날 거고, 잡지사도 다투어 뛰겠죠. 종친회서는 더러 갓을 쓴 노인들도 나올 거 아니에요. 갓을 쓰고 데모를 하게 되면 그거보다 더 흥밋거리가 어딨겠어요."

오봉두는 또 한 대 얻어맞은 느낌이었다. 뭐라고 반박을 했으면 좋을지 얼른 말이 나오지가 않아 눈을 굴렁거리고 있는데 오학두가 난처한 듯 미진이를 향해 나무라는 투로 말했다.

"알았으니 이제 그런 얘기 그만해라. 네가 큰아버지 앞에 큰소리 할 게 뭐 있나. 우리 집안뿐 아니라 오 씨 문중의 체면을 위해서 일부러 상경해 오셔서 하시는 일인데……."

그러자 미진이는 슬그머니 자리에서 일어나 화장실 쪽으로 걸음을 옮겼다. 별로 볼일이 느껴지지도 않는데 변기에 앉아 억지로 조금 물소리를 흘리고 그대로 잠시 멍하니 앉아 있었다. 머릿속이 뒤숭숭할 때 그녀는 그러는 것이 버릇처럼 되어 있었다. 호흡이 조용히 가다듬어지자 성큼 일어나 아랫도리를 여미고 변기의 물을 내렸다. 그리고 세면기 앞으로 가서 물을 틀어 북북 두어 번 얼굴을 씻었다. 그것도 그럴 경우의 그녀의 마무리 습관이었다.

화장실에서 나온 미진이는 미화의 방으로 갔다. 미화는 공부를 하다가 지친 듯 책상 위에 상반신을 얹고 자는 듯이 엎드려 있었다. 오늘은 몸이 좀 나른해서 학원에도 독서실에도 안 가고 자기 방에서 공부를 한답시고 책상 앞에 앉아 있었던 것이다. 언니가 들어오자 고개를 들고 억지로 웃음을 지어 보이며 말했다.

"지겨운 늙은이들이지? 여기서 나도 다 들었어."

"법으로 안 되면 나중엔 종친횐가 뭔가를 동원해서 데모를 한다나. 나 참 어이가 없어서……."

"생각하는 것이 왜 그렇게 고리타분할까. 큰아버지는 영화사 쪽을 도우려고 안달이 난 거 아냐? 언니 유명해지라고 말이야."

"하하하…… 꿈보다 해몽이 좋다더니……."

"좌우간 갓을 쓴 노인들까지 동원되어 데모를 하면 아마 매스컴에서 온통 야단들일걸. 아무리 데모가 흔한 세상이지만 그런 데모는 눈을 씻고 볼래도 없으니 말이야."

"맞어. 정말 웃기는 큰아버지야. 세상이 어떻게 돌아가는지 온통 앞뒤가 콱 막힌 먹통이더라구."

"시골서 공자 왈 맹자 왈이나 가르치고 있으니 그럴 수밖에 없지."

그리고 잠시 생각에 잠기는 듯하더니 미화가 멋진 아이디어가 떠올랐다는 듯이,

"언니, 이러면 어때?"

하고 입을 열었다.

"뭘 어떻게?"

"연예인들은 흔히 예명을 쓰잖아. 언니도 예명을 하나 지어서 그것을 쓰도록 하면……. 이주일이가 실은 정주일이라며?"

"하하…… 그거 괜찮은 생각인데……."

"언니도 이주일처럼 딴 성을 쓰란 말이야. 그러면 큰아버지도 시골 문중 사람들도 아무 소리 못할 거 아냐. 오 씨가 아닌데 상관할 게 뭐 있겠어. 안 그래? 언니."

"성만 바꿀까?"

"그러라구. 이름은 멋있다구. 미진. 아름다울 미에 진실한 진이니 그보다 나은 이름이 어디 있어. 그러니까 성만 딴 걸로 고쳐."

"무슨 성이 좋을까? 오 자에 기역을 붙여서 옥미진이라 할까. 구슬 옥 자 말이야."

"그건 안 좋은 것 같은데…… 자칫하면 오미진과 발음이 비슷하게 들릴 게 아냐. 옥미진, 오미진…… 안 그래?"

"그렇군."

"신 씨가 어떨까? 납 신(申) 자라도 좋고 매울 신(辛) 자도 괜찮고. 요즘은 성도 이름도 한자로 안 쓰고 한글로 쓰니 '신미진' 좋잖아. 새로운 미진이라는 뜻도 되고……."

"그거 괜찮은데……."

"그걸로 하라구."

"그럴까?"

또 미화는 잠시 생각에 잠기는 듯하더니,

"이번 작품부터 그렇게 고치면 고소고 데모고 볼 장 다 보는 거잖아. 사건은 깨끗이 끝나는 거잖아."

"글쎄, 영화가 완성이 되어 개봉 날짜를 기다리고 있는데 필름에서 '오' 자를 '신' 자로 바꿀 수 있을는지 모르겠는데……."

"감독님한테 잘 부탁해보라고."

"영화사 쪽에서는 고소도 데모도 다 선전 효과가 그만이니 부탁을 안 들어줄 게 뻔해. 일억 원 신인 모집 때부터 '오미진'이라고 신문에 당선 광고도 냈고, 이번 고소사건 때문에 이미 내 이름이 많이 알려졌단 말이야. 그런데 이제 와서 성을 바꾸면 이게 무슨 짓이냐고 감독님이나 영화사 쪽에서 오히려 화를 낼 것 같애."

"그러면 이번에는 그대로 밀고 나가고, 다음번부터는 신미진이라 하지 뭐."

"그게 좋겠어. 하하하……."

"히히히 히히히……."

《문학사상》(2001. 11)

헌책에서 대 전집으로

1

졸업식의 마지막 순서로 교사의 풍금소리에 맞추어 졸업을 축하는 노래가 울려 퍼지기 시작했다. 먼저 재학생들이 부른다.

—빛나는 졸업장을 타신 언니께
꽃다발을 한 아름 선사합니다.
물려받은 책으로 공부를 하며
우리들은 언니 뒤를 따르렵니다.

이번에는 졸업생들이 부른 차례다.

—잘 있거라 아우들아 정든 교실아

선생님 저희들은 물러갑니다.
부지런히 더 배우고 얼른 자라서
이 나라의 새 일꾼이 되겠습니다.

노래의 삼절은 졸업생과 재학생이 함께 부른다.

—앞에서 끌어주고 뒤에서 밀며
우리나라 젊어지고 나갈 우리들
냇물이 바다에서 서로 만나듯
우리들도 이다음에 다시 만나세.

졸업을 축하하는 노래의 가사나 곡조가 어쩐지 쓸쓸하고 애수를 띠기도 해서 축하의 노래라기보다도 이별의 노래인 셈이어서 삼절에 이르러서는 여기저기서 흐느끼는 소리가 섞이는 듯했다.

노래가 끝나자 졸업생 가운데 몇몇 여학생들은 그만 목을 놓아 울음을 터뜨리는 것이었다. 교장을 비롯한 교사들도 그리고 면내 유지들과 학부모들도 모두 숙연한 기분이 되어 고개를 떨구기도 하면서 잠시 넋을 잃은 사람처럼 그 울음소리를 들으며 앉아 있었다. 개중에는 손수건을 꺼내어 콧물을 푸는 사람도 있었다. 몇몇 여학생으로부터 시작된 울음은 다른 모든 여학생뿐 아니라 남학생들에게도 옮아갔다. 졸업하는 것이 섭섭하지도 슬프지도 않고 오히려 시원한 해방감으로 느껴지는 녀석들도 남들이 우니까 덩달아 서러워져서 눈물을 찔끔거리기도 했다.

졸업생을 대표해서 교장 선생의 훈화에 답사를 읽었던 반장인 황현철은 눈을 감은 채 눈물만 소리 없이 주르르 흘리고 있었다. 그런 현철이를 가만히 눈여겨보는 교사가 한 사람 있었다. 양영선 여교사였다. 그녀는 4학년 5학년 때 두 해를 담임했었는데, 그때도 황현철은 반장이었다. 가정형편이 매우 어려워서 상급학교 진학을 못하고 초등학교로서 학업은 끝일 거라는 사실을 짐작하고 있는 터이라 양 선생은 그렇게 눈을 감고 눈물만 흘리고 있는 현철이의 심정을 이해하고도 남았다. 아마 졸업생 가운데 누구보다도 짙은 슬픔을 느끼고 있을 것이라고 생각했다. 그 모습부터가 그렇게 보이질 않는가. 그녀는 자기의 가슴속까지 현철이의 그 눈물이 흘러와서 젖어 퍼지는 것 같은 묘한 기분이어서 가볍게 몸을 떨었다.

양영선은 사십이 가까운 남편이 없는 여교사였다. 삼십 대 초반에 군청에 근무하던 남편이 출장길에 불의의 교통사고를 당하여 숨을 거두고 말았었다. 그때 그들 부부 사이에는 일곱 살 된 권혜정이라는 딸이 하나 있을 뿐이었다. 양 선생은 혼자 그 딸을 키우며 교편생활을 계속하고 있는 터였다. 처음엔 군청 소재지 학교에 근무하다가 혼자 몸이 되자 친정이 있는 시골 학교로 자진해서 전근을 했던 것이다. 그 사이 더러 재혼을 하라는 친정과 친척들의 권유도 있었고, 동료 교사들의 밥만 먹고 못 산다는 진담 반 농담 반의 말도 있었으나 그녀는 처음엔 이럴까 저럴까 마음의 갈피를 잡지 못 하다가 결국 나중에는 딸을 위해서 깨끗이 단념하고 말았던 것이다. 혜정이는 어느덧 열세 살로, 이번에 6학년으로 올라가는 터였다.

식이 끝나자 다음은 사은의 다과회가 개최되었다. 졸업생과 교장, 교감, 그리고 교사들만 한 교실에 자리를 만들어 간단한 잔치를 베푸는 것이었다. 졸업생들에게는 과자나 과일 혹은 콜라 같은 음료뿐이었으나, 교직원들의 책상 위에는 맥주병도 올라와 있었다. 식을 거행할 때의 숙연하던 분위기와는 달리 이번에는 제법 화기가 애애하기도 하였다.

잠시 후 맥주 기운이 올라서 얼굴이 약간 불그레해진 교장이 좀 큰 목소리로 입을 열었다. 장내가 약간 소란스러웠기 때문이다.

"자, 지금부터 졸업한 뒤에 자기가 갈 길을 한 사람씩 순서대로 차례차례 발표해 보라구."

그러자 교감이 재빨리 맞장구를 치듯 말했다.

"그거 재미있겠는데요. 자, 이쪽부터 차례차례 말해봐. 일어서서……."

지적된 쪽 학생이 멋쩍은 듯이 일어섰다.

"저는 중학생이 되어 열심히 공부하겠습니다."

꾸벅 절을 하고는 얼른 앉아버린다. 너무 싱거운 대답이어서 여기저기서 히히 흐흐…… 하고 실소가 일어난다. 다음 차례의 학생도 일어서더니,

"저도 똑같습니다."

하고는 후닥닥 앉는다. 또 실소가 터진다.

그렇게 맨 앞줄에 앉은 남학생들의 진로 발표가 끝났는데 대부분 중학교 진학이었다. 집에서 아버지를 도와 농사를 짓겠다, 군청 소재지에 나가 친척집 가게의 점원이 되겠다는 식으로 말한 학생은 불과 몇 사람뿐이었다. 다음 줄은 여학생들이었다. 그녀들 역시 중학교 진학이 절반 이상이었고, 집에서 어머니를 도와 가사에 종

사하겠다, 혹은 어린 동생을 업고서 자장가를 부르겠다고 하여 폭소를 자아내게 한 여학생도 있었다.

세 번째 줄은 또 남학생이었는데 그 한가운데쯤에 반장인 황현철이가 앉아 있었다. 그는 자기 차례가 오자 마지못한 듯 몸을 일으켰다. 그리고 살짝 고개를 떨구며 힘겹게 입을 열었는데 뜻밖에도,

"저는 한 달쯤 실컷 잠을 자면서 앞으로 할 일을 생각해 보겠습니다."

이렇게 말했다. 그것은 농담이 아니라 현철이의 솔직한 의견이었다. 그러자 모두가 재미있다는 듯이 와— 하고 웃음을 터뜨렸다.

"한 달쯤 잠을 자다니…… 그럼 학교에 다닐 동안에는 항상 잠이 부족했던 모양이지?"

하고 어떤 남선생이 불쑥 말해서 장내는 또 한 번 웃음바다가 되었다.

그 말을 듣고 양영선 선생은 입가에 소리 없는 웃음을 조금 내비쳤다가 얼른 표정을 바꾸어 측은한 듯한 눈길로 현철이를 가만히 바라보고 있었다. 그러는 그녀의 머리에 떠오른 것은 현철이네 집이었다. 아무리 궁핍한 산골 마을이라 해도 초가삼간이 보통인데, 현철이네 집은 방 하나에 보잘것없는 부엌이 붙어 있는 말하자면 초가 이 칸짜리였다. 좀처럼 보기 드문 그야말로 오두막집이었다. 그런 집에서 어머니와 단둘이 살고 있었다. 아버지는 이 집 저 집 머슴을 살다가 눈이 맞은 아낙네 하나가 생겨서 그녀와 어디론지 줄행랑을 놓고만 것이었다. 현철이가 학교에 들어가기 한 해 전의 일이었다. 그러니까 그냥 가난한 정도가 아니라 그야말로 찢어

지게 가난한 극빈층에 속했다. 그 학급을 담임한 초기에 한 번 가정방문을 한 뒤로 양 선생은 더는 걸음을 하지 않았다. 찾아가기가 민망스러울 뿐 아니라 그들 모자에게 말할 수 없는 괴로움만 끼칠 것 같아서였다.

한 달 동안 잠이나 실컷 자며 앞으로 할 일을 생각해보겠다니, 그 단칸방에서 어떻게 한 달 동안 처박혀 잠을 잔단 말인지, 그러면 자기 어머니가 가만히 내버려둘 것인지, 도무지 황당하고 가엽기까지 해서 양 선생은 남의 일 같지 않아 가슴이 답답하고 기분이 무겁기까지 했다. 4학년 5학년 두 해를 담임했고, 내리 반장이어서 남달리 정이 들었던 것이다. 그렇게 형편없는 집안에 태어났으면서도 머리는 어찌 그리 우수한지 신기하다는 생각도 들었었다.

양 선생은 그때까지 과자나 과일만 입에 가져가다가 이번에는 손수 맥주를 따라서 반 컵가량을 단숨에 쭉 들이켰다. 그렇게라도 해야 기분이 좀 가벼워지지 않을까 싶어서였다.

자기의 갈 길을 발표하는 일이 끝나자 다음은 노래판으로 옮아갔다. 졸업생들의 요청으로 교장 선생이 맨 먼저 한 곡조 뽑았다. 잘은 못 했으나 그렇다고 아주 서투른 것은 아니었다. 박수가 교실 안에 가득 넘쳤다. "앙콜—" 하고 외치는 녀석도 있었다. 노래를 한 사람 즉 교장이 다음 노래 할 사람을 지명하는 그런 방식으로 나갔다. 즐거운 오락시간이었다.

사은회를 끝으로 이제 졸업 행사는 막을 내렸다. 다과회장을 정리한 다음 졸업생들은 삼삼오오 떼를 지어 학교를 떠나는 것이었다. 여학생 가운데 여러 명은 그대로 교실에 남아 한쪽 구석에 모여 앉아 다시 울기 시작했다. 남학생들은 이제 그런 울음도 흥미 없다는 듯 너희들이나 실컷 울어라 하고 밖으로 나가고 있었다. 운동장에 나서자 이제 해방이라는 듯이 야— 소리를 지르거나 핫핫하…… 웃음을 터뜨리며 졸업장을 한 손에 말아 쥔 채 교문을 향해 냅다 달려가는 녀석들도 있었다.

황현철은 혼자서 터벅터벅 걸음을 운동장가에 있는 철봉 쪽으로 옮겨갔다. 졸업장과 우등상장, 개근상장을 한데 말아 철봉 기둥 곁에 잘 놓고 맨 높은 철봉에 훌떡 뛰어 매달렸다. 그리고 턱걸이를 하기 시작하는 것이었다. 평소에도 그는 곧잘 턱걸이를 하는데 대체로 일곱 여덟 번이 고작이었다. 그러나 그날은 특별히 결심을 한 듯 이를 악물며 기어이 열 번을 채우고야 말았다. 온몸에 있는 힘을 다 주며 "해내리라, 해내리라." 하고 머릿속에서 악을 쓰듯 되뇌면서 말이다. 턱걸이 열 번은 처음 일이었다. 그것이 황현철이 학교와의 마지막 이별 행위인 셈이었다.

2

한 달쯤 실컷 잠을 자면서 앞으로 할 일을 생각해보겠다고 말했던 황현철이었지만 실제로 졸업을 하고 학교에 안 다니게 되니 한 달 삼십 일은 고사하고 사흘도 잠만 자면서 지낼 수가 없었다. 초가 이 칸의 보잘것없는 방구석에 처박혀 있으려니 좀이 쑤시는 듯해서 견딜 수가 없었다.

사흘 만에 그는 결심을 했다. 어떻게든지 공부를 끝까지 하리라고. 중학교, 고등학교, 그리고 대학까지 내 힘으로 해내고야 말리라고. 그러나 당장은 불가능했다. 하루 세 끼니도 걱정되는 형편에 진학이라니 어림도 없었다. 이미 중학교 입학의 시기도 지나 있었다. 결국 독학의 길을 통해서 검정시험으로 각급학교의 과정을 마치고 마지막으로 야간 대학에라도 입학해서 고학을 하거나, 아니면 일 년 동안 어떻게 해서든지 돈을 모아 명년에 중학교에 들어가는 두 가지 길이 있었다. 어느 길을 택할까 망설이다가 마침내 나흘째 되는 날 저녁에 현철이는 어머니와 상의를 했다. 공부를 계속하겠다는 말을 듣고 어머니 토골댁은 눈이 휘둥그레지며 어이가 없는 듯한 표정을 떠올렸다가 얼른 고개를 살짝 떨구며 나직이 한숨을 내쉬었다. 그리고 혼자 중얼거리듯이 말했다.

"공부를 계속할 수 있다면 얼마나 좋겠냐. 그러나 돈이 있어야지, 돈이 없는데 어떻게 공부를 계속한단 말이야."

"어머니, 그건 염려 마세요. 지금까지처럼 밥 세 끼만 먹여줘요. 그러면 내가 내 힘으로……."

"네 힘으로 어떻게?"

"다 생각이 있으니까 두고 보기만 하시라구요."

잠시 말이 없던 토골댁이는 별안간 화가 치밀기라도 하는 것처럼 내뱉었다.

"너거 애빈가 뭔가 하는 그 자는 새끼도 나 몰라라 하고 어디로 가서 뭘 하고 있는지…… 그놈의 웬수, 머 그런 것이 다 인간이라고……."

현철이는 굳어진 얼굴로 아무 대꾸가 없었다.

"어디서 콱 뒈져버렸다면 속이 시원하겠다."

그제야 듣기가 거북했던지 현철이는 슬그머니 일어나 밖으로 나갔다. 밤공기가 차가웠으나 현철이는 마당에 서서 하늘에 수없이 흩어져 있는 별을 하염없이 바라보다가 눈에 눈물이 어리는 듯해서 공연히 찌그러진 울타리를 냅다 한 번 발기로 걷어찼다.

이튿날부터 아침을 먹고 나자 현철이는 책보자기를 접어 들고 집을 나섰다. 학교에 다닐 때는 책과 도시락을 싸서 들고 집을 나섰으나 이제는 빈 보자기만 들고 나서는 것이었다. 그러는 현철이를 보고 이웃 마을 어느 집에 일을 하러 가려던 토골댁이 미심쩍어 물었다.

"야야, 어딜 가니? 빈 보자기를 들고…… 졸업을 했으니 학교에 가는 건 아닐 테고……."

"나중에 보면 알 꺼예요. 지금은 쑥스러워서 말을 못 하겠어요."

"쑥스러워서 말을 못하다니…… 도대체 무슨 일이지?"

고개를 약간 기울이면서 토골댁은 다 큰 아들이니 제 딴은 무슨 생각이 있겠지 하고 고개를 돌려버렸다.

집을 나선 현철이는 마을에서 이십 리가량 되는 읍내를 향해서 잰걸음을 치는 것이었다. 마치 읍내에 무슨 급한 볼일이라도 있는 사람처럼. 3월이 가까워지고 있어서 햇살은 어느덧 봄을 느끼게 했으나 바람결은 아직 싸늘한 편이었다. 낡은 목도리를 목에 감고 조금 웅크린 자세로 현철이는 읍내를 향해 이십 리 길을 한 번도 쉬는 일 없이 잰걸음을 쳤다.

읍내 들머리에 당도하자 그제야 현철이는 조금 숨이 가쁘고 피곤함이 느껴져서 걸음을 멈추었다. 그리고 주막집 앞에 놓인 살평상에 가서 궁둥이를 내렸다. 잠시 앉아 쉬고 있는 그의 표정에는 약간 곤혹스럽고 난감해 보이는 그런 기색이 떠오르고 있었다. 무슨 생각에 골똘히 잠기는 것도 같았고 대단히 어려운 결단을 내리기 전의 표정 같기도 했다. 요긴한 볼일이 있어서 급하게 읍내까지 왔는데 그 볼일을 실행에 옮기기가 주저되는 모양이었다.

잠시 후 그는 각오를 했다는 듯이 이를 악물고 아랫배에 불끈 힘을 주며 살평상에서 일어섰다. 그리고 주막집 문을 열고 들어섰다.

"아주머니, 저……."

얼른 입이 떨어지지가 않는 것이었다.

주모가 무슨 일이냐는 듯이 멀뚱히 바라본다.

"동냥 좀 할라고요."

"뭐? 동냥?"

이제 열댓밖에 안 되어 보이는 머리를 빡빡 깎은 학생 티가 나는 녀석이 동냥이라니 약간 의외라는 표정을 짓는다.

"예."

"주막에 와서 동냥이라니 그럼 막걸리나 한 사발 달라는 말인가? 벌써 술을 마실 줄 아니? 그럴 나이도 아닌 것 같은데……."

"그게 아니라 아주머니, 책 동냥을 할려는 겁니다."

"책 동냥? 그게 무슨 소린가?"

"집에 다 본 헌책이 있으면 한 권 주실 수 없는가 해서요."

그제야 주모는 참 뜻밖의 희한한 동냥이 다 있다는 듯한 표정으로 바뀐다. 책 동냥이라니, 생전 처음 들어보는 소리인 것이다.

"보아하니 학생인 것 같은데, 집을 잘못 찾아들었네. 술 파는 집에 와서 책을 동냥하라니…… 우리 집에는 책 같은 것은 없네. 딴 데 가 보게."

"아무 헌 책이라도 상관없는데요."

"글쎄, 책이라곤 눈을 씻고 봐도 없다니까."

그리고 주모는,

"총각 미안하네. 딴 집에 가 보도록 해. 없는 책을 어떻게 주는가. 안 그런가?"

하고 정말 조금은 미안한 듯한 표정을 지었다.

"예, 알겠습니다. 아주머니 미안합니다."

현철이의 입에서도 미안하다는 말이 나왔다.

그렇게 현철이의 첫 책 동냥, 즉 볼일은 실패를 했다. 꽤나 부끄럽고 낯이 뜨겁기까지 했다. 아침나절이라 주막에 아직 술 마시는 손님이 아무도 없었는데 말이다. 그러나 그는 실패를 하든 성공을 하든 차례차례 집집마다 책 동냥을 하고 다니기 시작했다. 거의 모든 집에서 희한한 일도 다 본다는 그런 반응이었다. 더러는 무엇하려고 책을 동냥하느냐는 것이었다. 그 물음에 현철이는,

"공부를 하려고 그럽니다."

또렷한 말씨로 대답했다.

"아, 그래? 그래?"

하면서 놀랍고 대견한 일이라는 듯이 고개를 끄덕이며 선뜻 두어 권의 헌 잡지를 건네주는 아저씨도 있었다.

그날 현철이는 여덟 권의 헌책을 동냥해서 책보자기에 싸서 귀가했다. 첫날의 수확치고는 의외의 성과인 셈이었다. 헌 잡지가 다섯 권이었고, 단행본이 세 권이었다. 단행본 두 권은 표지가 떨어져 나간 그런 것인데, 초등학교(그때는 국민학교라 했음)를 졸업한 실력으로는 무슨 내용인지 잘 알 수가 없는 책이었다. 한 권은 『장화홍련전』이라는 옛날 소설책이었다. 읽어나갈수록 재미가 있어서 밤

이 이슥토록 손에서 책을 놓지 않았다.

그렇게 읍내에 나가 책을 구걸해 오면 그것을 다 읽을 때까지는 방 안에 죽치고 들어앉아 있기 마련이었다. 제 딴은 그것이 학업의 계속이라고 생각하는 모양이었다. 무슨 책이든지 좋다. 닥치는 대로 읽자는 것이 말하자면 그의 그때의 결심인 것이었다. 그래서 다 읽고 나면 다시 읍내로 책 동냥을 하러 나가곤 했다.

3

봄이 무르익고 있었다. 어느 날 읍내에 갔다가 책 동냥을 마치고 돌아오는 길에 현철이는 신작로를 벗어나 가까이에 있는 야산으로 향했다. 산기슭이나 등성이 여기저기에 진달래꽃이 무더기 무더기로 만발해 있었던 것이다. 마치 분홍빛의 구름송이가 산을 감싸고 둥실둥실 떠 있는 듯한 느낌이었다. 그냥 지나쳐버리기가 아쉬워서 등성이에 올라가 좀 쉬었다 가고 싶은 생각이 불현듯 솟구쳤던 것이다.

나지막한 야산이어서 쉬 오를 수가 있었다. 등성이에서 사방의 경치와 꽃구경을 한 다음 현철이는 풀밭에 앉아 오늘 동냥해 온 책 보자기를 펼쳐 보았다. 전부 다섯 권이었는데, 그 가운데 『진달래꽃』이라는 제목의 얄팍한 책이 한 권 있었다.

"야, 이것 봐라."

현철이의 입에서는 절로 놀라는 듯한 소리가 흘러나왔다. 진달래꽃이 만발한 등성이에서 바로 『진달래꽃』이라는 제목의 책을 펼치게 되다니…… 김소월의 시집이었던 것이다. 김소월이 누군지 현철이가 알 턱이 없었다. 그러나 참 묘하면서도 기분 좋은 일이어서 그는 그 시집을 읽기 시작했다.

학교에서 동시를 배운 일이 있어서 『진달래꽃』의 시들을 제대로 잘 이해할 수는 없었으나 어쩐지 읽는 맛이 좋고 의미도 알 듯 말 듯 야릇하게 재미가 좋았다. 그래서 나중에는 그만 큰소리를 내어 낭독을 하기 시작했다. 그냥 읽기만 하다가 차츰 조금씩 감정 같은 것을 섞어가며 제법 시 낭송으로 바뀌어가는 것이었다. 비록 초등학교였지만 학교 시절 내리 반장질을 한 두뇌인지라 남다른 데가 있었다.

얼마나 지났을까. 어디선지 까르르 웃는 소리가 들렸다. 마침 시 낭송을 끝내고 한숨 돌리는 참이었다. 하하하…… 하하하…… 호호호…… 여자아이들의 웃음소리였다. 소리 나는 쪽을 보니 중학생 교복을 입은 세 소녀였다. 얼른 보아도 얼마 전까지 같은 학급이었고, 함께 졸업을 한 여학생들이라는 것을 알 수 있었다.

현철이와 시선이 마주치자 세 여학생은 이번에는 짝짝짝…… 박수를 쳐대는 것이었다.

"너희들 학교에서 벌써 오는 거냐?"

조금 쑥스럽기도 해서 현철이는 큰소리로 말했다.

"오늘 토요일이잖아."

"오늘이 토요일인가?"

현철이는 요일과는 상관없는 생활을 하고 있었던 셈이다.

토요일이어서 오전 중으로 수업을 마치고 귀가하다가 진달래가 곱게 핀 야산에서 웬 시 낭송하는 소리가 들려서 세 여학생은 호기심에 산등성이로 살금살금 올라와 봤던 것이다.

"우리 반장님, 졸업하더니 시인이 되려는가 봐."

한 여학생이 큰소리로 말했다. 물론 농담조의 애교도 섞인 목소리였다. 또 세 소녀는 까르르 웃었다. 현철이도 그만 히들히들 웃음이 나왔다.

그렇게 하여 현철이의 소문은 퍼졌다. 야산에서 시를 낭송할 뿐 아니라, 수시로 읍내에 책 동냥을 하러 다닌다는 사실까지 알려졌다. 현철이로서는 책 동냥이 대단한 각오 아래 하는 행위였으나, 그러나 역시 남들에게 알려지는 것은 창피한 일이었다. 특히 과거의 동급생들에게 알려지는 일은 싫었다. 그래서 읍내에 나가면 되도록 서둘러서 일을 끝내고 귀가하는 터였다. 읍내 중학교에 진학하여 이십 리 남짓한 길을 걸어서 통학하는 남녀 동기생들이 적지 않았기 때문에 그들이 하교하기 전에 일을 마치고 귀가하기 마련이었다.

그러나 비밀이란 여간해서 오래 지탱되는 법이 아니어서 결국 동기생들뿐 아니라, 학교의 은사들 귀에까지 들어가게 된 것이었다. 책 동냥이라니 동기생들도 신기해했지만, 교사들은 거의가 그것 참 보통 아이가 아니로구나, 조금 괴짜이기도 하구나 하고 고개를 끄덕였다.

'책 동냥'이라는 말에 누구보다도 감동을 한 것은 양영선 선생이었다. 그녀는 그 말이 가슴 한쪽을 아프게 찌르는 듯한 느낌을 금할 수가 없었다. 4,5학년 두 해 동안 담임을 해서 그렇지 않아도 정이 든 현철인데, 그 우수한 머리를 가진 아이가 집안 형편 때문에 진학을 못하고 책 동냥을 하고 다니다니, 그것으로 학업을 계속하는 셈이라니…… 눈물겨운 일이 아닐 수 없었다.

그녀는 그냥 지나쳐 버릴 수는 없는 일이라고 생각했다.

어느 일요일 아침 양 선생은 딸 혜정이를 현철이네 집에 심부름을 보냈다. 선생님이 상의할 일이 있으니 집으로 좀 오라는 전갈이었다. 뜻밖에 4,5학년 때의 은사인 양영선 선생님으로부터 상의할 일이 있으니 만나자는 전갈을 받은 현철이는 무슨 일인가 하고 서둘러 양 선생 집으로 향했다. 혜정이와 같이 가면서 무엇 때문이냐고 물어보아도 자기는 잘 모른다면서 생글생글 웃기만 했다. 그녀는 이제 6학년인 제법 명랑한 소녀였다.

현철이와 마주앉은 양 선생은,

"현철아, 졸업한 후로 뭘 하고 지내지?"

하고 물어보았다. 시치미를 뚝 떼고였다.

현철이는 고개를 떨구고 처음에는 아무 대답도 하지 않았다.

"괜찮아. 선생님한테 못할 말이 뭐가 있니? 4학년 5학년 이 년 동안 담임했을 때 선생님이 너를 속으로 얼마나 좋아했는지 아니? 너무 착실하고 공부도 잘하는 그야말로 모범생이었지. 그래서 계속 반장이었잖아."

"……."

"선생님을 믿고 무슨 말이든지 다 해봐. 조금도 부끄러워하지 말고…… 응? 현철아, 그럴 수 있지?"

"예, 선생님."

현철이는 고개를 들고 양 선생을 똑바로 바라보며 대답했다. 양쪽 눈언저리가 약간 붉어져 있었고, 두 눈에는 물기 같은 것이 조금 어려 있어 보였다.

"졸업한 후에 선생님, 며칠에 한 번씩 읍내에 나가 헌책을 구해 가지고 옵니다. 공부를 계속 할려고요. 저는 어떠한 일이 있어도 우리 아버지 같은……."

그러다가 그만 현철이는 말을 끊고 주르르 자기도 모르게 두 줄기 눈물을 양 볼에 흘렸다. 그리고 울먹이는 소리로 서슴없이 말을 이어갔다.

"남의 집 일이나 해주는 그런 사람이 되지 않기 위해서 혼자서라도 공부를 계속할 작정입니다."

"흠— 그래."

양 선생도 목이 칵 메는 것을 어쩌지 못했다. 그의 아버지가 머슴살이로 남의 집을 전전하다가 어떤 아낙네와 눈이 맞아 행방을 감추어버렸다는 사실을 알고 있는 터이니 말이다.

"현철아, 참 장한 결심을 했다. 졸업할 때 사은회에서 한 달쯤 실컷 잠이나 자면서 앞으로 할 일을 생각해 보겠다더니, 정말 한 달 동안 잠을 실컷 자면서 생각한 거니? 하하하……."

양 선생은 분위기를 부드럽게 하기 위해서 일부러 농담조로 말하며 약간 호들갑스러울 정도로 명랑한 음성으로 웃었다.

"아닙니다. 사흘 동안 생각했습니다."

"아 그래. 사흘이면 한 달의 십 분의 일이구나. 하하하……."

"예, 선생님. 흐흐흐……."

그제야 현철이도 함께 히들히들 웃었다.

그렇게 시작된 사제 간의 대화가 진지해져서 처음에는 주로 양 선생이 질문을 했고, 현철이가 대답을 했다. 헌책을 구해다가 읽는데 어려움은 없느냐는 물음에 현철이는 한자 문제를 꺼냈다. 한자가 안 섞인 책은 읽는 데 문제가 없지만 한자가 섞여 있는 책은 잘못 읽을 뿐 아니라 뜻이 제대로 안 통해서 중도에 덮어버리기 마련이라는 것이었다. 그래서 양 선생은 혼자 공부를 해나가려면 우선 한자부터 어느 정도 알 필요가 있다면서 자기가 가지고 있는 한자사전을 꺼내놓고 한자 찾는 법을 가르쳐주었고, 그것을 빌려주었다. 그리고 양 선생은 헌책을 구해다가 무조건 아무 것이나 다 읽느냐, 가려서 읽느냐고 물어보았다. 처음에는 덮어놓고 읽을 수 있는 것이면 다 읽어 나갔으나 차츰 재미없는 것, 잘 모르겠는 것은 가려내기 시작했다는 대답이었다. 책은 이것저것 아무 것이나 읽어서는 도움이 안 되니까 자기에게 필요한 것을 가려서 읽어야 된다면서,

"그러자면 헌책만을 얻어가지고는 어려울 텐데……."

하고 양 선생은 잠시 생각에 잠기더니 이제부터는 되도록이면 헌책이라도 중학교 교과서를 구해 보도록 노력하라고 일렀다. 책을 재미삼아 읽는 것도 좋지만, 공부를 계속한다는 각오로 나가야 장래가 열릴 것 아니냐는 것이었다. 애초에 헌책을 수집하기 시작한 것도 그런 각오가 아니었겠느냐고 일깨웠다. 물론 그렇고말고요라는 듯이 현철이는 새삼 각오를 다지듯 고개를 크게 끄덕였다.

대화가 좀 딱딱했다는 듯이 양 선생은 다시 약간 농담조의 부드러운 목소리로 입을 열었다.

"현철이 너 시 낭송도 잘 한다면서?"

"아닙니다. 흐흐흐……."

"그런 소문이 들리던데……."

"헌책 중에 시집이 한 권 있어서 소리를 내어 읽어봤을 뿐입니다.

읍내에서 돌아오는 길에 야산에서요."

"무슨 시집인데?"

"진달래꽃이라는 제목이던데요."

"진달래꽃? 그럼…… 김소월의 시집인 모양이구나. 어디 그 진달래꽃 외울 수 있니? 한 번 외워 봐."

"못 외웁니다. 나 보기가 역겨워 가실 때에는…… 뭐 그렇게 시작하는 것 같던데요."

"영변에 약산 진달래꽃 아름 따다 가실 길에 뿌리오리다…… 그런 표현도 있지. 나 보기가 역겨워 가실 때에는 죽어도 아니 눈물 흘리오리다가 맨 끝절이던가…… 하도 오래 돼서 기억이 희미하군. 선생님도 여학생 시절에는 김소월의 시를 무척 좋아했었다구. 호호호……."

"아, 그러셨어요?"

"사람이 시를 좋아하는 것은 참으로 값진 일이야. 시심이 있어야 인생이 윤기가 나는 거거든."

'시심'이니 '인생의 윤기'니 알 듯 말 듯한 고상한 말을 하는 양 선생의 모습을 현철이는 새삼 놀라운 듯한 눈으로 가만히 바라보았다.

그날 작별할 때 양 선생은 낮은 목소리로 혼자 중얼거리듯이 말했다.

"내가 중학교 강의록을 마련해 보도록 할 테니까……."

"강의록이라뇨?"

현철이는 귀가 번쩍 뜨이는 듯해서 서슴없이 물었다.

"혼자서 중학교 공부를 할 수 있도록 만들어놓은 책이지. 기다려.

내가 어떻게든지 그것을 마련해 줄 테니까. 중학교 강의록을 끝내고 검정시험에 합격하면 중학교 졸업한 것과 마찬가지 자격을 얻는 거야. 그리고 고등학교 강의록도 있지."

"그럼 고등학교도 졸업 자격을 얻을 수 있나요?"

"있고말고. 그리고는 대학교에 입학하는 거야. 밤에 다니는 야간대학에 입학해서 낮에는 일자리를 얻어 일하면서 밤에 학교에 다니면 되는 거지."

"선생님, 고맙습니다. 정말 고맙습니다."

현철이는 고맙고 기뻐서 어쩔 줄을 몰랐다. 그런 현철이가 흐뭇하기만 한 듯 양 선생은 다시 덧붙였다.

"현철아, 앞으로 혼자 공부를 하면서 어려운 일이나 무슨 상의할 일이 있으면 언제라도 좋으니까 선생님을 찾아오너라. 알겠지?"

"예, 선생님."

현철이는 그만 자기도 모르게 두 눈에는 눈물이 왈칵 솟구쳐 나왔다.

집으로 돌아가는 현철이는 마치 이제 앞길이 훤히 열린 것 같은 느낌이어서 기분이 마냥 좋아 걸음이 가볍기만 했다. 날고 싶은 기분이기도 해서 냅다 소리를 내어 노래를 부르기도 하였다.

4

2000년 10월 어느 날, 한국출판문화회관의 대강당에서 '대한민국출판문화대상'의 시상식이 거행되고 있었다. 양서를 많이 출판하여 우리나라 출판문화에 공로가 지대한 사람을 한 사람 선정해서 시상하는 연례행사였다.

그해의 수상자는 황현철 씨였다. 진달래출판사의 대표로 여러 가지 학술 서적과 각종 사전을 비롯해서 한국문학전집, 세계문학전집, 그리고 민속문화대전집 같은 큼직큼직한 전집물을 간행하여 출판계에 명성을 떨치고 있는 출판인이었다.

식장에는 출판계뿐만 아니라, 각 방면의 축하객이 만장의 성황을 이루고 있었다. 시상이 끝나고, 수상자의 인사말 차례가 되었다. 사십 대 후반의 점잖으면서도 어딘지 모르게 강근해 보이는 황현철 사장은 자리에서 일어나 마이크 앞으로 나섰다. 박수를 받으며 그는,

"이십일 세기가 시작되는 첫 해인 올해에 이 상을 받게 된 것을 무한히 영광스럽고 또한 감사하게 생각합니다."

이렇게 입을 떼었다. 그리고 그런 인사말에 으레 따르기 마련인 사설을 좀 늘어놓은 다음 어조를 약간 다시 가다듬듯이 하여,

"오늘 이 자리를 빌려 저는 제가 걸어온 지난날의 일을 잠시 이야기 안 할 수가 없는 심정입니다."

하고 말하였다. 장내는 호기심에 휩싸이는 듯 잠시 술렁거리다가 조용히 가라앉았다.

"저는 집안 형편이 너무 어려워서 초등학교를 졸업하고 맨 처음 시작한 일이 읍내에 나가 책 동냥을 하는 일이었어요."

'책 동냥'이라는 말에 너무 뜻밖이고 기이한 일이라는 듯이 장내에는 다시 조금 물결이 이는 듯하였다.

황현철 씨는 차근차근 자기가 걸어온 어렵고 고달팠던 길을 설

명하기 시작했다. 4,5학년 때 담임이었던 은사의 도움을 받아 중학교 강의록을 가지고 독학을 하여 검정고시에 합격했고, 고등학교까지 검정으로 졸업 자격을 얻었으며, 그다음은 역시 은사의 주선으로 서울로 올라와 어떤 출판사에 사환으로 근무하면서 야간대학을 다녔고, 대학을 졸업한 뒤에도 그 출판사의 직원으로 남아 계속 근무하다가 어떤 기회에 낡은 지형(紙型)을 하나 구해가지고 독립하여 진달래출판사라는 회사를 설립해서 이십여 년을 뛰고 또 뛰어온 과거를 늘어놓았다.

어려운 처지에 옆길로 흐르는 일 없이 반듯하게 살아온 그 이야기를 하는 동안 가족석에 앉아서 조금 웃기도 하면서 가만히 듣고 있는 할머니가 한 사람이 있었다. 다름 아닌 황현철 씨를 도운 은사 양영선 선생 그분이었다. 그리고 그 양 할머니 옆에는 딸인 권정혜 씨가 역시 다소곳이 앉아 미소를 머금은 얼굴로 이야기를 듣고 있었다.

회상담을 마친 황현철 씨는 끝으로 말했다.

"그때 저를 어버이처럼 혹은 후견인처럼 도와주시고 돌보아주신 분은 다름 아닌 저기 앉아 계시는 할머니신데, 실은 지금은 저의 장모님이십니다.

그 말에 장내는 와— 놀랍고 감격스럽다는 듯이 환성으로 넘쳤다. 그러자 사회를 보는 사람이,

"그럼 장모님 되시는 분을 소개하겠습니다. 잠시 일어나시지요."

하고 양 할머니를 향해 말했다.

칠십이 좀 넘어 머리가 곱게 희끗희끗한 양영선 할머니는 조금 쑥스러운 듯 그러나 살짝 웃으며 자리에서 일어나 가볍게 고개를

숙여 인사를 했다.

와— 야— 장내에 다시 환성이 터지면서 박수소리가 요란하게 일어났다.

《문예운동》(2002. 9)

옛 제자

1

교육계 관계 잡지인 S지의 편집부장 유훈국은 사장실 문을 열고 나오며 싱그레 미소를 지었다. 취재차 출장을 가게 된 것이다.

경북 월성군에 있는 문교부 지정 연구학교인 K국민학교에서 연구발표회가 개최되는 것이다. 전국적인 공개 연구발표회일 뿐 아니라 연구 주제가 '생산교육을 통한 지역사회 개발'이라는 것이어서 훈국은 꽤 구미가 당겼다. 그래서 취재하러 갔으면 좋겠다고 사장한테 이야길 했더니 쾌히 승낙을 했다. 그러니 절로 미소가 나올 수밖에.

업무부장한테 출장 건 얘길 하고, 자리에 돌아와 앉은 훈국은 마치 소풍을 앞둔 국민학교 학생처럼 가볍게 들뜨기까지 했다.

일 년에 한 번 있을까 말까 한 출장이었다. 판에 박은 듯한 서울의 직장생활에서 벗어나 이삼 일 동안이나마 훌쩍 시골로 떠난다는 것은 여간 기분 좋은 일이 아니었다.

그러나 훈국이 그처럼 가볍게 들뜨기까지 하는 것은 단순히 출장을 가게 되어서만이 아니었다. 여느 문교부 지정 연구학교의 연구발표회에 가게 되었다면 그렇게 기분이 들뜰 것까지는 없었을 것이다. 그 K국민학교는 옛날에 훈국이 교편생활을 한 일이 있는 학교였던 것이다.

십칠팔 년 전, 사범학교를 나온 훈국은 초임 발령을 그 K국민학교로 받았던 것이다. 그 학교에서 훈국은 만 삼 년 동안 근무를 했다. 그러니까 그 학교는 훈국으로서는 잊을 수 없는 학교였다. 그 후 몇몇 학교를 전전했지만 처음으로 교단에 선 그 K국민학교 시절이 가장 그리운 추억으로 남아 있는 것이다.

그 학교는 기차에서 내려 십 리가량 걸어가야 되었다. 학교 앞으로 신작로가 지나가고 있었으나 교통이 불편하던 시절이라 버스가 다니질 않았다. 이따금 트럭이 먼지를 날리며 지나다닐 뿐이었다. 재수 좋게 빈 트럭이라도 얻어 타기 전에는 걷는 도리밖에 없었다.

훈국이 부임을 하러 간 것은 삼월 초순, 아직 좀 바람결이 쌀쌀한 무렵이었다. 학교를 갓 졸업한 터이라 머리는 아직 빡빡 깎은 그대로였다. 빡빡 깎은 중대가리 머리에 아버지의 낡은 신사복을 얻어 입고 넥타이를 매고 그리고 발에는 학생 때 신던 까만 운동화를 그대로 신고 있었다. 길을 걷는 데는 오히려 구두보다 운동화가 괜찮은 셈이었다. 중간에 두 차례나 지나가는 트럭을 향해 손을 들었으나 보기 좋게 먼지만 뒤집어썼던 일이 지금도 기억에 선명하다.

그런 모습으로 부임을 한 훈국은 대뜸 '중대가리 선생'이라는 별명을 얻었다. 그 별명은 나중에 하이칼라 머리가 된 뒤에도 그대로 남아 아이들 사이에 통용되었다.

'중대가리 선생'은 첫해는 3학년을 맡았다. 그 별명과 마찬가지로 갓 학교를 졸업한 풋내기 선생이기 때문에 가장 수월한 3학년이 맡겨졌던 것이다. 그러나 첫 일 년 동안에 '중대가리 선생'의 실력은 만만찮게 발휘되었다. 그래서 다음해에는 5학년을 맡았고 그 다음해에는 그 5학년을 그대로 데리고 올라가 6학년을 담임했다. 도시학교에서도 대체로 그렇지만, 시골학교에서, 더구나 한 학급뿐인 6학년을 담임한다는 것은 어쩌면 가장 실력이 뛰어나는 선생이라는 것을 의미했다. 그 학교의 평가 기준이라고 할 수 있는 중학교 입시 성적이 그 선생의 어깨에 메었으니 말이다(지금은 그렇지가 않지만).

사실 훈국은 나이는 제일 적었으나 실력과 열의에 있어서는 누구보다도 두드러졌었다. 코피를 흘린 적이 한두 번이 아니었다. 그러니 자연 입시 성적도 좋을 수밖에. 열두 명의 학생이 시험을 쳐서 한 명이 떨어지고 열한 명이 합격이 되었던 것이다. 더구나 대구에 있는 경북 명문의 학교에도 세 명이나 합격이었다. 개교 이래 처음 일이라면서 경사가 났다고 온통 학교 안팎이 야단이었다. '중대가리 선생이 최고'라는 것이었다.

훈국이 처음으로 술을 좀 과음한 것도 그때였다. 이 학부형 저 학부형의 대접을 물리칠 수가 없었던 것이다.

한 번은 학부형의 초대를 받아 가서 집에서 담근 전내기*(물을 조금도 타지 않은 술)를 권하는 대로 사양하지 않고 받아 마시고는 귀로에 논두럭*('논두렁'의 방언) 길이 자꾸 흔들리는 것 같아 비틀비틀

애를 먹다가 결국 보리밭으로 보기 좋게 나가떨어졌었다. 그런데 마침 서쪽 하늘에 걸려 있던 보름 가까운 달이 눈앞에서 빙글빙글 어지럽게 맴을 도는 것이었다. 술이 과하면 어떤 상태가 된다는 것을 그때 처음으로 알았던 것이다. 지금도 그때의 그 빙글빙글 돌던 달 생각을 하면 절로 웃음이 나온다.

그렇게 실력 있는 선생으로 평가가 나자 대뜸 영전 발령이었다. 읍내에 있는 큰 학교에서 모셔가는 것이었다.

그 뒤, 훈국은 서너 학교를 더 옮겨 다니다가 어떤 기회에 교직을 그만두고 서울로 올라와 잡지사에 몸을 담은 것이 지금의 S지의 편집부장이 되어 있는 것이다.

그런 추억이 깃든 학교를 십수 년이 지난 뒤에 다시 찾아가 보게 되었으니 감개가 무량하지 않을 수 없었다.

그날 퇴근길에 훈국은 오래간만에 삼백 원짜리 큼지막한 봉지사탕을 어린애들 선물로 하나 샀다. 여느 때 같으면 십 원어치 이십 원어치가 아니면 기껏해야 백 원짜리가 고작인데 말이다. 출장 여비를 탔고 여느 출장과는 달리 소풍을 앞둔 국민학교 학생처럼 가볍게 들뜨기까지 하는 판이니 그렇게 어린애들에게 선심을 쓸 만도 했다.

2

시원하게 뻗은 고속도로를 기분 좋게 달리는 고속버스의 창밖으로 훈국은 바깥 풍경을 내다보고 있었다.

후련한 들녘은 황금빛으로 물결치고 있었다. 가을이 무르익고 있는 것이었다. 여기저기 허수아비가 눈에 띄기도 했다.

허수아비를 보면 공연히 웃음이 나오면서 어린 시절 논에서 새를 보던 일이 생각나는 것이었다.

"후여 딱딱 후여— 아랫녘 새는 아랫녘으로, 후여 딱딱 후여— 후여 후여 후여—"

소리를 지르면서 냅다 대나무 막대기를 흔들어 대던 일 그리고 새가 오지 않을 때면 메뚜기를 잡아 강아지풀에 꿰던 일, 하루해가 너무 지루해서 논둑에 가마니때기를 깔고 누워서 그만 잠이 들어버렸던 일. 누가 깨워서 일어나 보니 어느덧 해가 저물어 서녘 하늘에 저녁놀이 발그레 물들고 있던 일, 그래서 아버지에게 새는 안 보고 웬 낮잠을 이렇게 늦게까지 자느냐고 혼이 나던 일……. 그런 일들이 아련한 주마등처럼 머리를 지나가는 것이었다.

그리고 또 훈국은 문득 K교의 '중대가리 선생' 시절의 여생도 옥님이 생각이 머리에 떠올랐다.

옥님이는 훈국이 담임했던 학급의 여생도 가운데서 가장 공부를 잘하는 아이였다. 그래서 5학년 때도 부급장이었고 6학년 때도 부급장이었다. 급장은 언제나 남학생도였고, 부급장은 남생도에서 하나, 여생도에서 하나, 두 사람을 뽑았던 것이다.

옥님이는 그렇게 공부를 잘하고 모범생이었지만, 집이 가난해서 농사철이 되면 집안일 때문에 곧잘 결석을 했다. 봄가을로 두 번 농번기 때에는 일주일가량 가정실습 기간을 두어 집안일을 돕도록 하고 있었지만 그것만으로는 부족해서 결석을 하는 것이었다.

옥님이가 5학년 때의 가을이었다. 그러니까 훈국이가 옥님이네를 담임한 첫해 가을이었다. 일주일 동안의 가정실습이 끝났는데도 옥님이는 계속 결석이었다.

결석 사흘째 되던 날, 옥님이는 같은 마을 여생도 편에 편지를 보내왔다. 그런데 그게 결석계인 셈이 아니라 자퇴계(自退屆)인 셈이었다. 결석을 해서 죄송하다는 말과 집안 형편 때문에 학교를 못 다니게 될 것 같다는 말이 적혀 있었다. 그래서 그날 방과 후 훈국은 가정방문을 나갔다.

옥님이네 마을은 학교에서 오 리가량 되는 곳에 있었다. 옥님이네 집은 마을에서도 한쪽 모퉁이에 자리 잡고 있었다. 조그마한 초가삼간이었다.

옥님이는 논에 나가고 없었다. 그래서 훈국은 논으로 옥님이를 찾아갔다. 옥님이는 어머니와 둘이서 벼를 베고 있었다.

논으로 찾아온 선생님을 보자 옥님이는 어쩔 줄을 몰랐다. 마치 무슨 잘못이라도 저지르다가 들킨 것처럼 얼굴이 온통 붉어지며 몸 둘 바를 모르는 것이었다.

옥님이 어머니 역시 담임선생이라는 것을 알자, 벼를 베던 낫을 놓고 곧장 두 손을 치맛자락에 닦으며,

"아이구, 선상님이 이런 데까지 찾아오시다니 이런 데까지……."

하고 미안해서 못 견디었다. 선생님이 이런 데까지 찾아오게 된 것은 다 부모의 잘못 탓이라는 듯이.

부모의 잘못이라고까지 할 수는 없을지 모르지만 좌우간 부모가 못난 탓인 것만은 틀림없었다. 다른 부모들처럼 좀 논밭을 넉넉하게 가지고 있었더라면 딸애를 결석을 시켜가면서 집안 농사를 거들게 하지 않아도 될 게 아닌가 말이다.

사실 딱한 형편이었다. 논의 벼를 모녀가 둘이서 베고 있는 것은 아버지가 없기 때문이 아니었다. 아버지는 남의 집 벼 베는 데 품팔이를 간 것이었다. 그저께까지만 해도 어머니 역시 남의 집 벼를 베러 다녔다. 그러다가 어제부터 아버지만 품을 팔러 가고 모녀 둘이서 집의 벼를 베기 시작한 것이다.

겨우 네 마지기밖에 안 되는 농사였다. 그러니 아버지까지 그 네 마지기 농사에 매달릴 수는 없는 것이었다. 네 마지기 농사는 주로 모녀의 힘으로 해나가고 아버지는 남의 일을 하러 다녀야만 되었다. 그래야 근근이 어떻게 집안을 꾸려나갈 수가 있었다.

그런데 옥님이 어머니의 해산 날짜가 가까워오고 있는 것이었다. 온통 배가 부풀어 오를 대로 부풀어 올라 있었다. 그런 몸으로 벼를 베고 있다는 것은 매우 무리가 아닐 수 없었다. 그러나 어쩔 수 없는 노릇이었다.

어머니가 해산을 하고 나면 더욱 집안 형편이 어려워질 판이었다. 맏딸인 옥님이가 집안일을 돌보지 않으면 어떻게 할 도리가 없었다. 그러니 아무래도 옥님이는 학교를 계속할 수가 없는 형편이었다.

그리고 이번에 해산을 하면 아이가 모두 다섯이 되는 것이었다. 없는 살림에 새끼만 주렁주렁 매달리게 된 셈이었다.

가정형편이 그렇다는 것을 알자 잠시 훈국은 뭐라고 말을 했으면 좋을지 그저 가슴이 답답하기만 했다. 그러나 이런 경우 담임선생으로서 어떤 태도를 취해야 된다는 것을 훈국은 잘 알고 있었다.

"어려운 형편에 고생이 많으십니다. 더구나 몸도 가벼운 몸이 아니신데…… 그러나 아무리 어려워도 자식 교육만은 시켜야 됩니다.

국민학교만은 마쳐 주어야지요. 부모로서 자식을 국민학교도 못 졸업시켜서야 어디 말이 되겠습니꼬. 더구나 옥님이는 학교에서 공부도 뛰어나게 잘해서 부급장입니다. 그리고 벌써 5학년도 얼마 남지 않았으니 앞으로 일 년 몇 개월만 고생하시면 됩니더. 안 그렇습니꼬?"

훈국은 잠시 숨을 돌이켰다가 다시 말을 이었다.

"형편이 아주 곤란한 때는 며칠씩 결석을 해도 나무라지 않겠십니더. 그리고 교장 선생님과 상의해서 사친회비도 면제해 드리도록 해 보겠십니더. 교과서 대금이나 학용품 같은 것도 어려우시면 제가……."

그러자 옥님이 어머니는 그만 두 눈에 고여 오르는 눈물을 치맛자락으로 닦으며 흐느끼듯 말했다.

"아이고 선상님예, 그기 무슨 말씀입니꾜. 부모로서 그저 부끄럽기 짝이 없십더, 선상님. 용서*('원전에는 '용소'로 되어 있다)하이소. 어떤 일이 있어도 졸업을 시키지예. 어떤 일이 있어도……."

옥님이도 돌아서서 질금질금 울고 있었다.

이렇게 해서 옥님이의 자진 퇴학을 막았던 것이다.

그리고 그날 훈국은 그들 모녀의 벼 베는 것을 도와주었다. 옥님이 어머니는 곧 미안해서 못 견디었으나 훈국은 거의 한 시간가량이나 함께 벼를 벴다.

벼를 베다가 훈국은 논 가운데에 비스듬히 넘어져 있는 허수아비를 발견했다. 제법 사람 허용*('형용'의 영천말)을 하고 헤어진 보릿짚모자*('밀짚모자'의 비표준어)까지 쓰고 있는 허수아비였다. 얼굴에는 먹으로 웃는 표정이 그려져 있었다.

"야, 이 허수아비 멋있구나. 옥님아, 이거 니가 만들었나?"

"예."

"입이 굉장히 크구나. 웃는 허수아비라. 왜 웃는 얼굴로 했지? 새가 못 오도록 화낸 얼굴로 안 하고……."

"화낸 얼굴은 싫어예. 교과서에 있는 허수아비도 웃는 얼굴이던데예."

"그렇던가…… 헛헛허……."

역시 영리한 옥님이였다. 말하자면 선생이 생도한테 진 셈이었다.

고속버스 창밖으로 허수아비가 내다보이자 훈국은 문득 그때의 그 웃는 허수아비와 함께 옥님이 생각이 머리에 떠올랐던 것이다. 어느덧 십칠팔 년 전의 일이니 옥님이도 이제 삼십이 넘은 여인이 되었겠구나 싶으며 훈국은 호주머니에서 인단갑을 꺼내어 몇 알 입에 넣었다. 머리가 영리하고 착한 아이였으니 틀림없이 좋은 남의 아내, 남의 어머니가 되었으리라, 한 번 만나볼 수 있었으면…… 훈국은 아련한 그리움 같은 것에 젖기도 했다.

그렇게 훈국이 가정방문을 가서 논으로까지 찾아간 바람에 계속 학교에 다니게 된 옥님이는 전보다 더 열심히 공부를 했고, 결석도 오히려 안 하는 편이 되었으며 또 훈국을 마음으로부터 따르는 것이었다. 어떤 때는 약간 사제지간을 넘어선 듯한 그런 감정을 내비치기도 했다. '중대가리 선생'인 훈국 역시 그런 야릇한 감정에 휩싸일 때가 있었다. 옥님이는 학교 입학이 늦어서 5학년 때 벌써 열다섯이었고 6학년 때는 열여섯이었던 것이다. 그러니 그럴 만도 한 일이었다.

졸업을 하는 날은 옥님이는 서럽게 울고 또 울었다. 해가 저물어도 집으로 돌아갈 줄 모르고 교실에서 우는 것이었다. 중학교에 진학을 못하는 설움도 컸겠지만, 그러나 그것보다도 선생님과 헤어지는 것이 더 서러운 듯한 그런 울음이었다. 그래서 결국 훈국도 함께 눈물을 흘렸었다.

그런 옥님이니 아련한 그리움으로 되살아나는 것도 무리가 아니었다.

버스가 경주에 도착한 것은 서울을 출발한 지 네 시간 반쯤 지나서였다.

경주에 내려 K교까지의 차편을 알아보니 옛날과는 달리 바로 학교 앞으로 지나가는 버스가 시간마다 있었다. 그래서 훈국은 오래간만에 고도 경주의 새로 정비된 모습을 구경하고 하룻밤을 경주에서 자고, 이튿날 아침 일찍 K교로 향하기로 했다.

3

이튿날 아침, 학교 앞 신작로에 내린 훈국은 우선 카메라부터 꺼냈다. 그리고 학교 전경을 카메라에 담았다. 십칠팔 년 전의 모습이 남아 있기는 했으나 학교는 알아볼 수 없을 만큼 달라져 있었다.

우선 운동장가의 플라타너스들부터가 엄청나게 큰 나무로 바뀌어 있는 것이었다. 십칠팔 년 전 그때는 겨우 어른 키의 두 배가 넘을까 말까 한 크기였는데 이제는 온통 거목들이었다. 그리고 플라타너스들 사이사이에 옛날에 없던 가지가지 운동기구, 놀이기구가 갖추어져 있었다.

교사도 옛날에는 본관 건물 하나뿐이었는데 이제 본관만 한 별관이 두 개나 있었고 또 조그마한 부속 건물들이 네댓 개나 되었다. 본관 현관 앞에 있는 국기게양대도 위치는 옛날 그대로였으나 목제에서 철제로 바뀌어 있었고 교사 내외의 가지가지 시설이 다 옛날과는 다른 것이었으며 또 옛날에는 없던 것이 대부분이었다.

그러나 훈국을 놀라게 한 것은 그런 것들이 아니라 실습지의 모습이었다. 학교 실습지가 크게 두 부분으로 나누어져 있었다. 한쪽은 양잠이었고 한쪽은 양돈이었다.

양잠 쪽은 온통 뽕나무 밭이었고 밭가에 조그마한 교실만 한 양잠실이 세 칸이나 마련되어 있었다.

양돈 쪽은 개량식 돈사가 즐비하게 세워져 있고 칸칸마다 기름짐 돼지가 꿀꿀거리고 있었다.

양잠 쪽이나 양돈 쪽이나 도저히 시골 국민학교의 생산교육의 실적이라고 할 수 없을 만큼 규모도 컸고 내용도 알찬 것이었다. '생산교육을 통한 지역사회 개발'이 이 학교의 연구 주제이긴 했지만 아무튼 국민학교에서 이처럼 실적을 올렸다는 것은 놀라운 일이 아닐 수 없었다.

그리고 더욱 놀라운 것은 학교의 실습지를 그렇게 알찬 것으로 만들었을 뿐 아니라 학구 내의 모든 부락을 양잠, 양돈의 부락으로 만들었다는 사실이었다. 마을마다 뽕나무밭이 없는 곳이 없으며 또 집집마다 거의 양돈을 하고 있다는 것이었다. 말하자면 양잠, 양돈의 고장을 만든 것이었다. 연구 주제대로 생산교육을 통해서 지역사회를 훌륭히 개발한 것이다.

이렇게 놀라운 성과를 올리게 된 것은 주로 정상덕 선생의 공로라고 했다. 생산교육을 통해서 메마른 지역사회를 개발해야겠다고 맨 먼저 발 벗고 나선 것도 그였고 구체적으로 양잠과 양돈을 택한 것도 그였으며 교내의 생산교육이 어느 정도 궤도에 오르자 아동들을 통해서 혹은 직접 부락으로 나가서 양잠과 양돈을 장려하고 지도하기 시작한 것도 그였으며 그 실적으로 문교부 지정 연구학교가 되자 연구주임 직을 맡아 생산교육과 지역사회 개발 전반을 이끌어 나가고 있는 것도 그였다. 이 학교의 원동력인 동시에 이 고장의 횃불이며 또 오늘 연구발표회의 주인공이기도 했다.

훈국은 점심시간을 이용해서 그에게 면담을 요청했다. 잡지기자로서의 취재인 셈이었다.

마침 점심을 마치고 양잠실을 둘러보고 있는 그에게 훈국은 명함을 한 장 내밀었다.

"수고가 많으십니다. 서울 S지에서 왔습니다."

그러자 그는 긴장이 되는 듯,

"아, 그렇습니꾜. 정상덕이라고 합니더. 저는 명함이 없어서……."
하고 말끝을 약간 떨었다.

"좋습니다. 잠시 이야길 좀 나눴으면 싶은데……."

"예, 그러죠."

훈국은 그를 데리고 조용한 뽕나무밭가에 가서 앉았다.

"정상덕 선생이라고 그랬죠?"

"예."

"연세는?"

"서른입니더."

"어느 학교를 나왔나요? 대구교댑니까?"

"예, 저희가 다닐 때는 아직 교대가 아니라 사범학교였심더."
"예, 고향은?"
"고향은 바로 이곳입니더."
그의 대답을 받아 적고 있던 훈국은
"그래요?"
하고, 필기를 멈추었다.
그러자 그도 훈국의 얼굴을 똑바로 바라보더니, 시선이 정면으로 마주치자,
"아니!"
깜짝 놀라는 것이었다.
"선생님 아니십니껴."
그리고 그는 얼른 손에 쥔 명함을 다시 들여다보더니,
"아이고 선생님! 저 모르겠습니꾜?"
"……."
"정상덕입니더. 정상덕이……."
그제야 훈국도 그가 옛날의 제자라는 것을 알 수 있었다. 그러나 정상덕이가 누구였는지 얼른 기억에 떠오르지가 않았다.
훈국이 잘 기억을 못하는 듯하자, 정상덕은
"꾸러깁니더. 꾸러기…… 꾸러기 모르겠습니꾜?"
했다.
"오, 꾸러기. 그렇구나, 그래. 흠—"
훈국은 '꾸러기'라고 하자 그제야 번쩍 머리에 떠오르는 듯 빙그레 웃으며 손을 내밀어 악수를 청했다.
'꾸러기'는 정상덕의 별명이었다. 그것도 훈국 자신이 붙여준 별

명이었다. 그가 하도 장난꾸러기고 말썽꾸러기여서 한 번은,

"이놈의 말썽꾸러기야, 꾸러기야…… 이제부터 네 이름을 정상덕이라 하지 말고 꾸러기라 해라. 꾸러기……."

이렇게 말했던 것이다.

그것이 곧 별명이 되어 아이들은 물론이고, 훈국 자신도 곧잘 "꾸러기야" "꾸러기야" 하고 불렀었다.

그 장난꾸러기, 말썽꾸러기가 지금은 이렇게 의젓한 선생이 되어 더구나 이런 학교의 원동력이라고 할 수 있는 연구주임으로 이 학교뿐 아니라 이 고장의 횃불 노릇을 하고 있다니 참으로 믿음직하고 대견한 일이 아닐 수 없었다.

"그래, 언제부터 이 학교에……?"

"인제 사 년 됐심더."

"초임인가?"

"아닙니더. 두 번짼니더."

"결혼은 했나?"

"예."

"어린애도 있고?"

"예."

"몇이나?"

"둘입니더. 아들 하나, 딸 하나……."

정상덕은 약간 쑥스러운 듯이 웃었다.

이렇게 십몇 년 만에 옛 스승과 제자가 만나 감회어린 대화를 나누고 있는데, 오후의 일과 시작을 알리는 종이 울렸다.

그래서 하는 수 없이 자리에서 일어나며 정상덕은 말했다.

"선생님, 오늘 제가 집으로 모시겠심더. 저의 집에 가셔서 하룻밤 쉬시고 가시이소, 저의 집도 구경하시고예. 꼭예. 그냥 돌아가시면 안 됩니대이, 예? 선생님."

"응, 그래, 그러지."

훈국은 흐뭇하게 웃으며 고개를 끄덕거렸다.

4

"선생님, 달이 떱니더."

"응, 보름달인 모양이지?"

"보자, 오늘이 음력으로…… 열엿샙니더."

"그런가……."

산 위로 커다랗게 솟아오르는 달을 바라보며 훈국은 정상덕과 함께 논길을 걸어가고 있었다. 연구 발표회가 끝나고 옛 제자를 따라 그의 집으로 가는 길이었다.

정상덕의 집은 학교에서 일 킬로미터가량 되는 곳에 있었다. 그런데 그 길을 가면서 훈국은 옛날과는 길이 매우 달라졌다는 사실을 알았다. 옛날, 훈국은 가정방문이니 뭐니 해서 지금 이 길도 여러 차례 다녀보았던 것이다. 그런데 그때는 겨우 두 사람 정도가 나란히 걸어갈 수 있는 그런 보잘것없는 길이었는데, 이제 구루마는 물론이고 어지간한 자동차도 다닐 수 있는 그런 길로 바뀌어 있는 것이었다. 농로 개량이라고 해서 농촌의 길들이 많이 달라졌다는 이야기는 신문이나 잡지를 통해서 알고 있었지만 막상 이렇게 눈으로 보고 또 그 길을 걸어가노라니 매우 놀랍고 흐뭇한 노릇이 아닐 수 없었다. 이것 한 가지만 보아도 농촌이 많이 달라져가고 있다는 사실을 알 수 있는 듯했다.

"길이 아주 좋아졌는데……."

"예, 재작년에 이렇게 넓혔심더."

"자동차도 다닐 수 있겠는걸……."

"다닐 수 있지예. 그러나 아직 별로 자동차는 다니지 않심더. 경운기는 다니고 있지만……."

"경운기?"

"예, 경운기 아시지예?"

"논도 갈고, 짐도 싣고 하는 거 말이지?"

"예, 경운기는 이제 우리 마을에도 두 대나 안 있습니꾜."

"하, 그래—"

훈국은 또 한 번 감탄을 했다.

그리고 저녁이긴 했지만 달이 떠서 여기저기 마을의 밭에 뽕나무가 무성하게 자라고 있는 것도 볼 수가 있었다.

"첨에 어떻게 해서 양잠과 양돈을 하기로 마음먹었었나?"

"양잠과 양돈이 아무래도 가장 알맞을 것 같습띠더. 수익성도 좋고예 본래 이 고장에서 양잠을 조금씩 하고 있었으니까예. 첨 부임해오니 학교에도 뽕나무밭이 있긴 있습띠더. 그런데 거의 버려져 있지 않습니꾜. 그래서 양잠을 해 보기로 했지예. 그런데 양잠은 주로 여자들 일 아닙니꺼. 그래서 남자들 일로 양돈도 하기로 했지예."

"음, 그것 참 그럴듯한데. 여자들은 누에를 치고 남자들은 돼지를 기르고."

"그럴듯하지예?"

"옛날의 꾸러기가 아주 제법인걸. 헛헛허……."

"핫핫하……."

옛날의 스승과 제자는 큰소리로 기분 좋게 웃었다.

"제가 모교로 희망해서 온 것은 메마른 고향땅을 한 번 살기 좋은 고장으로 만들어 볼 생각에서였심더. 이제 겨우 시작입니더. 앞으로 아직 할 일이 얼마든지 있심더."

"흠, 장한 일이지. 장한 일이여."

참으로 오래간만에 걷는 시골의 가을 밤길은 상쾌하기만 했다. 더구나 커다란 달이 둥둥 떠오르고 있는 밤이니 말이다.

"선생님, 다 왔심더. 저 마을입니더."

마을이 가까워지자 훈국은 또 한 번 흐뭇한 미소를 지었다. 마을 입구의 길 양쪽에 코스모스가 줄줄이 심어져 있는 것이었다. 지금 한창 꽃이 피어 바람에 하늘거리고 있었다. 달밤에 걷는 코스모스 길은 더욱 인상적이었다.

옛날엔 마을이 가까워지면 시큼한 냄새 구리한 냄새가 절로 이맛살을 찌푸리게 했다. 수채에서 구정물 썩는 냄새, 변소 냄새, 돼지우리 냄새, 그런 것들이 뒤범벅이 된 냄새였다. 농촌 사람들은 그런 냄새 속에서 살고 있었다. 그러나 이젠 그게 아니었다. 우선 꽃들이 손님을 반기는 판이니 말이다. 그리고 마을로 들어서도 옛날 같은 그런 냄새는 거의 나지가 않았다. 마을의 수채, 두엄, 변소, 돼지우리 같은 것이 다 잘 개량이 된 것이었다. 말하자면 냄새부터가 옛날과는 다른 것이었다.

훈국은 잘 정돈되고 미화된 마을 골목길을 정상덕의 뒤를 따라 걸으며 격세지감을 금할 수가 없었다.

정상덕의 집은 마을 한쪽 가에 있었다. 그런데 훈국은 정상덕의 뒤를 따라 그의 집으로 들어가며 더욱 감탄하지 않을 수 없었다. 그의 집은 집이라기보다도 온통 뽕나무밭이었다. 뽕나무밭 사이로 난 길을 걸어 들어가는 것이었다. 심은 지가 몇 해 안 되는 듯 아직 그다지 나무들이 크지는 않았으나 그럴수록 향기는 더 부드럽고 신선했다.

뽕나무 잎새의 묘한 향기 속에 묻히며 훈국은 정말 고향에 돌아온 듯한 느낌이었다.

뽕나무밭 속에 집이 있었다. 정확하게 말하면 뽕나무밭 속에 집이 있는 것이 아니라 집 주위의 밭에 온통 뽕나무를 심은 것이었다. 그리고 양잠실인 듯한 건물이 제법 학교의 조그마한 교실 크기만 하게 세워져 있었다.

지금 막 양잠실인 듯한 그 건물의 문이 열리며 부인 한 사람이 나오고 있었다. 앞치마를 두른 젊은 부인이었다.

"여보!"

정상덕이 그녀를 불렀다.

그녀가 가까이 오자 정상덕은,

"누구신지 모르겠어?"

하고 웃었다.

훈국은 멀뚱히 서 있었다. 물론 그녀가 정상덕의 아내라는 것은 알 수 있었다. 그런데 왜 "인사 드려. 국민학교 때 우리 선생님이셔." 이런 투로 말하지 않고 "누구신지 모르겠어?" 하는 것인지…….

훈국이 어찌된 영문인지 몰라 눈을 끔벅이며 멀뚱히 서 있는데,

"아이고야꼬! 선생님 앙이십니꾜?"

그녀는 깜짝 놀라 소리를 지르는 것이었다.

"이기 우찌된 일입니꾜. 선생님예!"

그녀는 그저 너무나 뜻밖의 일이라 어쩔 줄을 모르겠는 모양이었다.

훈국은 어리벙벙하기만 했다. 도대체 이게 누군지 알 수가 없었다. 달빛 아래라서 그런 것은 아니었다. 달빛 아래지만 그녀는 대뜸 알아보는 것이 아닌가.

그러자 정상덕이 또 빙그레 웃으며 이번에는 훈국에게 물었다.

"누군지 모르겠습니꾜? 선생님."

"……."

"부급장앙입니꾜."

"부급장?"

"예."

"오!"

그제야 훈국도 깜짝 놀랐다.

"옥님이로구나. 옥님이. 야— 이거 참……."

훈국 역시 너무나 뜻밖의 일에 그저 어쩔 줄을 몰랐다.

"아이고 선생님. 어서 들어오시이소."

옥님이는 총총걸음으로 앞장을 서며 곧장 앞치마로 두 손을 문질러 댔다. 참으로 반갑고 뜻밖의 일인 것이었다.

"와 진작 이야길 안 했나?"

훈국이 웃으며 정상덕에게 물었다.

"미리 말씀을 디리삐리면 재미가 없거든예. 깜짝 놀라게 해야 재미가 있지예."

"이 녀석 여전히 꾸러기는 꾸러기구만. 헛헛허……."

"여전히 장난꾸러기지예? 핫핫하……."

그러자 저쪽에서 꿀꿀꿀꿀…… 돼지들이 꿀꿀거리는 소리가 일어났다. 마치 돼지들도 주인 내외의 옛 스승을 반기는 듯이.

《새농민》(1973. 8)

해설

전쟁의 기억, 만년의 글쓰기

서영인(문학평론가)

1.

하근찬은 1957년 「수난이대」로 본격적인 작품 활동을 시작한 후 50여 년 동안 꾸준히 소설을 썼다. 초기작인 「수난이대」와 「흰 종이수염」으로 하근찬을 기억하고 있는 대부분의 독자에게는 생소하게 느껴질 만큼 하근찬의 작품 활동 기간은 길고, 생산해낸 작품 수도 많다. '하근찬 문학전집 간행위원회'가 기획한 전집은 총 21권 분량으로 중단편집이 8권, 장편이 13권에 이른다. 이 글의 대상이 되는 『산의 동화』는 중단편집 중 마지막 권에 해당하며, 주로 하근찬의 만년의 작품들을 수록하고 있다. 수록작 중 「옛 제자」를 포함한 4편이 1980년대에 발표되었고 「심야의 세레나데」 등 5편은 1990년대에서 2000년대 초반에 걸쳐 발표되었다.

한 작가가 50년에 이르는 기간 동안 계속해서 작품 활동을 해 왔다는 것 자체에, 20대에 시작하여 70대까지 계속해서 작품을 써 왔다는 것에 우선 주목해야 한다고 생각한다. 개별 작품의 성취도에 관한 문제를 별개로 하고서도 그렇다. 특히 하근찬의 경우에 더욱 그러하다.

「수난이대」는 태평양전쟁과 한국전쟁을 겪은 아버지와 아들이 부상과 불구의 몸으로, 그럼에도 불구하고 살아갈 앞날을 과장 없이 말하고 있다. 1945년 해방을 기점으로 한국문학의 시기를 구분하고, 전쟁 세대의 경험을 분별하는 문학사의 오랜 관행에 따라 쉽게 연속성 하에 놓이지 않았던 역사를 「수난이대」는 힘들이지 않고 가뿐하게 이어 놓았다. '힘들이지 않고 가뿐하게'라는 것은 그 이음매가 안일하다거나, 도식적이라는 말은 물론 아니다. 역사적 배경도 사건의 원인도 다른 두 전쟁이 자연스럽게 연결되었던 것은 그 전쟁을 겪는 평범한 사람들, 일상의 시점을 택한 덕분이다. 우리는 「수난이대」를 통해 일본 제국주의나 이념적 분열이나 냉전 체제 같은 거창한 관념을 도입하지 않고도 '전쟁은 그것을 겪은 사람들이 상처나 상실을 통해 가혹하고 고통스럽게 실제한다'는 사실을 실감한다. 가끔은 아버지의 전쟁과 아들의 전쟁을 아무렇지도 않게 이어 놓음으로써, 전쟁의 배후, 역사적 인과를 생략하고 소박한 인간주의의 결론에 이르고 말았다고 평가되기도 한다. 전쟁을 겪은 이들이 어떻게 살 것인가를 서사의 최우선으로 삼은 결과이다. 노무자로 끌려가고, 전쟁에 징집되어 팔이나 다리를 잃고 돌아온 사람들이, 그럼에도 불구하고 계속 살아야 한다면, 전범을 따지거나 이념을 거론하기 전에 지금 이곳의 삶을 마주할 수밖에 없지 않은가. 「수난이대」는 전쟁을 겪은 이들의 생활과 생존에 집중하면서 한국 현대사의 복판을 예리하게 통과한다.

「흰 종이수염」은 「수난이대」의 팔 하나 없는 박만도가 한국전쟁에서 한쪽 다리를 잃은 진수를 업고 힘겹게 외나무다리를 건넌 후의 시간으로 이어져 있다. 징용에서 사고로 팔을 잃고 귀환한 아버지에게는 힘겹게 꾸려야 할 생활의 시간이 기다리고 있다. 아들은 사친회비가 밀려 책보를 빼앗기고 학교를 가지 못했으니, 아들을 교육시키고 수제비죽이나마 먹고 먹이기 위해 아버지는 일을 해야 한다. 본업이었던 목수 일을 할 수 없게 된 아버지가 얻은 직업은 우스꽝스런 분장을 하고 극장의 광고판을 메고 다녀야 하는 선전꾼이다. 나라를 위해 팔을 바쳤다고 큰소리를 치지만, 동네 아이들의 놀림거리로 저잣거리를 돌아다니며 굴욕을 견디는 일이 사실은 아버지가 해야 할 일이다. 아들 동길은 그까짓 학교 안 가면 그뿐이라고 볼멘소리를 하고, 징용을 다녀온 아버지를 놀리는 창식이를 흠씬 두들겨 패 주면서 귀환한 아버지와의 생활을 이겨나간다. 너나없이 징용에 끌려가고 불구가 되어 돌아오는 생활 와중에 학교는 학비를 낼 수 있는 아이와 없는 아이를 구별 지으며 그들을 학교 밖으로 배제한다. 당찬 동길이의 주먹질은 전쟁의 폭력에 노출되어 삶의 기반이 흔들리는 사람들을 배제와 조롱으로 맞이하는 세태에 대한 비애와 분노와도 통한다. 아버지는 광고맨의 분장을 하기 위해 흰 종이로 가짜 수염을 오려 붙여야 했는데, 팔 하나로는 그 섬세한 가위질을 해낼 수가 없다. "동길이는 아버지한테서 가위를 받아 쥐고 종이를 국수처럼 가닥가닥" 오리고, "그것을 실로 꿰매"* '흰 종이수염'을 만들었다. 진수를 업고 걸어가는 만도의 길이 상징이었다면, 아버지 대신 가위질을 해서 만든 '흰 종이수염'은 생활이다. 전쟁은 신체를 훼손할 뿐 아니라 인간의 자존을 훼손한다. 어쩌면 동길이에게 전쟁이란 천진한 떡 감기 후에 선뜻하게 찾아오는 허기나, 귀환한 아버지를 향한 반가움에 동반된 두려움 같은 것일지도 모른다. 또는 광고판을 메고 메가폰을 든 희한한 사람이 바로 자신의 아버지라는 것을 알았을 때 왈칵 솟는 눈물이다. 「수난이대」로부터 계속, 하근찬의 소설쓰기는 이 전쟁의 의미에 대한 변주이다. 부인할 수 없는 전쟁의 상처가 잘린 팔이나 다리가 아니라 일상에 드리운 불안과 분노, 혹은 쉽사리 회복되지 않는 자존의 방식으로 우리에게 오래 잔존하고 있다는 것을 하근찬의 긴 작품 목록에서 확인할 수 있다. 「수난이대」가 막연한 희망이나 낙관에 그치지 않는 것은 그 다음의 「흰 종이수염」 덕분이다. 그러므로 「수난이대」와 「흰 종이수염」은 이어서 읽어야 한다.

앞서 한 작가가 50년에 이르는 기간 동안 작품 활동을 해 왔다는 사실 자체에 주목해야 한다고 말했다. 「수난이대」가 발표된 다음다음 해 「흰 종이수염」이 발표되었고, 「흰 종이수염」에 의해 「수난이대」가 더 의미심장하게 읽힐 수 있다면, 그 다음의 작품, 그 다음다음의 작품에 대해서도 그렇다. 그것이 반드시 「수난이대」와 「흰 종이수염」의 경우처럼 확대되고 보충되는 방식이기만 하지는 않을 것이다. 식민지 시기나 한국전쟁에 대한 이후의 해석은 해석 당시의 역사적 환경이나 담론의 구성에 따라 다르게 의미화되

* 하근찬, 「흰 종이수염」, 『하근찬 전집 2-흰 종이수염』, 산지니, 2021, 29쪽. 이후 전집에서의 인용은 권수와 페이지만 표시함.

었다. 예컨대 해방 직후의 일본 제국과 한일협정 이후의 일본 제국은 다르게 감각되고 정치화된다. 만년에 이르기까지 수시로 출몰하는 전쟁의 기억은 균질하지 않다. 희미해지고 바래고, 때로는 필요 이상으로 건조하거나 강팍한 이 불연속적인 기억의 연속체를 역사라고 부를 수도 있지 않을까. 그러므로 하근찬의 작품 목록은 전쟁의 기억으로 구성된 일종의 역사이다. 하근찬이 완성한 기억의 역사는 전쟁을 이해하고 전쟁과 화해하려 하였으나 대체로 여의치 않았던 오랜 시도들을 포함하고 있기도 하다. 개별 작품의 성취도 중요하지만 하근찬의 기나긴 작품 목록 자체가 중요한 것은 역사에 대한 기억이 시간 속에서 풍화되면서 시대와 함께 변해가는 과정을 목도하게 하기 때문이다. 하근찬의 만년의 작품을 읽기 위해 우리는 세월을 견디며 늙어온 이 기나긴 기억의 역사를 우선 존중해야 한다.

2.

전쟁의 기억이라 했거니와, 만년의 작품에서 나타나는 전쟁은 문자 그대로의 '기억'으로 존재한다. 중년 이후의 인물이 어떤 계기에 의해 전쟁의 체험을 떠올리는 방식으로 소설은 서술된다. 가령 「신비한 물결」에서 전쟁의 기억은 인물들의 일상에서 우연한 계기에 소환된다. 모 사립여고의 교감 황, 출판사를 경영하는 백 사장, 서양화가 손 화백은 젊은 시절 같은 출판사에 근무한 인연을 오십이 넘은 지금까지 이어가고 있다. 그들은 함께 주말 산행을 즐겼는데,

이번에는 첫 야간산행을 감행했다. 텐트를 치고 버너를 피우고 술잔을 돌리다가 한밤중의 정취를 따라 유령과 영혼을 화제로 삼게 되었다. 백 사장은 사범학교에 다니던 때의 경험을, 손 화백은 6.25 때의 경험을 꺼내 놓는다.

백 사장과 손 화백의 입을 빌어 등장한 에피소드는 이미 하근찬의 소설에서 여러 차례 등장한 에피소드이다. 자전적 체험에서 비롯된 이야기로 하나는 일제 말기 하근찬이 다녔던 전주사범에서의 체험이고 또 하나는 한국전쟁 때 국민학교 교장이었던 아버지가 형무소에 끌려갔다가 좌익으로부터 무참하게 학살당한 사건이다. 전주사범에서의 체험은 「죽창을 버리던 날」(1971)이나 「삼십이 매의 엽서」(1972) 같은 소설에서 주요 사건으로 다루어진 바 있고, 아버지의 죽음은 「핏빛 황혼」(1972)이나 장편 『야호』(1971) 같은 작품에서 그려진 바 있다. 가혹한 군대식 교육과 개인 자유의 박탈, 폭력으로 점철된 전주사범에서의 체험은 교육체계를 통해 현현하는 전시체제의 문제점을 비판하고 일상에서 드러난 전쟁의 폭력성을 고발하기 위해 주로 소환되었다. "'학교'라는 이름을 내건 군대에서 전시동원 체제 하에 강제 동원 소모품"으로서의 체험, "학교는 군대요, 기숙사는 이 전쟁의 포로이자 노예를 관리 감독, 수용하는 곳에 불과"한 곳에서 학생들은 "지배 권력을 상상의 '공포'로서 경험한다."* 전주형무소에 투옥되었다가 학살된 아버지의 시신을 수습한 하근찬에게 전쟁은 이데올로기나 관념으로 받아들이기에는 너무나 끔찍한 체험이었다. 이는 그의 작품 세계에서 전쟁이 결정

* 송주현, 「작고 약한 것들의 위대함, 따뜻한 이해와 연민」, 『전집 3』 해설, 392쪽.

적인 비중을 차지하는 중요한 원인이 되기도 했다.

> 시체들이 총살을 당한 게 아니라, 하나같이 타살을 당한 듯 온통 몸에 구렁이를 휘감은 것처럼 멍들이 들었고, 살이 찢히고 터져 그 생김새를 알아볼 수 없을 지경이었다. 어떤 시체는 팔이 떨어져 나가기도 했고, 다리가 부러져나가기도 했으며, 배가 갈라져 창자가 흘러나온 그런 시체도 있었다. 더러 여자의 시체도 섞여 있는데, 온통 발가벗겨진 채 난도질을 해 놓은 것이었다.
>
> 그야말로 목불인견이었다. 그리고 그 시체들 썩는 냄새라니…… 아수라의 지옥인들 어디 이러랴 싶었다.*

1983년 『문학사상』에 작품이 발표될 당시는 아버지의 죽음으로부터 30년이 더 지난 시점이다. 그럼에도 불구하고 이 소설에서 시신들의 참상은 그 끔찍함이나 비극성이 바로 어제 일인 듯 생생하다. 전쟁이 학교제도 안에서 폭력적으로 구현되고 인간이 짐승처럼 살해되는 참상은 그의 생애 내내 상기되는 문학적 모티브일 수밖에 없었을 것이다.

이 참상이 '기억'의 방식으로 등장했다는 점에도 주목해야 한다. 이와 다른 경우로서 예컨대 같은 전주사범학교 체험을 모티브로 한 소설 「죽창을 버리던 날」 같은 경우는 학교에서의 군대식 규율과 그로 인한 고통은 해방과 동시에 해소된다.

---

* 「신비한 물결」, 『전집 8』, 29~30쪽.

이제 나는 모든 것이 무사히 끝난 것 같아 속이 후련하고 가뿐하기만 했다. 아버지한테 얄궂게 뒤틀어졌던 기분도 끝나고, 그 지긋지긋한 학교의 일 뜸질도 끝나고, 대나무 막대기로 야! 야! 하는 교련도, 상급생들의 모욕적인 기합도, 견딜 수 없는 배고픔도 다 말이다.*

학교교육이 군대식 계급과 훈련으로 강압적으로 운영된 원인이 전시체제에 있었음이 이로써 명징해진다. 그래서 '나'는 여름방학 과제물로 들고 가던 죽창을 시궁창에 내던져 버릴 수 있었다. 무기를 만드는 것이 과제였던 학교교육이 해방을 맞으면서 전환되어야 한다는 뜻이기도 하다. 전쟁은 일상의 고통을 불러일으키는 원인이었고, 그러므로 일상의 자유를 위해 전쟁은 끝나야 한다는 단순하지만 분명한 메시지를 교육현실을 통해 꿰뚫고 있다.

그러나 「신비한 물결」에서 백 사장의 기억에 등장한 같은 모티브는 어머니의 죽음으로 이어진다. 사범학교에서 기숙사 생활을 하던 학생들이 귀향할 수 있는 방법은 단 하나, 친지의 부고를 받아야만 가능했다. 부모나 친지의 죽음이 아니고서는 끔찍한 학교를 벗어날 수 없다. 백 사장은 어느 날 수업을 듣다가, 이상한 열기를 느끼고 알 수 없이 슬픔이 북받쳐 오르는 것을 경험한다. 그리고 곧 어머니의 부고를 받고 고향집에 가게 된다. 고향집에 도착하여 알게 된다. 교실에서 알 수 없는 슬픔을 느꼈던 그 시각, 어머니가 돌아가셨다는 것을. 전쟁의 기억은 영혼이나 유령, 텔레파시 혹은 영파(靈波) 같은 신비 체험의 사례로 거론된다. 손 화백이 털어놓은

* 「죽창을 버리던 날」, 『전집 2』, 49-50쪽.

아버지의 죽음 이야기도 마찬가지이다. 친구와 밤늦도록 술을 마시고 꿈에서 아버지를 만난다. 아버지는 수레에 타고 작별을 하듯 손을 흔들고 있었다. 꿈에서 깨서 알 수 없는 슬픔에 젖어 있던 손화백은 다음날 인민위원회가 없어졌다는 소식을 듣고 형무소에 갇힌 아버지를 찾아 나선다. 그리고 그가 찾은 것은 예의 끔찍한 그 학살의 현장이고 아버지의 시신이었다. 나중에 알게 된 사실인데, 그가 아버지의 꿈을 꾼 그 시간에 아버지는 학살되었다.

영혼과 유령을 이야기한 끝에 그 체험들이 불려나왔다 한들, 그 장면의 끔찍함과 가혹함이 희석되는 것은 아니다. 그러나 전쟁의 체험이 어머니와 아버지의 죽음이라는 슬픔과 연결되고, 그것이 다시 유령이나 영혼과 관련된 신비한 체험으로 언급되면서 전쟁의 기억은 개인화된다. 「죽창을 버리던 날」에서 생도로 겪었던 체험은 역사적 사건으로 재현되지만, 오랜 시간이 지나 떠올린 기억 속에서 그 체험들은 어머니의 죽음을 겪은 슬픔이나 가족끼리 이어진 신비한 유대 같은 것으로 전도된다. 그리고 그 기억이 장년에 이른 인물들의 현재와는 별다른 관련성을 갖지 않는다. 기억은 생생하지만 그 기억이 현재성으로 의미화되지 못한다는 것, 만년의 소설들에서 전쟁의 기억이 어떤 의미를 지니는지 생각해 보아야 할 대목이다.

「심야의 세레나데」에도 유령과 연관된 전쟁의 기억이 등장한다. 나는 낮잠을 자다가 귀신의 형상을 한 여인의 꿈을 꾼다. 악몽을 꾸고 깨어나 받은 원고 등기우편이 소설의 몸체를 이룬다. 잘못 알려진 전사의 소식-애인의 폐병-자살로 이어지는 이야기는 전쟁을 배경으로 한 신파성 강한 연애담의 일종처럼 보인다. 전쟁에서 기적적으로 살아난 화자가 자살한 애인이 근무하던 학교로 부임하고, 거기서 죽은 애인을 닮은 여선생에게 호감을 보이자 그날 밤 죽은 애인의 유령이 나타났더라는 전개에 이르면 "모든 게 전쟁 때문이에요."*라는 화자의 발언에도 불구하고 이 연애담은 전쟁의 구체성과 점점 멀어진다.

소설 전체의 구성하에서 전쟁의 기억이 어떻게 자리 잡는가를 확인하는 것도 중요하다. 「신비한 물결」에서 백 사장과 손 화백이 본인들의 체험을 이야기한 후 황 교감은 이상한 기운을 느끼고 다음 날 집으로 전화를 건다. 백 사장과 손 화백의 이야기를 듣고 자신도 이상한 기운을 느꼈으니 집에 무슨 사고라도 있는 것이 아닌지 확인한 것이다. 아무 일도 없다는 것을 확인하고 지난 밤 백 사장과 손 화백의 이야기를 포함하여 본인이 느낀 감정까지 "다 허망한 소리"라는 말로 일축한다. 「심야의 세레나데」에서는 한밤중에 유령을 본 화자를 향해 주변 사람들은 "머리가 좀 어떻게 된 것"이라거나 "정신병원에 가서 한번 진찰을 해 보는" 것이 좋겠다고 말한다. 유령을 보는 체험 당사자들과 그 이야기를 접하는 주변인들 사이에는 소통할 수 없는 괴리가 존재하고 있는 것이다. 그리고 소설 속에 등장한 체험이 이러한 주변의 반응과 섞이는 순간 전쟁의 기억이 온전히 현재성으로 존재하기는 어려워 보인다. 이 괴리를 현재의 사건 안으로 밀어 넣기 위해서는 다른 방식의 화해 내지는 이해의 과정이 필요하다.

어머니의 죽음과 아버지의 죽음, 또는 애인의 죽음으로 등장하

* 「심야의 세레나데」, 『전집 8』, 96쪽.

는 전쟁의 기억은 설명될 수 없는 '신비한 물결'이나 '심야의 괴담'으로 소설화되었다. 전쟁은 유령이나 원혼, 또는 괴담처럼 실재하지 않는 환영으로, 현실에 존재하지 않지만 또한 부인할 수 없는 기억으로 존재한다. 어쩌면 원혼이나 유령처럼 전쟁은 형태는 없으나 사라지지 않고 우리들의 일상 이면에 그림자를 드리우고 있는 것이 아닐까. 만년의 작품들에서 작가에게 전쟁의 기억이란 그런 것이었고, 작가는 나름의 방식으로 이 기억과의 화해를 시도한다. 그것이 '일본'을 소재로 한 몇 편의 소설들에서 드러난다.

3.

전쟁의 기억이 유령이나 환영처럼, 존재하지만 존재하지 않는 형태로 재현되는 까닭은, 그 기억이 당시의 경험으로부터 떨어져 나와 끊임없이 변화하는 현실을 함께 겪어야 했기 때문일 것이다. 「사십 년이 흘러간 뒤에」는 그러한 정황을 간명하게 보여주고 있다. 소설가 한원길은 도쿄에서 열린 국제펜대회에 참석한다. 해방으로부터 40년이 흐른 뒤에 방문한 일본은 깨끗하고 친절한 선진국이었다. "과거에 우리를 지배한 원수의 나라였다는 선입관"과는 다르다. 윤기가 흐르는 농촌, 깨끗하고 부드럽고 친절한 사람들을 보며 일본에 대해 가지고 있던 미움의 감정 대신 호감이 고개를 드는 것을 느낄 정도였다. 그러나 여전히 착잡하다.

사십 년 전 일제 말엽에 한원길은 국민학교 교장 선생이 가지고 있는 일본도를 보았고, 중학생이 되어 검도 선생이 기합을 주면서 빼든 날이 시퍼런 일본도 앞에 떨기도 했으며, 해방이 되어 삼일운동 기념 축구 시합 때 불상사가 생겨 학생들 사이에 집단 충돌이 야기되었는데, 전에 일본군 헌병이었던 한국인이 자기 집에 감추어둔 일본도를 빼들고 나서는 바람에 한원길은 다른 학생들과 함께 그에게 돌을 던진 그런 일도 있었다.*

교토를 방문하여 한 전각에 가지런히 안치된 일본도를 보면서 느끼는 감정이다. 과거 우리를 지배했던 침략자의 모습과는 거리가 먼 현재의 일본에 대한 호감에도 불구하고 그의 기억을 지배하는 것은 시퍼런 일본도의 공포이다. "일본도는 일본의 무사도를 상징하는 물건이라고 하겠는데, 한원길은 그것이 여전히 두려움의 상징처럼 느껴져서 입맛이 떨떠름**"한 것이다. 40년이라는 세월이 흐른 후 달라진 현실 속에서 현재의 일본/혹은 역사와 만나야 한다는 것을 알면서도 그는 그가 간직한 기억이나 심상으로부터 자유로울 수 없는 것이다. 이 괴리 때문에 하근찬은 유령이든 기억이든 어떤 형태로든 전쟁을 계속 소설화해야 했다.

한원길이 떠올린 일본도의 기억은 단편 「일본도」(1971)에 등장하는 일본도에 관한 세 가지 에피소드이다. 「죽창을 버리던 날」의 경우와 마찬가지로 「일본도」에서도 일본도에 얽힌 이야기는 해방 전과 해방 후에 각각 다른 기능으로 등장한다. 해방 전의 일본도가 공포와 억압의 기억이라면, 해방 후의 기억은 저항과 해방의 기억

* 「사십 년이 흘러간 뒤에」, 『전집 8』, 73쪽.

** 같은 책, 같은 쪽.

이다. 그리고 「사십 년이 흘러간 뒤에」에서 이 기억은 한데 뭉쳐져 현재의 일본과 과거의 일본 사이에 일어나는 괴리를 부조하기 위해 등장한다. 그리고 다른 소설에서 일본도의 에피소드가 반복하여 등장한다. 이때 일본도는 현재와 과거의 괴리를 해결하기 위한 방편으로서 기능한다. 「두 일본인」에 등장하는 한재명 노인은 올해 미수(88세)를 맞았고 특별한 할 일 없이 낮에도 방송하는 NHK를 틀어 놓고 '종전 오십 주년 기념 특집' 프로그램을 본다. 대동아전쟁을 찬양하고 전쟁시기의 군가를 불러대는 애국청년단체의 행동대원들이 등장하는 화면과 침략전쟁을 사과하고 국회의 부전결의를 지지하는 수상의 선언이 번갈아 방영된다. "일본의 상반된 두 흐름"이 간명하게 부조되고 있는 것이다. 이 두 흐름은 작품이 발표된 1995년 당시 일본이 전쟁의 역사를 현재화하는 두 방식이라고도 할 수 있다. 한재명 노인은 회상에 빠져든다. 그의 기억 속에 있는 두 일본인, 이시바시 교장과 오카야마 시학관에 대한 기억이다. 이 중 이시바시 교장은 「일본도」의 한 에피소드에 등장했던 그 교장이다. 수시로 수업을 시찰하고 교사와 학생들에게 폭력적인 언사를 휘두르며 식민지인인 조선인들을 멸시하고 억압했던 인물이다. 러일전쟁 참전 경험이 있는 그는 집에 모셔둔 일본도를 수시로 꺼내 휘두르는 사람으로 왜곡된 군국주의의 화신 같은 사람이다. 그의 횡포를 참다못해 젊은 시절 교사였던 한재명은 교장에게 맞서다가 파면당한다. 오카야마 시학관은 한재명의 징계를 심의했던 위원 중 한 사람으로 한재명의 행동을 이해하고 그를 딱하게 여겼지만 강경한 다른 위원들 때문에 한재명의 파면을 막지는 못했다. 그러나 그는 이후 전라북도 학무국장으로 영전해서 한재명이 복직할 수 있는 길을 열어 주었다.

현재 일본의 두 흐름과 기억 속의 두 일본인이 겹쳐지면서 작가가 전쟁의 기억과 화해하는 방법, 또는 과거와 현재의 괴리를 해결할 수 있는 틈이 생겨난다. 그것은 전범국가로서의 일본과 그 국가에서 살아간 사람들을 분리하고, 전쟁의 기억을 인간에 대한 기억으로 개별화하는 방법이다. 전쟁을 일으키고 학살을 자행하고, 식민지인을 억압했던 국가와 그러한 체제 속에서 자신의 윤리를 지키면서 살아갔던 사람들을 동일시하지 않는 방식, 국가가 대표할 수 없는 국민의 형상을 발견하고 창안하는 방법이다. 이시바시 교장은 러일전쟁 시절의 군복을 꺼내 입고 군국주의가 고조되던 중일전쟁 시기에 일본도를 휘두르며 날뛴다. 국가의 전쟁에 자신을 동일시하는 이시바시 교장의 모습은 동일시될 수 없는 국가와 개인의 차이로 인해 희화화되기도 한다.

> 무엇보다도 군복을 입고 군모를 쓴 교장 선생의 모습이 우스꽝스러우면서도 신기하기만 했다. 군복과 군모가 명치시대의 옛 것인데다가 가슴에 훈장까지 달고 있으니 그럴 수밖에 없었다. 군복의 한쪽 가슴에 반짝반짝 빛나고 있는 훈장은 학생들의 호기심을 자극하고도 남았다.
>
> 그런 색다른 모습으로 교단 위에 서서 자기의 전쟁 경험담을 손짓발짓을 해가며 지껄여 댈 때는 무슨 신파극에서 배우가 혼자 연기를 하는 장면을 구경하는 듯 재미가 이만저만이 아니었다. 그래서 처음 한동안은 학생들이 월요일을 손꼽아 기다리기까지 했다. 그러나 횟수가 거듭됨에 따라 그것도 차츰 시들해져서 흥미를 잃어 갔고, 나

중에는 애국조회가 두려움으로 바뀌고 말았다. 색다르고 재미있던 조회가 집단기합의 자리로 변모해 버렸던 것이다.*

"애국심을 북돋우기 위해서 정신훈련과 신체단련을 한다"는 명목으로 학생들에게 단체 기합을 주고 트랙을 돌리기도 한다. 이시바시 교장은 중일전쟁으로 경직된 시국에서 국가 전체를 군대화시켰던 당시 일본 제국의 광기를 표상한다. 국가에 동일시된 국민의 전쟁은 그러나 오래된 군복을 입고 전쟁 경험담을 떠들어대는 시대착오이기도 하다. 그에 반해 오카야마 시학관은 그런 교장에게 맞섰던 한재명의 처지를 이해하고 파면된 그의 구제책을 만들면서 그에게 인정을 베푼다. 여기에서 오카야마 시학관이 도를 옮겨서 복직하자고 권유하는 이유는 특별히 주목할 만하다.

"앞으로 칠팔 년만 더 교단에 서서 이십 년을 채우면 그때부터는 은급(恩給)을 받을 대상이 되잖소. 그렇게 되면 그 뒤는 교직을 떠나도 노후를 아무 걱정 없이 생활할 수가 있거든요."**

오카야마 시학관이 한재명에게 복직을 권유하는 이유는 그가 파면에 이른 사건의 부당함이나 그에 저항한 한재명에게 공감한 측면도 있겠지만, 오카야마는 가장 먼저 '은급'을 말한다. 연금을 받을 수 있도록 교사생활을 연장하자는 것, 그러면 노후를 걱정하지 않아도 된다는 것이다. 군국주의와 그에 대한 분노의 감정이라

* 「두 일본인」, 『전집 8』, 113쪽.

** 「두 일본인」, 『전집 8』, 131쪽.

는 대결구도는 뜻밖의 제안으로 다른 방향을 취한다. 전쟁이 언제까지 계속될지 모르지만, 그보다 더 오래 지속되는 것은 생활이다. 만도와 진수가 불구의 몸으로도 전쟁 후의 일상을 계속해야 하듯이, 한재명 역시 전쟁의 고난 이후에도 계속 그의 삶을 살아야 한다. 오카야마의 제안은 생활의 지속과 그것을 유지해야 할 개별의 인간들이 국가의 전쟁에 귀속되지 않고 연대할 수 있는 가능성이기도 하다. 그리하여 전쟁의 기억을 넘어서서, 더 많은 인간들과 평화와 공존을 말할 수 있는 여지가 생겨난다. 평범한 인간들의 삶에 주목하여 전쟁의 비극을 인간애에 바탕한 낙관적 세계관으로 극복해 간 하근찬의 문학은 그 만년의 작품에서도 빛을 발하고 있다.

전쟁의 기억을 현재성 속에서 풀어내기 위하여 하근찬은 국가주의에 귀속되지 않는 개별적 인간들의 연대를 말한다. 그것이 혹 소박한 인간주의적 해결에 그치는 것이 아닌가 하는 우려는 굳이 덧붙이지 않아도 좋을 것이다. 왜냐하면 하근찬은 오카야마 같은 일본인이 한재명 같은 조선인과 연결되어 있는 또 다른 한 축을 잊지 않고 있기 때문이다. 언제든 이 잔잔한 생활적 연대가 깨어질 수 있는데, 그것은 아이러니하게도 이 광기의 전체주의가 생각보다 훨씬 더 강하게 우리의 일상을 지배하고 있기 때문이다.

> 중일전쟁이 막바지에 이르고, 이번에는 어쩌면 미국과 전쟁을 벌일지도 모르는 험악한 시국이어서 교원들은 모두 빡빡 깎은 머리에 전투 모자를 쓰고, 국민복이라는 쓰메에리(목받이)식 국방색 양복을 제복처럼 입고 있는 터였다. 교원들뿐 아니라, 관공리들은 모두 그런 모습이었고, 일반인들에게도 그런 복장을 권장하고 있었다.

빡빡 깍은 머리를 쓰다듬고 나서 단정히 다시 전투 모자를 쓰면서 한재명은 중얼거렸다.

"포마드를 처발라서 기생오라비 같다는 소리는 이제 안 듣게 됐네 그려. 설령 아오키 교장이 이시바시 같은 고약한 자라 할지라도……."

그리고 그는 쓸쓸하게 웃었다.*

복직한 학교에 출근하는 한재명의 쓸쓸한 웃음으로 소설은 마무리된다. 이시바시 교장과 오카야마 시학관을 기억하며 찾아낸 화해와 연대가 여전히 전쟁 체제의 지배력 하에 있다는 사실이 명징하다. 한재명은 이시바시 교장과의 첫 만남에서 포마드를 바른 머리를 질타 받고 그날로 그의 유일한 멋 부리기를 포기했다. 이시바시 교장 때문에 곤욕을 치르고, 오카야마 시학관 덕분에 복직의 기회를 얻었지만 그는 옛날로 돌아갈 수 없다. 막바지에 이른 전쟁은 포마드를 바르거나 말거나 할 수 있는 정도의 자유조차 삭제해 버렸던 것이다. 악독한 교장을 만나든 온화한 교장을 만나든 상관없이 그의 헤어스타일은 전쟁이 결정한다. 이시바시와 오카야마, 그리고 한재명은 전쟁이라는 체계 안에 있으며, 그 안에서 인간적 유대는 작은 숨통이기는 해도 절대적 해방이 되지는 못한다. 하근찬의 만년의 소설들이 변화된 현재를 배경으로 과거와의 화해를 모색하면서도, 과거의 기억들을 계속해서 소환하는 이유이기도 하다.

그럼에도 불구하고 포기할 수 없는 아름다운 연대와 공존을 그

---

* 「두 일본인」, 『전집 8』, 135~136쪽.

리고 있는 「슬픈장난감」으로 하근찬 만년의 작품 읽기를 마무리하고 싶다. 역시 현재의 일본을 배경으로 하고 있는 작품이다. 소설가가 주인공인 「슬픈 장난감」에서 작중 화자인 '나'는 취재를 위해 홋카이도의 하코다테를 여행한다. 『제국의 칼』 집필을 위한 취재였다고 밝히고 있고, 실제로 1993년 하근찬은 『제국의 칼』을 발표한 바 있으므로 자전적 색채가 강하다. "19세기 후반에 밀려오는 구미 세력으로부터 나라를 지켜내며 메이지유신을 이룩하여 동양에서는 유일하게 강국으로 부상한 일본이 결국은 그들과 마찬가지로 해외 패권의 길을 택하여 청일전쟁 · 노일전쟁을 거쳐 마침내 우리나라를 합병하고 말았는데, 어떤 세력 어떤 인물들이 침략에 앞장서서 우리에게 실국(失國)의 한을 안겨주었는지, 일본 근대사의 내막을 밝혀보려는 것"*을 목적으로 한 집필 취재 여행에서 그가 도착한 지점은 의외로 이시카와 다쿠보쿠(石川啄木)이다. 전쟁과 식민지배, 합병의 일본 근대사 연구가 목적이었고, 목적대로 그는 제일 먼저 '오능곽(五稜郭)'을 찾아간다. 일본이 축조한 최초의 서양식 성으로 메이지유신 때 막부의 마지막 저항기지이기도 했다. 다음의 목적지는 벽혈비(碧血碑)였으나, 도중 목적지를 이시카와 다쿠보쿠의 묘소로 바꾼다. 막부 진영의 마지막 사무라이들을 위한 위령비에서 이시카와 다쿠보쿠로의 방향 전환, 의미심장한 전환이다. 격전지나 위령비가 아니라 문학비로의 전환이며, 이것은 하근찬이 전쟁의 기억을 현재 속에서 바라보기 위해 시도한 화해의 방법이기도 하다.

* 「슬픈 장난감」, 『전집 8』, 138~139쪽.

그의 기억은 자연히 전쟁의 기억이 아니라 문학청년의 기억으로 옮겨간다. 해방된 지 두 해 뒤, 친구의 형으로부터 다쿠보쿠를 알게 된다. 다쿠보쿠는 그가 지금까지 읽었던 시와는 다른 독특한 감동을 안겨 주었다. "생활에 대한 사실적인 표현과 사회의식", "살아가는 일의 고통과 허무가 메아리처럼 가슴에 와 닿는 시", 그가 생각한 다쿠보쿠의 독특한 감동이다. 그리고 학교를 졸업하고 초등학교 교사가 되어서 다쿠보쿠를 다시 읽을 기회를 얻었다. 이번에는 그의 전기였다. 계속 문학 공부를 하며 문인이 되려는 꿈을 가지고 있었던 청년기의 그는 다쿠보쿠의 전기를 읽으며 무한한 감동으로 눈물을 흘렸었다. 다쿠보쿠의 묘소에 절을 하며, 식당에서 다쿠보쿠의 시를 가사로 한 일본 노래를 부르며, 자신을 '조센징'으로 바라보는 시선을 의식하는 일은 여전히 불편하다. 그 불편함을 이기면서, 그는 일본인 다쿠보쿠가 아니라 시인 다쿠보쿠와의 관계성에 더 가까이 다가간다.

일본을 방문하며 확인하는 현재의 모습은, 침략자였던 과거에 대한 기억과 사뭇 다르다. 그 기억을 버릴 수도 없고, 고집할 수도 없는 와중에 발견한 화해와 치유의 길은, '일본'이라는 국가, 혹은 집단성으로 대표될 수 없는 개별의 인간들에게 있었다. 생활에 대한 공감으로 연결되는 오카야마 시학관, 혹은 이시카와 다쿠보쿠. 짧고 처절한 생애를 살았으나, 그 생애를 통해 무한히 슬프고 아름다운 시를 남긴 이시카와 다쿠보쿠는 어쩌면 전쟁의 기억 끝에 있는 마지막 해결점이었을지도 모르겠다. "다쿠보쿠 이전에 다쿠보쿠 없고, 다쿠보쿠 이후에 다쿠보쿠 없다"는 문인으로서의 다쿠보쿠의 유일함. 그 생애를 애도하고, 그 문학에 공감하는 한 소설가로서의 '나'. 기나긴 전쟁의 기억 끝에 만들어진 아름다운 화해이다. 그리고 이 아름다운 화해는 전쟁에 팔이 잘리고 다리가 잘리더라도, 함께 살아가기 위해 서로의 상처를 돌보아야 했던 초기작이 보여준 연대와 어쩐지 닮아 있다. 아주 오랫동안 한결같이, 하근찬은 전쟁의 상처와 기억을 넘어 아름다운 연대를 위한 길을 걸어왔다고 감히 말할 수 있다.